天津話裏話天津

谭汝为 —— 著

天津出版传媒集团

百花文艺出版社

图书在版编目（CIP）数据

天津话里话天津 / 谭汝为著. -- 天津：百花文艺
出版社, 2023.9
ISBN 978-7-5306-8407-8

Ⅰ.①天… Ⅱ.①谭… Ⅲ.①随笔-作品集-中国-
当代 Ⅳ.①I267.1

中国国家版本馆 CIP 数据核字(2023)第 115428 号

天津话里话天津
TIANJINHUA LI HUA TIANJIN

谭汝为　著

出 版 人：薛印胜
责任编辑：刘　洁　美术编辑：郭亚红
书名题字：孟宪维　篆刻作者：付锡钧
出版发行：百花文艺出版社
地址：天津市和平区西康路 35 号　邮编：300051
电话传真：+86-22-23332651（发行部）
　　　　　+86-22-23332656（总编室）
　　　　　+86-22-23332478（邮购部）

网址：http://www.baihuawenyi.com
印刷：天津新华印务有限公司
开本：880 毫米×1230 毫米　1/32
字数：180 千字
印张：9.375
版次：2023 年 9 月第 1 版
印次：2023 年 9 月第 1 次印刷
定价：48.00元

如有印装质量问题，请与天津新华印务有限公司联系调换
地址：天津东丽开发区五经路 23 号
电话：(022)58160306
邮编：300300

序 言

进入新世纪后,笔者的学术研究出现了明显的转向,即把语言应用研究与天津城市文化研究结合起来。主要体现在天津方言和天津地名这两个研究领域。

在天津方言研究领域,笔者先后出版了《这是天津话》《天津方言文化研究》《天津方言研究与调查》《天津方言词典》《天津方言与津沽文化》《乡音识烟火》等著述,发表相关论文多篇。《天津方言词典》出版后,先后获得四项大奖——2015年度全国优秀社会科学普及作品奖、第十一届天津市优秀图书奖、2015年度天津地方文化学术类优秀图书奖、天津市第十四届社会科学优秀成果奖。

2010年,天津市政协文史资料委员会主任万新平先生委托笔者组建天津方言寻根调查组,邀请南开大学马庆株教授合作同行。由万书记带队赴安徽专题调研,先后到宿州、蚌埠、固镇、凤阳、合肥等地,进行方言田野调查和民俗文化的初步考察。2011年,进一步充实力量,调查组邀请南开大学杨自翔、曾晓渝两位教授加盟,带领研究生再度赴安徽进行系统深入的调研,最后确定了天津母方言——皖北方言区的四界范围。《天津方言研究与调查》这部专著就是团队精神和集体智慧的结晶。

2013 年，天津市档案馆主办并启动天津方言语音建档工程。聘请笔者任专家组组长，负责总体设计和学术指导工作。专家组成员分别撰写各类文本，从众多报名者中精选出近四十位老人，经培训后确定为天津方言发音人。通过两年多的努力，把地道的天津话以音频、视频的形式记录下来，构建一套体系完备的方言语音档案资料库，由市档案馆永久收藏，实现了对天津方言资源的抢救性保护。

保护天津方言，就是保护城市的历史文脉，保护城市文化的根基。本书《方言源流》和《词语考辨》两个栏目，通过对天津方言语音、词语、熟语、修辞、字源、文化、寻根等角度的专题辨析，有助于天津方言的系统研究，并对天津方言资源的抢救性保护略尽绵薄。

在天津地名研究领域，笔者先后出版了《天津地名文化》《天津地名故事》《天津地名文化通论》，发表相关论文多篇，被天津市地名办公室和天津市地名研究会聘为顾问。近二十年来，笔者积极参与天津城市建设新地名的命名以及各区县、滨海新区地名规划的审议工作。天津师大新校区路名和楼名命名，就凝聚着笔者和其他专家殚精竭虑的心血。

地名的背后蕴含着历史文化、社会文化、寻根文化、乡土文化和语言文化。许多老地名本身，就是一个故事、一段历史。地名是人们识别不同地域的符号，是人们社会交往的工具，也是社会发展留存的痕迹。在时空浩渺的历史沧桑中，为数众多的古代遗存湮没了，但只要留下地名，后人就能凭借这个地理坐标去探源历史，寻踪觅迹。

开展天津城市文化研究，首先出于与生俱来的乡梓情结。在天津城市文化研究实践中，笔者悟出：社科普及的方式和各种媒体渠道，如书籍丛书、系列读物、论坛讲座、影视广播、报刊传媒、博客微博、网络论坛等，都是绝好的研究平台——真是"条条大路通罗马"，而绝非"自古华山一条路"。再有，就是以反哺民众为主旨，把故乡和父老多年哺育而获得的系统学术理论和知识，把专精深奥的学术理论化为通俗的、简明的知识，用社科普及的方式来回报社会，回报父老。努力实现"三个对接"，即：理论与应用对接、学者与大众对接、学术与传媒对接。

二十世纪八九十年代，笔者曾撰写语言修辞学著作多部，发表学术论文百余篇，但只是学术圈里的同行阅读，影响有限；但致力于天津城市文化研究之后，在天津父老中产生的反响却强烈，影响也持久。多年来，笔者结识一些文史学者，他们虽不在高校或研究部门工作，但在津沽文化的研究上却昭示出挚爱、执着之情，其学术视角、研究方法和研究成果都令人赞叹！

天津城市文化研究，应当接地气——就是虚下心来，俯身向下，选择贴近实际、贴近生活、贴近群众的课题；在志书史料中挖掘，在民间学者中交流，在前贤基础上升华，在田野调查中汲取，只要坚持不懈地扎实推进，必然能够取得开拓性的成果。在为桑梓文化深入发展尽心尽力的同时，自然会感到充实和惬意，就会顺风顺水，左右逢源。当然，这和学者群体的理论修养、知识结构、学术底蕴、实践能力、团队精神等要素有关，绝不是一蹴而就的。

以李世瑜、来新夏等为代表的天津老一辈学者在反哺社会、为乡梓文化做奉献的历程中，贴近社会，贴近现实，贴近群众，成为学术文化接地气的典范，也为学界后人树立了榜样。阅读他们撰写的学术小品千字文,妙在平易通达,从简适俗;精于缩龙于寸,尺水兴波;旨在让普通读者读得懂,喜欢看,有收获,能共鸣;难得的是豪婉兼擅,龙虫并雕——笔者取法乎上,私淑瓣香,心向往之也。

多年来,笔者在《今晚报》《中老年时报》上刊载有关天津城市文化研究课题的千字文约数百篇。去年,利用居家时间,从近十年来以天津方言和天津地名为题材的短文中精选出一百篇,分为方言源流、词语考辨、地名探源、地名文化四个部分,交由百花文艺出版社出版。感谢出版社领导对笔者的信任和支持,感谢责任编辑的精心审读和严格把关。《天津话里话天津》这个俏皮的书名,就出自责编老师的睿智妙思。著名书法家孟宪维先生题写书名,老友付锡钧先生篆刻治印,使这部小书顿呈异彩,谨志于此,以表谢忱!

这是笔者在百花文艺出版社出版的第一部书,目前心情是一则以喜、一则以惧。喜的是新著在百花付梓,惧的是它将接受更多读者的审阅和批评。对于书中存在的舛误之处,期盼方家读者赐教指正。

谭汝为

2023 年 5 月 1 日

写于天津华苑碧华里寓所

辑一 方言源流

辑二　词语考辨

辑三　地名探源

辑四 地名文化

方言源流

辑一

　　天津话的特点：质朴、简洁、生动、幽默，其中最活跃的要素就是幽默。它源于城市文化与市民性格，天津人的"哏儿"就表现在能说会侃、开朗幽默上。究其成因，首先，是商埠社会业务交往的客观需要；其次，作为一座移民城市，多元文化为社会交际提供了广博而鲜活的题材；再次，戏曲、相声等市民文艺的熏陶和滋养，对天津人幽默性格的形成和发展起到催化作用。但是，近年来随着城市建设的大力推进，传统街区被打乱；加之居民受教育水平的提高以及普通话的推广普及，使得天津话交流空间受到挤压，而逐渐向普通话靠拢。这种情势下，记载和保存原汁原味的天津话就显得意义非凡。于是，天津方言的研究和传承，就带有抢救性保护的性质。本书"方言源流"辑所收录的文章，对天津话的源流及个性特点，对天津方言文化进行了多角度的探讨。

天津方言传承与保护

　　历经数千年的历史发展和文化积淀，汉语方言遍布全国，成为汉语重要的组成部分，也成为中国语言生活的重要组成部分。但是，长期以来，方言被人们视为粗鄙土气、没文化、不规范，弃之唯恐不及。近年来，语文学界与民间对汉语方言的抢救、保护和开发应用正在各地兴起，并逐渐形成兴旺之势。就学术界而言，在目前形势下，最重要、最紧迫的工作就是开展汉语方言及文化的全面调查、保存，尽可能全面、真实地记录下它的面貌，为中华文化和人类文明留下一份珍贵的遗产。

　　随着城市建设的推进，传统的城市区片被打乱，加之居民受教育水平的提高以及普通话的推广普及，使得天津话逐渐向普通话靠拢。如今在天津中青年人的口中，几乎听不到正宗的天津话了。在传统的天津家庭里，孩子说普通话；父母在单位说普通话，回到家说天津话；而老一辈人仍然说天津话。在这种情势下，记载和保存原汁原味的天津话就显得意义非凡，因为再过几十年，纯正的天津话恐怕就更难听到了。对天津方言的研究和传承，属于抢救性保护，时间紧迫，意义重大。

　　进入二十一世纪，笔者将研究重心转到天津方言与民俗文化研究上来，利用多种媒体和各类讲坛，大力普及天津方言研究，使之接地气，扩大社会影响；出版天津方言研究著作五部，发表论文多篇；先后四次到安徽北部地区，开展天津方言寻根调查；主编出版《天津方言词典》，获四项大奖；以专家组长身份全程参与"天津方言语音建档工程"，取得圆满成功。

天津著名学者来新夏先生毕生从事学术研究，晚年变法，主张将学术成果通俗化，在公众层面传播学术；利用学术随笔形式把学术与公众沟通，发挥推广学术的作用。来先生说："我们读了一辈子书，学术从哪里来？来自公众。民众养育了学者，当后者学术小有所成，应当以知识回敬民众、反哺百姓。所以，我要回归民众。另外，旧的学术文章我写了不少，大家希望我改改笔调，写点老百姓能接受的文章，使学术走向通俗化。"这段话对我很有启发，并决心付诸实践。

李世瑜先生晚年叮嘱，在前人研究的基础上编写一部《天津方言词典》。为完成前辈学者嘱托，我们组成编委会，历时四年，先后增补修改五次，最后完成了这项艰巨的工作，可谓对天津方言研究已有成果的集成。每一个方言词条都列出与普通话对照的语音，另外在词条释义和例句选择上也下了很大功夫。每一个方言词语都与《现代汉语词典》对照，对于"现汉"没有收录或标注为"方言"的词语，才可酌情收录。《天津方言词典》先后获得天津市第十四届社会科学优秀成果奖、天津市优秀图书奖、全国优秀社会科学普及作品奖、天津地方文化著作(学术类)优秀奖。

天津档案馆主办的"天津方言语音建档工程"，对天津方言进行了语音录制，包括人物对话、地理买卖杂字、童谣民歌、俗语谚语、俏皮话、吆喝叫卖、劳动号子等。把地道的天津话以音频、视频形式记录下来，构建一套体系完备的方言语音档案资料库，由档案馆永久收藏，以实现对天津方言资源的抢救性保护，使后人不仅可以听到天津方言，还能了解过去的生活以及方言承载的城市文化。保护方言，就是保护历史文脉，保护我们这座城市民俗文化的根基。

天津方言是汉民族语言艺苑中的一朵奇葩，具有顽强生命力和竞争力。天津话生动形象、含蓄质朴、感情深厚、贴近生活，成为天津人民生产和生活中的有力工具，成为构筑天津城市文化不可缺少的重要因素。天津方言正以较高的文化品位，伴随着天津这座历史文化名城的崛起而不断进步和升华。

立足于勤，持之以韧，植根于博，专乎其精——在此引用来新夏先生鼓励年轻学者的四句话，与大家共勉！

"你中有我"的京津冀方言

　　天津话归为北方方言区—冀鲁官话—保唐片—天津小片。天津话的词汇、语法和北京话、河北话很接近。几百年来，天津话不断在向周边的北京话和冀鲁官话演变靠拢，只是在语音方面，尤其在声调上特立独行，因此，天津话和北京话、河北话听起来迥然相异，但词汇和语法基本相近。

　　河北省方言状况比较复杂，环北京地区的廊坊、承德一带方言的语音、语调与北京话基本一致，而西部山区、中部平原与东部沿海地区的方言在语音上差异较大，但词汇语法与北京话、天津话大致相同。

　　在研究天津方言词汇时，一些读者朋友常提出疑问："您分析的天津方言某某词语，我们北京人(或河北人，包括山东人、东北人等)也这么说。"因而，对这个词语是否属于天津方言发出质疑。

　　天津方言词汇里有一些很独特的词语，深深打上了天津烙印，例如"嘛事儿、真哏儿、嫌鬖、扒呲、乌豆、馃箅儿、拐子、糖堆儿、栽面儿、膀大力、锛铰裹、幺蛾子、罗罗缸"等，可以说是"只此一家，别无分号"。但也有相当多的天津方言词语，例如"碍事儿、熬鹰、把闯、掰扯、摆谱儿、板眼、拌蒜、棒槌、棒子面儿、包圆儿、垫巴、抖搂、勤谨、腈受、眼目前、可惜了儿的"等，在北京话、河北话里也通用，只是读音有所区别罢了。

为什么京津冀方言词语大同小异、难分彼此呢？首先，天津与北京、河北，皆属大北方方言区，语言接触与交流十分密切，相互渗透、影响、吸收，甚至资源共享，你中有我，我中有你，确实难以明确归属。其次，天津作为首都门户，在方言词汇上深受皇城文化和满蒙文化的影响。例如徐世荣先生所编《北京土语辞典》、宋孝才先生编著的《北京话语词汇释》中起码有四分之一左右的词条，天津话也这么说、这么用。第三，天津就是在燕赵大地上成长起来的北方水陆交通枢纽、商贸重镇，天津话与河北方言除语音外，词汇多有重合，甚至彼此不分，亦为情理之中。第四，天津是一座移民城市，城市人口中祖籍为冀、鲁者占多数。旧时在天津大杂院或胡同里，天津人、北京人、河北人、山东人、东北人或南方人相邻杂居，在语言交流中自然相互影响、逐渐趋同。再加上天津受戏曲码头、北方曲艺之乡、相声窝子等语言传播渠道的影响，天津话和北京话、河北话在常用语汇上同异共现，甚至有相当一部分是完全相同的。

方言词语的来源可分为三类，用俏皮的比喻来说：一是土生土长的亲生儿，二是过继来的侄子或外甥，三是蟛蛉之子或半个儿。京津冀三地方言词语的来源，就存有难以切断的血脉关系，犹如同在一个大院里生活，甚至在一个锅里吃过饭的伙伴。文化同源，声气相投，久而久之，用词用语趋同，难分彼此，只是各自保留了难改的乡音罢了。因此，在这个大背景下，对待同一方言区域内下属某地片方言词语的归属，不能如亲子鉴定那样可丁可卯、锱铢必较，更不能要求"只此一家，与众不同"了。

天津话与皖北的关联

　　自古及今，天津方言与周边的静海、武清、宝坻等地方言的区别很为明显。为了探讨天津方言的来源，在二十世纪八十年代中期，天津学者李世瑜等人到江苏和安徽北部进行实地考察。在安徽北部宿州、固镇一带，听到当地居民所操方言与天津话惊人的相似，由此经过进一步深入调查确定：天津话的基础方言（原用"母方言"）来自以宿州为中心的淮北平原。

　　天津是一座移民城市，明代实行军屯制度，外地大量移民以军事组织的形式奔赴天津一带屯垦官田，从而出现了许多冠以姓氏的官屯地名。历史传说在"燕王扫北"时期，安徽宿州一带曾有大批军士携带家眷来到天津屯垦定居。从天津卫设卫一直到明朝灭亡，天津军事建制的性质不变，人口结构和数量变化不大，即使有非军籍居民陆续迁入城内，但由于数量不多，而且零星散居，不会对天津话产生很大的影响。当然，在与周边冀鲁官话、北京话不断接触和交流的影响下，天津话在语音、词汇、语法等方面，自然会发生一些变化。

　　据明史记载，永乐年间"天津三卫"戍卒及家属数万人进驻天津，数量远超原住民。这些官兵大都来自凤阳府，当时的凤阳府辖区宽广，包括今天宿州、固镇、蒙城、灵璧等皖北地区，皆以凤阳话为当时官话。这批军事移民数量庞大,且社会地位高,在天津形成一个"方言岛",逐渐同化周围方言,成为主流方言。

2010年和2011年,天津市政协文史委由天津师范大学、南开大学语言学教授组成的天津方言寻根调研组,由市政协文史委主任带队,先后两次赴安徽调查,先后到宿州、蚌埠、合肥、固镇、灵璧、凤阳、蒙城等地,行程二十二天。调研组分成语音组和词汇文化组,有分有合,举行各种类型座谈会十四次,问卷调查合作人和发音人近四十人,通过比较细致深入的田野调查,获取了大量的录音及调研资料。实地调查考证,固镇、蒙城地区的语音、声调、调值、调类以及变调规律与天津方言基本一致。

词汇调查汇总对比:固镇、宿州、蒙城与天津方言词汇相近,而凤阳最远,合肥次之。语音调查主要是该方言点音系和连读变调情况,以听音记音为主,辅以录音分析。词汇组认为,与天津方言相似的淮北方言,以固镇、宿州和蒙城这个三角区域为中心,其四界范围大致是:江苏徐州市以南,淮南市以北,涡阳县以东,"五泗灵"(五河、泗县、灵璧)以西。天津方言的母方言,很可能就来自这里。语音组认为,天津话可能来源是当时军队里通用的明代"南京"(南直隶,包括今江苏、安徽)官话。经过六百多年的发展演变,今天的天津话在语音上与固镇等地显示出较突出的相似性,可能是同步发展的结果。

天津卫城内最初的通用语,以当时南京官话为主流为基础,也融入其他一些方言成分。另外,清朝中后期乃至民初,以李鸿章为代表的安徽籍高官群体,在天津军政界处于执柄掌权的主导地位,进一步延续了天津与安徽的历史情缘。

方言词语折射城市文化

天津方言的特殊词语保留了丰富的天津城市记忆，折射出天津城市文化的时代特征。天津方言词语中保留着中外语言结合的"混血儿"，如"膀大力"，英文 boundary 音译，意为边缘，引申为到头、到底、到家的意思。该词由洋行传到码头。当时，膀大腰圆卖苦力的装卸工，被称为"扛大个儿的苦大力"。在码头扛包装卸是实打实的硬活儿，来不得半点儿偷懒耍滑。膀大力即引申为说实在的、说真格的、不带掺假的意思。例如："跟您说膀大力的吧，最低价 800 元，再少不行了！""挣钱养家是膀大力的！"旧时往往用"洋泾浜"这种说法，来指当地人在和外来的商人、水手、传教士等打交道的过程中学来的一种变了形的外语。

天津方言词的本义和引申义之间，存在着有趣的文化语义联系。如"搭罐儿"的本义：斗蟋蟀术语，格斗落败一方或一味躲闪不张嘴的蟋蟀，由主人用手将其从罐里搭出。三个引申义：第一，比喻从队伍中剔除。例如："嗨，说你啦，大个子怎么长的，排顺了，再不守规矩就把你搭罐儿啦！"第二，比喻因能力不足或工作失误等而被撤职调离。例如："有嘛好说的，足协这帮人都该搭罐儿！"第三，比喻在体育比赛中，因表现不好而被替换下场或被淘汰。例如："这个黑人外援下半场就被搭罐儿了。"

《现代汉语词典》中"素净"指颜色朴素，不鲜艳刺目，例如："衣着素净。"而天津方言的"素净"却指安宁。例如："小活祖宗，你是不招点儿灾惹点儿祸，心里就不素净啊！"天津方言的"素净"指内心的安宁，不同于普通话中指颜色朴素的"素净"。另外，天津方言中还有"素净"AABB重叠式"素素净净"，指生活平和安静。例如："肉馅儿的今晚吃，素馅儿的明天吃，一年素素净净，平平安安。"

天津方言中有一些与饮食有关的词语，包子是从古代的馅馒头演变来的，有山东大包子、开封灌汤包、无锡小笼包、广东叉烧包……最著名的却是天津包子，享誉大江南北。天津话跟包子相关的俗语，例如"包子有肉不在褶儿上"，包子外表大同小异，所蕴藏的内容却丰富多样，比喻不要计较外在形式，而应注重实际内容。其引申义是不能用人或事的外表现象代替本质，体现了天津人务实低调的性格特点。

再如天津话"三级跳坑"，比喻房里比院子低，院子比胡同低，胡同又比马路低的简易平房。例如："三级跳坑，就是在马路伸手能摸到屋顶，下雨时屋里积水没膝，冬天阴冷潮湿的住房。"由于房屋地势低洼，屋内潮湿，通风条件差，特别是夏季，赶上闷热天常常让人透不过气来。雨天十有八九屋里要进水，必须准备好盆盆罐罐往外舀，许多家庭的家具因雨水浸泡而遭了殃。位于河西区南北大街的"原北洋工房三级跳坑遗址"就是天津市爱国主义教育基地。随着二十世纪末天津市区平房改造的基本完成，"三级跳坑"业已淡出人们的日常生活。

北京人讲"石头剪子布"，天津人却说"锛铰裹"。在游戏决定排序或赌输赢分高下时，竞争双方将右手放在背后，高声齐呼

"锛——铰——裹",右手随着三个节拍下顿三次,然后迅速伸出右手,或以拳头做锤子状;或伸出食指和中指做剪子状;或摊开手掌做布状。"锛铰裹"突出了循环相克相生的三种工具(物品)的功能,即锤子锛剪子,剪子铰布,布裹锤子——锤子胜剪子,剪子胜布,布胜锤子。

出生并成长于天津马场道的著名语言学家、中国社会科学院学部委员侯精一先生在为《天津方言词典》做学术鉴定时指出:"京津相距很近,但'锛铰裹'这个词语就体现出天津文化的生命力,这是它的文化根基,也是老百姓的语言。如果我们不做深层的反映,不将这些词语记录、保存下来,甚至拍摄下来,我们就对不起天津人。"

天津方言与市井百态

　　冯骥才先生曾说,城市的文化分作三个层面。表层文化是可视的城市形态,包括建筑;中层文化是种种特有的习俗、艺术和方言;深层文化则是这地域的集体性格。天津人的性格异常鲜明,它爽快炽烈、急公好义、人情浓厚、逞强好胜、机智幽默、大大咧咧、务实守矩等。表层而可视的文化似乎可以再造,但深层而无形的文化却是历史的专利。一座城市一旦形成这种深层文化,就造就出市民的地域性格,于是这座城市才有了个性、灵气、精神和魅力。三个层面的文化(建筑形态、方言文化、城市性格)融为一体,便是这座城市特有的气息。天津文化气息如同直沽老酒,醇厚醉人。

　　《天津地理买卖杂字》是颇有趣味的天津历史文化通俗小百科。它以三三七数来宝的句式,广泛描摹民国时期天津市俗生活的方方面面;通过介绍天津老地名和商家商号,生动活泼地展现了社会民俗和生活万象。该书纯用天津方言,言简意明,通俗易懂,合辙押韵,读来朗朗上口,过目难忘。

　　"李星北,卞月庭,天津绅士真有名;严范孙,李士珍,天津翰林这二人;华世奎,李学增,天津写家说得清;孟广慧,魏恩锡,天津写家真出奇;张秀岩,宁星谱,先贫后富可说古。"李星北是天津已故著名书法家李鹤年的父亲,1903年自天津商务总会成立起便做会董,曾任天津救济院院长,还被推任为天津善堂联合会会长,长期热心地方各种慈善事务。卞月庭名荫昌,1916年天津发生法帝国主义强占老西开事件时,曾以天津商会会长身份筹款十余万元,积极支持乡亲们的反法抗争运动。严范孙是南开系列学校创始人,西北角严翰林胡同是他的住所,也是他最早办学的所在地。李士珍曾任翰林院侍读学士,湖南乡试正考官。孟广慧,天津近代四大书法家之一。张秀岩又名张锦文,就是大盐商海张五。宁星普,原是河北青县一个两手空空的农民,早年在天津经营草帽辫出口生意而发家致富,后受聘为英商新泰兴洋行买办。1903年,天津商务公所成立,宁星普受直隶总督委派担任总董。后两位都是由清贫而致富的津门传奇人物。

南门外赤龙河上原有一座宁家大桥,炮台庄南开三纬路有宁家大院,水上公园(原青龙潭)东侧(今卫津南路)有宁家房子,陕西路53号为宁星普旧居,滨海新区板桥农场原名宁家圈——这些建筑和地名都属于宁家,就是宁星普的产业。

《天津地理买卖杂字》的叙述内容出于平民视角,显示草根情怀。其中对当时穷人的艰辛境遇给予了生动的描绘和由衷的同情:"天津卫,东西贵,穷人吃亏活受罪。拉洋车,不赚钱,穷人奔波广为难。打布夹,拾毛篮,穷人挨饿真可怜。拉地排,扛大个,穷人苦力上河坝。搭小空,拾煤茧,穷人挑担去卖盐;天津卫,房屋贵,越住不起越加倍。争码头,好唾骂,穷人口角广打架……"因此,我们把《天津地理买卖杂字》作为天津方言语音建档工程的文本之一,将录下原汁原味的天津方言音像档案,以永久保存,传于后人。

天津人喜欢用蔬菜、水果比喻社会人生，都含贬义。例如"纯粹土豆一个""这不是山药豆子嘛""长得和苤蓝一样""生瓜蛋子""蒜头鼻子倭瓜脸"等。天津话把游手好闲、好吃懒做、行为不端的二流子，称为"落道帮子"。这个比喻着眼于此人潦倒落魄，低劣无能，一文不值。

旧时天津民间流行的俏皮话的背后，都带着一个民间故事或民俗传说。例如"徐聋子宰猪——满没听哼哼""杨瞎话儿讲报——信口开河""大殡——绕一圈儿""缝穷的尿尿——抽冷子"等。

天津方言与妈祖文化

渤海之滨的妈祖信仰是海洋文化与津沽民俗的和谐交融。在天津这座依河傍海以漕运发展起来的移民城市，其民俗文化的原生点就是妈祖信仰。海上漕运的发展不仅加速了天津地区经济繁荣，促进了妈祖文化的北上，还推动了语言文化的南北融合，对天津多元且包容的城市文化的形成和发展，奠定了坚实的思想基础。另外，妈祖信仰已成为天津方言文化发展的主脉。

在近年出版的《天津方言词典》里，反映妈祖信仰的有关内容丰富而典型，足以昭示妈祖文化与天津方言存有密不可分的联系。《天津方言词典》收录"天津民俗文化词语"数百条，其中与妈祖信仰有关的有二十多条，例如：

娘娘宫。天津天后宫的俗称，是国内北方最大的妈祖庙，始建于元代，因皇帝下令建造，故名"敕建天后宫"，是天津城市形成、发展的历史见证，被誉为天津民俗文化的摇篮。正殿中央供天后，经历代帝王加封其全称为"敕封护国庇民显神赞顺垂佑瀛埌天后圣母明著元君"。两旁的四位娘娘的敕封法号是"送生娘娘长生元君""斑疹娘娘回生元君""子孙娘娘保生元君"和"眼光娘娘明目元君"。其前殿、后殿、凤尾殿、左右偏殿等处还供奉着诸多神灵。

天津皇会。为祭祀海神天后娘娘诞辰而举行的大型庆典,是天津民间最为隆重的民俗活动。据传,因乾隆皇帝曾观看出会表演,并赐黄马褂,皇会因此得名。皇会是天津市民传统的民间文化生活,是三百年间天津人民智慧的集体创造,是集音乐、舞蹈、杂技、民间美术等众多文化元素于一体的综合表演艺术形式。天津皇会内容丰富多彩,包括门幡会、太狮会、捷兽会、中幡会、跨鼓会、五虎杠箱会、老重阁会、十不闲会、法鼓会、鲜花会、庆寿八仙会、大乐会、鹤龄会等四十余种,其中亦多戏曲扮饰和表演,可谓百戏云集。

法鼓会。天津特有的民间花会,作为皇会的随驾音乐,集民间音乐、舞蹈、武术、民风、民俗于一体,形成风格独具的民间广场艺术。以直径 1 米多之大鼓为主,配以铙、钹、铬子、铛子等乐器,演奏曲目丰富多彩,辅以铙、钹的上下翻飞,给人以听觉、视觉的享受。天津曾有数十道法鼓会,是皇会中不可缺少的节目,现在挂甲寺庆音法鼓会、杨家庄永音法鼓会、刘园祥音法鼓会,均被载入国家级非物质文化遗产名录。

《天津方言词典》收录"天津方言歇后语"数百条,其中与妈祖信仰有关的有二十多条,例如:"娘娘搬家——现大眼了。"天津俗传:海神天后娘娘就坐在海眼上,如果离开原位,现出海眼,大水就会淹没整个天津。这条歇后语暗喻办事莽撞,砸锅现眼,使颜面丢尽;也有说"娘娘搬家——有多大眼,现多大眼"。"娘娘宫大殿供寿星老儿——是那个庙,不是那个神",讥讽阴差阳错,南辕北辙,令人啼笑皆非。"娘娘宫的小玩意儿——耍货儿",天津天后宫附近有许多出售各种儿童玩具的货摊,名曰"耍货儿摊"。"耍货儿"谐音"耍乎",意为不踏实工作的年轻人。"娘娘宫前大旗杆——独根苗儿"，天后宫幡杆兀然独立，比喻独生子。"娘娘宫前卖水——找挨骂"，天后娘娘是护佑漕运的海神，就坐在海眼上，专事平息滔天恶浪。到娘娘宫前卖水，岂不班门弄斧不识相嘛！讽刺办事没眼力见儿者。"娘娘宫的娃娃——泥(你)小子"，谐音"你小子"，常用作斥责或教训晚辈的起始语。

产生于福建沿海的妈祖文化，竟然奇迹般地在地处燕赵的天津地区迅速扎根，地位飞速提升，这表明天津是妈祖文化在北方传播的一块福地，海洋文化与津沽民俗融合而成的妈祖信仰，给天津民俗和天津方言的发展增添了巨大的推动力，使天津方言、天津民俗文化与妈祖信仰相容相生、相济互补。

天津话里的满语词

满族是中国少数民族之一，发源于长白山，后入主中原。在清朝鼎盛时，满族人口达数百万。满族在语言文字使用上，先是采用了汉字，后又逐渐采用了汉语。当前满族人会说满语的已成凤毛麟角。

但满语的历史遗存却在汉语词汇里体现出来。例如："这闺女可真各色，整天耷拉着个脸子，一不合适就翻呲，真够折理的！"这是地道的天津卫土语，但其中的"各色、耷拉、翻呲、折理"等，都是传统的满语词。各色指特别、不合群；耷拉指下垂；翻呲指生气、翻脸；折理多指女性，别别扭扭，腻腻歪歪，刺儿了嘎叽的。俗语"穷得叮当响"，其中的"叮当"来自满语，也是穷的意思。满族风味糕点"萨其玛"，其制作的最后两道工序是切成方块，码起来。"切"的满语为"萨其非"，"码"的满语为玛拉木壁，萨其玛是这两个词的缩写。"德合乐"是中国式摔跤的一种招式，但属于来自满语的外来词。

汉语音译词有一部分源自满语。如"啰唆"指说话、办事不利落；"喇忽"是粗心、疏忽的意思；"骨立"是称赞物品外形精美；"扎古"是打扮、装束的意思；"胳肢"指在别人腋下、脚心等处抓挠，使人发痒发笑；"瘆"是令人害怕、恐怖的意思。再如"嬷嬷"，指奶娘;"妞妞"又作"妞儿",指小女孩。这两个称谓词也源于满语。老北京人在反驳对方、表示鄙视时,喜用语气叹词"姥姥"。这个词亦源于满语,其词义当然不指外祖母,而表示强烈的不信、不服的含义,潜台词是"没门儿、少来这套"。

天津方言一些常见的词语,源于满语。

人体类:如脖梗子——梗,脖子;哈喇子——口水;眵目糊——眼内分泌物,即眼屎。

物品类:如用乌拉草填塞制成的皮靴"靰鞡",用牛皮或猪皮缝制,内絮靰鞡(乌拉)草,轻便暖和,适于冬季狩猎和跑冰(即在冰面上奔跑)。

动作类:凑(阳平)——洗(衣裳);咔呲——把里面黏附的东西用利器刮下来;叨登——挪来挪去,来回搬;划拉——好歹扫几下;捅娄子——闯祸;糟践——损坏;侧歪——躺卧时身体向一边倾斜。

说话类:掰扯——争辩清楚;瞎诌白咧——瞎诌即胡编,白咧原义狂妄;央各——求告,请托,说好话;咋呼——虚张声势,大呼小叫;呵斥——责备;勺叨——话多而无条理,无分寸。

表情类:嘟噜——板着(面孔)。

感受类:膈应——使人讨厌,令人厌恶;撞客儿——中邪,癔症发作。

状态类:骨立——称赞物品外形精美挺拔;埋汰——不干净,肮脏;邋遢——形容穿戴不整齐,不利索;乌里巴涂——水不凉不热,比喻办事不利索;马马虎虎——办事不认真,毛糙;磨叽——迟疑,磨蹭;个扭儿——奇特,个别;哈喇——食物在保存过程中由于温度过高或时间过长,致使油脂氧化酸败所产生的异味。

副词类:挺——很、十分、非常;白——徒然、空;巴不得——就盼着。

天津方言中的满语音译词,是从北京传过来的。由于京津地缘文化接近,社会交往频繁,一些常用的满语音译词自然会逐渐渗入天津方言语汇中。

天津方言与外来文化

　　租界是近代资本主义和帝国主义在通商口岸强划的居留地和贸易区。天津是中国最早的对外通商口岸之一，从1860年开埠到二十世纪初的四十余年里，先后有英、法、美、德、意、日、俄、奥、比等国，强迫满清政府在天津城东的东南部地区（海河两岸）划出租界。从此，天津被九国列强分割，成为近代中国租界最多的一座城市。

　　天津方言有个词"膀大力"，就是说实在的、说真格的、实打实的、靠得住的意思。例如："跟您说膀大力的吧，最低价800元，再少不行了！""这小子花拳绣腿，来膀大力的立马就现了原形！"幽默大师马三立的相声《对对子》，在夸耀本人的书法好时，说："咱说膀大力的啊……"捧哏的王凤山立刻打断他说："哎呀呀，你瞧有学问的人，有这么说话的吗？还说膀大力的！""什么大学毕业？大学毕业有说膀大力的吗？"马三立还有一段相声，也说："咱跟你说膀大力的……"捧哏的赵佩茹立刻："瞧这一嘴炉灰渣滓！"由此可见，在天津人普遍的意识中，"膀大力"这个词，并非上层社会的文明语言，似乎带有下层社会江湖行话的性质。

　　十几年前，笔者为此专门请教李世瑜老先生。李老说，"膀大力的"这个口语词，确实源于英语 boundary，最初在天津洋行和码头的中高级雇员中流行，后逐渐成为码头中的习用语，最后流传到社会。它就是产生于天津码头的外来词。

旧时人们把从事装卸运输工作的人称为"脚夫"，就是"车船店脚牙"中的那个"脚"，是被世人轻蔑的行业，属于下九流、难登大雅。天津话称之为"脚行"。当年的码头工人被称为"扛大个儿的"，属于没文化、没技术、靠肩膀扛包、卖力气吃饭的"苦大力"。天津卫的脚行由封建恶霸把头把持，为了抢码头、争地盘、争行夺市，常常发生群体械斗。在世人看来，这是惹不起、瞧不起、唯恐避之不及的行业。

"膀大力"这个词儿，后逐渐流传到天津社会生活中。天津人对其外来语的洋身份和原始词源茫然无知，就只能依照词的字面义去理解。在天津人的心目中，所谓"膀大力"，就指膀大腰圆，卖苦力干粗活儿的人，就是凭肩膀吃饭的"苦大力"。很显然，这种解释与英文 boundary 已毫无关系。用语言学术语来说，这属于流俗词源。

在码头上扛包装卸是实打实的硬活儿，来不得半点儿偷懒耍滑。于是，天津话"膀大力"就被引申为说实在的、说真格的、不掺假的意思。如对"膀大力"进行亲子鉴定，它是租界文化与码头文化的"混血儿"。它本为英语音译词，但鲜为人知；作为方言词语，它又源于码头，因而天津人认为它难登大雅。从"膀大力"这个洋气十足的外来音译词逐步演变为俚俗方言词语的复杂过程，我们可以窥见近现代社会汉语词语的演变轨迹，也可以感受到中西文化在天津的碰撞与融合。

天津话中的外来词，如"伯役"源自英语 boy（男孩儿）的译音，指洋行、银行、餐厅等处的仆人、侍者、茶房等服务人员。"拉斯坎儿"是英语 last card 的音译,扑克术语,意为决定输赢的最后一张关键牌,指最后的关键时刻。"南脖万"指旧时外商工厂车间的工头,源自英语 number one(1 号)的译音。旧时在天津的外商工厂,外国管理人员把中国工人都编上号,点名时不叫人名只叫工号,而各车间的中国工头都排在第一号。"轳辘马"是日语くるま(车)的译音,指靠人力推动,在小铁轨上运行的小型翻斗车。

天津方言与民间传说

旧时,天津民间信仰多种神灵,反映出天津地域文化兼容并蓄、异彩纷呈的特色。大批移民聚居津门,孤独求助的祈福心理、畏惧灾祸的避祸心理,加之各地移民带来形形色色的神偶及其民间宗教传说,就形成了天津民间的多神崇拜。据《津门纪略》载,清朝时,天津的庙、观、庵、祠等达一百八十多处,皆香火旺盛,可谓五花八门。随着文明普及和社会进步,人们对诸神的信仰早已淡漠,但以寺庙为名的街巷,作为历史文化的见证,却仍活跃在人们的口头上和记忆中。

天津民谚云"先有娘娘宫,后有天津卫",建于元泰定三年的娘娘宫比天津卫建城早了近百年。人们崇拜天后娘娘,还因为传说中娘娘坐在海眼上,一旦娘娘离位,海水就会涌出将天津城淹没。因此,天津卫的军民百姓把自己一生安危、兴旺富贵都交给了娘娘。正因结婚、生子、灾病、老死莫不祈求娘娘的护佑,为迎合百姓的这种需求,娘娘宫的管理者又为老娘娘衍生出多位化身,她们分别是"眼光娘娘""送生娘娘""斑疹娘娘""子孙娘娘"等。眼光娘娘专门护佑人们的双眼,有眼疾的人们多在此膜拜许愿,眼光娘娘的身上挂满了大大小小的眼睛,那都是还愿的人们用各色布头缝制的眼睛模型。送生娘娘和子孙娘娘专司人们生殖及繁衍后代,这两位娘娘的身上爬满了大大小小的孩子,送生娘娘的脚下还堆满了各式小泥娃娃,供那些不生育的妇女"偷"走,谓之"拴娃娃"。斑疹娘娘是保佑孩子们茁壮成长的,得了天花,出了水痘,有头疼脑热、发烧咳嗽的都须在娘娘面前烧香祷告,祈求平安。

有关宗教文化的天津俗谚数量极多,如"拜佛进了玉皇阁——找错门儿了",玉皇阁系道教庙宇,前往拜佛则找错门儿了。另如"玉皇大帝到财神殿烧香——有权的也得求有钱的""瘸拐李的葫芦——不知装的嘛药儿""瘸拐李把眼儿挤——你糊弄我,我糊弄你"等。

天津俗谚数量极多,形成若干系列,如城隍庙系列:"城隍庙的后殿——卧像(饿相)",天津旧城西北角城隍庙供奉天津府、县二城隍。后殿即寝殿,塑造府城隍卧像,"卧像"谐音"饿相"(天津话将"饿"读为 wò),即饥肠辘辘的惨状。"城隍庙的大匾——你可来了",天津城隍庙的匾额上书四个大字"你可来了",以震慑世间恶人。庙里有黑、白无常塑像,各执"勾魂牌"警醒世人,一书"你可来了",另一书"正要拿你"。

再如娘娘宫系列:"娘娘宫的小玩意儿——耍货儿",天后宫附近有出售各种儿童玩具的多家货摊,名曰"耍货儿摊"。"耍货儿"用天津方言读为"耍乎儿",指工作不踏实的年轻人。"娘娘宫里抱个兔捣碓儿——没点儿人样儿",旧时年轻妇女为求子到娘娘宫"拴娃娃","兔捣碓儿"即兔面人身作捣药状的泥娃娃。"拍花的逛娘娘宫——白搭工夫","拍花的"旧指拐卖小孩的人贩子,娘娘宫里的娃娃都是泥胎,以拐卖小孩为业的人贩子到此只能是白搭工夫。

还有土地爷系列,如"土地爷拜娘娘——舍把老脸儿""土地爷掏耳朵——崴泥了""土地爷放屁——好大一股神气儿""土地爷吃窝头——担不起大贡献"等。

　　另有阎王爷系列,如"阎王爷出告示——鬼话连篇""阎王爷拉弓——射(色)鬼""阎王爷没在家——小鬼造反了""阎王奶奶有喜——怀着鬼胎"。还有灶王爷系列,如"灶王爷吃糖瓜——稳拿""灶王爷佛龛——受不了大供享""灶王爷折跟头——离了板儿了"等。

天津方言与民间笑话

天津俗语乐于以鸟喻人，多为贬义。如"林子大了，嘛鸟都有"，比喻大千世界、各色人等，良莠不齐，优劣参差；在人际交往里出现任何奇人，发生什么怪事，都属正常。再如天津人说："这小子也不是嘛好鸟！"——从品德层面上对该人全盘否定，带有一种谐趣。

"装大尾巴鹰"或"愣充大尾巴鹰"属于天津方言生动的比喻，讥讽那种好大喜功，扮酷装大，喜招摇充好汉的人。天津歇后语"光叫唤不下蛋——废物鸡"，比喻吃嘛嘛不够、干嘛嘛不行的人，或讽刺占着茅坑不拉屎的人。

天津话有"外国鸡"这个词。所谓外国鸡，学名吐绶鸟，俗名火鸡，体型高大，重达十几公斤，头部皮瘤和喉部肉垂可由红变蓝变绿变白，变出多种颜色。火鸡由外国人带到天津租界，天津人初次见到奇异而丑陋的火鸡，大为惊奇，互相转告。后来，人们从外国鸡头部和喉部颜色的无常变化，联想到人的脾气秉性，于是就把脾气古怪、没准主意、一时一变的人称为"外国鸡"。该词常与"髶鸟"配伍并称。

天津民间故事以"傻子"为主角，尤以傻姑爷到老丈人家做客题材的笑话为多。旧时天津逢年过节，各地高跷秧歌会最受沿途观众欢迎的是一对丑角——傻妈妈和傻儿子的精彩表演。傻妈妈手执大蒲扇，傻儿子拿着大糖堆儿。两人随着锣鼓点面对面地扭着，出尽了洋相，赢来一片掌声与喝彩！天津话中人们常说的"傻"字号人物，成龙配套，形成系列，如"傻小子、傻闺女、傻姑爷、傻老婆、傻娘儿们、傻老爷们儿、傻贝儿贝儿、傻巴儿、傻帽儿、傻老儿"等。

由民间流传的笑话而形成的天津俏皮话数量很多，如"消防队不换岗——晕斗儿了"，民国时期天津成立新式消防队后，在大胡同东边建起一座四十米高的瞭望塔，由消防队员按时值勤观察火警。瞭望塔顶端如旗杆上的刁斗，故名瞭望斗。有一次换岗的人忘记了接班，而值勤者却因工作时间过久而晕倒于斗内，故曰"晕斗儿"，用于形容头脑不清醒。

"赵老二偷房檩——顶这儿了"，传说赵老二偷了一根房檩，扛起来就跑。失主追来，恰好前面房子要倒。赵老二即将房檩顶在危墙上，表明不是偷，而是抢险救急。"顶这儿了"，指到此为止，无所长进。其出处为晚清戴愚庵所著《沽水旧闻》，书中写落魄盐商后人赵天二丐食来津，无工可做，无所得食，乃夜出为盗。偷得某姓房檩，荷之而趋，主人尾追及之，问何之？赵情急，见路旁一屋将倾，乃以檩拄之，笑谓主人曰："顶在这儿，以免伤人。"形容非窃，乃义举也，主人笑宥之。

"周先生过河——躺下了"，私塾教师周振清在大户人家任教，与一婢女相恋，夜间冒雨私奔。二人欲渡河但深夜无人，只得解缆自渡，但苦于不谙驾舟术；时风雨大作，深恐落水，乃卧于舟底，听任其漂流，最后辗转登岸。次日天亮，周振清携妻远遁他乡，不知所终。后天津人嘲笑别人睡下、倒下，皆曰"周先生过河"。

再如"白爷做姑爷——你想把我灌死""马老显看告示——够呛""梅先生拔烟袋——不得已而为之""王二狼子挨刀——赶上新律条了""王奶奶哭孙子——凉了""王先生打鼓——点儿来了""马三立看稻子垛——火烧连营"等。这些天津俏皮话的背后,都隐含一个(在某地域范围内)广为流传、生动诙谐的民间笑话。

天津方言俏皮话

　　歇后语属于熟语语种,它在口头中流传,习用定型,风格通俗平易,为人们喜闻乐道,具有深厚的修辞意味。它的个性特性,一是语构上的前喻、后解两截的语句形式,二是风格上的俗中寓俏,三是语用上常常可以歇后。人们把群众口头创作的歇后语,称为俏皮话。

　　天津俏皮话的主角,往往形成系列。如"二小"系列,"二小踩高跷——瞧这几步走""二小吃烩饼——不叫(觉)焖(闷)(大饼加工,一焖一烩)""二小穿大褂儿——规规矩矩""二小穿缎儿鞋——不掸你(不用掸子掸,即不搭理你)""二小丢钱包——傻眼了""二小放鸽子——又回来了""二小拉胡琴——吱咕吱(自顾自)""二小嗑瓜子——专咬心上仁(人)""二小买画——一样一张""二小买香瓜——弹弹(谈谈)"。

　　"猴"系列,如"猴儿吃麻花——满拧""猴儿穿马褂——人了""猴儿拉车——说翻就翻""猴儿拉稀——坏了肠子""猴儿吃核桃——满砸""猴儿吃芥末——翻白眼""猴儿进冰窖——满凉""猴儿拿虱子——瞎掰""猴儿排队——满不挨着""猴儿骑自行车——玩轮子""猴儿屁股——自来红(月饼品种之一,特殊时代又指出身好的人)""猴儿推磨——玩儿不转"。

人物评价系列,如"属对虾的——拾一块儿了""属狗的——翻脸不认人""属蛤蟆的——没眼眉""属耗子的——撂爪儿就忘""属画眉的——就是嘴能耐""属面鱼的——没骨头""属黄花鱼的——溜边儿(黄花鱼是海鱼,成群来去有汛期,并不溜边儿;河中有种一寸多长的小鱼叫黄果鱼,性喜溜边儿,此条系以讹传讹,却因侯宝林的相声而广为流传)""属鸭子的——会吃不会拿""属鹦鹉的——有时也说两句人话"。

华人最重要的节日莫过于"年",过年从腊月二十三"祭灶节"(又称"小年")开始,所要祭祀的灶神,俗称"灶王爷"。在这个风俗基础上,产生了一些俏皮话,如:"灶王爷横批——一家之主""属灶王爷的——谁家锅台都上""灶王爷贴在腿肚子上——人走家搬""灶王爷伸手——稳拿糖瓜""灶王爷折跟头——离板了""灶王爷上天——多说好话""腊月二十三的灶神——要上天了"等。

大年三十和初一是一年最重要的日子。房屋内外打扫干净,门上贴红色春联、贴门神,于是产生了俏皮话:"大门上的春联——一对红""门框贴春联——一定成对""大年三十买门神——最后一拨儿"等。

年三十晚上一家人吃年夜饭,又称团圆饭;北方人子时吃饺子;长辈给小孩儿压岁钱,燃放鞭炮;饭后一家人围坐一夜,称为"守岁",在此基础上产生了歇后语:"大年午夜的鞭炮——一阵接一阵""三十晚上吃团圆饭——人齐话圆""三十晚上煮稀饭——不像过年的架势""三十晚上守岁——送旧迎新"等。

年初一要早起,摆供品祭祀祖先;年轻人给长辈拜年;人们见面后互道吉祥话相互祝福,在此基础上产生了俏皮话:"大年初一不上供——没神""大年初一拜年——你好我也好""大年初一见面——只说吉利话"等。

正月十五元宵节,也叫"灯节",是人们尽情欢乐的日子。传统习俗有吃元宵、放烟火、耍龙灯、舞狮子等,源于此俗的俏皮话有:"正月十五煮元宵——纷纷落水""正月十五看花灯——走着瞧""正月十五踩高跷——半截不是人""正月十五贴门神——晚半个月了"等。

天津民间谣谚

天津民间谣谚多为群众的口头创作，内容是言为心声的经验概括，形式短小精悍，言简意赅，注重韵律修辞，因而有广泛的社会基础和传承力。

谣谚的形式美，集中体现在韵律安排上，即选择韵母相同的字，有规则地安排，使同韵成分在短小的篇幅里复现，从而强化语言节奏，构成同韵相应的韵律美。例如清末民初军阀混战时期，天津流行一首歌谣，涉及多位历史人物："兵队马队洋枪队，张勋要打段祺瑞。段祺瑞没有子儿，一心要打吴小鬼儿(指吴佩孚)。吴小鬼儿没有枪，一心要打张宗昌。张宗昌没有人，一心要打张作霖。张作霖他不干，坐着飞机扔炸弹。"内容不一定与史实相符合，但反映的军阀混战的政局混乱，与文言诗句"城头变幻大王旗"同声相应。天津人喜欢的是歌谣的形式美，即口语化语言加上句头压字尾的顶针修辞与合辙押韵。

抗日战争时期，天津流传歌谣《为汉奸画像》："一副奴才相，两手往下垂。三角眼闪亮，四棱脸堆媚。五官不端正，六神透阴气。七寸长脖子，八两小脑袋。九根黄胡子，十分不像人。"——活画出汉奸无赖的可鄙形象。

明清时期，天津漕运兴盛，经济繁荣，使南运河两岸呈现舳舻相接的繁荣景象,运河沿岸的村落、码头连成一线。从杨柳青到市区,沿运河南岸的村落由西向东一字排开:马庄、谢庄、李楼、祁庄、大蒋庄、小蒋庄、雷庄、西北斜、中北斜、东北斜、邢庄子和王庄子。为了帮人熟记沿途地名,旧时民谚:"马、谢、楼、祁、大小蒋,雷、北三村、邢、王庄。"其中"楼"指李楼,"北三村"指西北斜、中北斜、东北斜三个姊妹村落。村落名形成七言两句的押韵格式,使人易读易诵易记。

北运河今北辰区段沿岸有三十多座村庄,各村相距不过一两公里。旧时歌谣:"王秦庄,买块糖,再走几步董新房;董新房,打花棍儿,再走几步桃花寺儿(村);桃花寺儿,买大葱,再走几步到寺东(回龙寺);在寺东,玩儿一玩儿,再走几步到刘园;在刘园,买菜瓜,再走几步到王庄;在王庄,喝口水,再走几步到吴嘴儿……"三三七句式加上换韵,能让人串如贯珠地列出"王秦庄—董新房—桃花寺—回龙寺—刘园—王庄—吴嘴儿"一系列地名。

中华人民共和国成立前,东郊区流传地名歌谣:"吃不穷的范庄子,打不破的贯庄子,腥气烘烘于庄子,脏脏呵呵朱庄子,灯笼罩的赵庄子,哩哩啦啦的荒草坨子。"歌谣中前五个村名都用谐音:"范"庄子谐音"饭",有饭自然吃不穷;"贯"庄子谐音"罐",铁罐坚固,自然打不破;"于"庄子谐音"鱼",自然腥气烘烘;"朱"庄子谐音"猪",言其卫生条件差;"赵"庄子谐音"罩",恰巧村里有几户人家制售煤油灯罩,算是名实相符;至于"哩哩啦啦的荒草坨子",表明该村农户居住分散,又呈线状分布,如同羊拉屎。但上述描述皆为几十年前的状况,后建成楼厦林立的华明镇,可谓旧貌换新颜了。

天津话里的市井人物

天津话里存在着数量众多的独具地方特色的方言语汇，生动形象，质朴俚俗，色彩浓郁。一些典型的市井人物如娃娃大哥、坐地炮、扯子、大了、力巴儿等，皆风味独具，饶有特色。

自古以来，天津就是漕运重镇，今天古文化街的娘娘宫，就供奉着保佑船夫渔民航海安全的妈祖。妈祖落户天津后，增加了本埠神灵，产生了"送子娘娘"。旧时婚姻观念讲究早成家早生子，叫作"早立子"。但旧时医疗卫生条件很落后，天花、麻疹、肺炎等疾病严重威胁新生儿的生命。生下男孩且平安健康，是全家的期盼。于是，人们就到娘娘宫去烧香祈祷，请回一个泥娃娃，当作自己的儿子。由此，到娘娘宫去"拴娃娃"，成为天津独特的民俗活动。旧时，由于天津本地家庭中都供奉"娃娃大哥"，两位素不相识的男士在天津大街上见面，则拱手行礼，必以"二爷"相称。

天津话"坐地炮"，指那种特别能打架的中年妇女。她们平时蓄势待发，一旦发起攻势，什么品位、风度、名声、廉耻，通通绝缘，海骂加胡卷，文斗带武卫，最后坐在地上，呼天抢地，一"炮"就是两个小时，常吵得人六神无主，闹得四邻不安。林希先生在一篇文章中写道："一次我在马路上，就听见一个人冲着匆匆跑开的人喊:'告诉你,要是把我惹火了,我可是坐地炮啊!'那个惹事的人一听,吓得抱头鼠窜,一溜烟儿,早跑得没影儿了。"

天津人说某人"扯",专指女性,说其言行超过正常规范,口无遮拦;办事不拘谨。天津卫有说"扯丫头""扯大嫂"和"扯大娘"的,却没有说"扯小子""扯大哥""扯大爷"的。同一类型的男性,天津人就称之为"嘎小子""大活宝""老顽童"。为什么"扯"专指女性呢?说到底,还是长期的封建社会对妇女言行的种种禁锢造成的。过去搞对象,"扯"可是个负面评价,说"这姑娘哪儿都好,就是有点儿扯",这婚事准完——因为男方的老娘不愿意了!现在,随着时代发展,女孩和男孩的性情差异正逐渐缩小。近年来,野蛮女友已形成新型的另类,可与传统的淑女分庭抗礼。野蛮女友虽说扯了点儿,但也很可爱嘛!

旧时专门从事红白事服务的人,天津人称之为"大了"。天津老民俗,凡遇到针尖麦芒的对峙,在大打出手之后,纠纷总得了断,矛盾总得解决,冤家总得和解,过节儿总得消停——在这关键时刻,就得请第三方大了出面调停了。这种大了是双方认可的、资格老、威望高、手段辣,黑白两道通吃的前辈。他从中斡旋,把双方面子尽量给足了,最终摆平一切。

天津话把外行、不懂行,说成"力巴儿",原指小店铺做粗活儿、杂活儿的学徒。在大商号(如首饰金店、大药铺、绸布庄、百货店、鞋帽店、茶叶庄等)学买卖的学徒,就不称"小力巴儿",而称"小徒弟"。这种学徒在店规和技能的历练下,被称为"穿过木头裙子(柜台)的",相当于商业科班出身。这样的人经过岁月的历练,往往成为庸中佼佼,被视为行家里手,被擢升为高级职员、分店经理,成为商界人才。

天津话里俗谚多

我们把方言俗语和谚语归为一类,统称俗谚。带有地方色彩的方言俗谚,鲜明地反映了当地历史风貌和民风民俗,涉及人们社会生活的各个方面。

老城厢是天津形成和发展的摇篮,始建于明永乐二年(1404)。清道光年间《津门保甲图说》载:"镇、道、府、县及长芦运使皆驻城内,余文武大小公所十有四,庙三十有一,大街四,小街四,街巷一百有六。"当时北城多为官府衙门,武职区居西,文职区居东;城东北部有文庙,而武庙坐落在城西北部。老城分四个居住区,即东北角、东南角、西北角和西南角,建筑风格和道路形成各有不同。富贵人家择地建宅集中在东门和北门一带,因而东北角和东南角多为商贾富户,建筑宏伟,院深宅大;而西南城区地势低洼,是贫苦百姓的居住地,因而产生了"北门富,南门穷,东门贵,西门贱"的俗语。

"当当吃海货,不算不会过",这句耳熟能详的天津民谚,蕴含了三层意思:第一,表明天津饮食讲究应时到节,天津人无论富豪或小康家庭都讲究吃,舍得吃;第二,表明天津地域盛产河海两鲜。时令海鲜,对天津人来说是挡不住的诱惑,而且上市期限短暂,过这村就没这店了;第三,表明旧时天津当铺林立,典当很为便捷。

"活鱼摔死了卖"是著名的俗语，比喻某类人不会办事，不会做顺水人情，结果弄巧成拙，把漂亮事儿办蠢了，把好事儿办砸了。天津俗语"装大尾巴鹰"或"愣充大尾巴鹰"，比喻不知天高地厚，自以为是的人。鹰属猛禽，其生理特征是鹰鼻鹞眼，炯炯有神；钩嘴利爪，克敌制胜；双翅发达强劲，故能高飞云端。如果鹰要是长上孔雀式的大尾巴，那就成了大累赘，不仅飞不起来，恐怕得活活饿死。典型的大尾巴鹰，就是刘宝瑞的相声《开药铺》中那个不懂装懂的假行家。

俗语"关键时刻掉链子"的本意，是指自行车常见的一种故障，就是在骑行中车链子突然脱离轮盘，掉了下来。掉链子的原因，一是因为链条太长，二是因变速车前后拨链器的限位螺母没有调节好。"掉链子"比喻在重要的关键时刻发生失误，致使功亏一篑，满盘皆输。

"河里没鱼市上看"，比喻这里见不到的人和事，但在别处却比比皆是。天津谚语"别在一棵树上吊死"，比喻处理问题时，忌讳固守成规，而要灵活变通。"官盐别当私盐卖"，比喻合法的事情要理直气壮地公开办理，不能藏着掖着，以免遭人猜忌。"不见兔子不撒鹰"，比喻要看准时机，找准目标，有充分把握后，再采取行动。"听蝲蝲蛄叫就别种地了"，比喻对于闲言碎语、风凉话，不必介意，而应坚定地照章行事。"没有金刚钻，别揽瓷器活儿"，比喻缺乏必备的条件，就不要承揽艰难的工作。"是骡子是马，拉出来遛遛"，比喻通过实际比试辨别真伪优劣。

天津俗谚的特点，就是群众性、口语性和通俗性。例如天津人把"吹牛"说成"吹大梨"，就是吹嘘，言过其实的意思。为什么把"吹牛"说成是"吹大梨"呢？天津街市原有吹糖人的小买卖，就是把盛着饴糖的小铜锅放在火炉上，有小孩子来买时，小贩就从小铜锅里抻出一小块儿饴糖，捏一捏，放在嘴上可以吹出各种造型。其中最省劲儿的是吹成圆球，在中间捏一下，插在细竹棍上，一个金黄色的大糖梨就齐活了。小孩子买了大糖梨，高擎在手，乐得嘴都合不上，蹦蹦跳跳地向小伙伴显摆去了！但这个"大梨"，毕竟是假的，薄薄一层糖，中看不中吃。于是，天津人就把说大话、吹牛皮，称作"吹大梨"了！

一些天津人能说爱吹，一吹起大梨，那是口若悬河，云山雾罩，玄乎其玄。马三立、马志明父子分别说的相声《开粥场》《大保镖》，都对吹大梨者进行了夸张式的艺术描写和讽刺！天津人把满嘴食火、吹牛自夸者，直接称为"大梨"。例如："这小子，大梨，甭信他的。"

天津俗语"大梨赚财迷"源自传统相声《福寿全》。甲装作一大户人家的管家，称家里的老头儿死了，要招一个"儿子"充任孝子，为老头儿送葬。乙以父母双全为由坚持不去。甲说老头儿家里有多少亩橡胶林，有多少家大公司，乙逐渐被吸引而接受了甲的要求。最后甲要求乙打幡儿，乙坚持不做。甲就说老头儿家中还有四名妙龄女郎任由乙挑选，乙终于同意，把孝衣都穿齐后，在舞台上上演了一场哭爹的闹剧。最后甲公布了谜底："老头儿还没死呢！"节目在苦笑中戛然而止。这个传统段子的主题，就是"大梨赚财迷"！吹大梨、说大话、满嘴食火的人，最后都得露馅儿，所以天津俗语说："大梨不是吹的，泰山不是堆的，火车不是推的。"

天津方言与戏曲

天津人爱说"有戏"和"没戏"。这两个词儿最初是京剧界的梨园行话，指师傅对少年学员艺术发展前景一锤定音的评价。投身京剧表演训练的一群少年，经过较长时间的专业学习锻炼，总有脱颖而出者——那些嗓子好、有悟性、有灵气、一点就通、一学就会、上台有台缘、观众认可、大有前途的，师傅就称之"有戏"。与之相反，即便这孩子夜以继日地学，勤学苦练，家里也不惜倾家荡产，也不行。为嘛？升华不上去，不是这块料。到头来也学不成什么，那就别耽误工夫啦！师傅只能摇摇头，两字评价"没戏！"然后叹口气说："孩子，祖师爷没赏你这碗饭吃啊！"结果是学员卷铺盖走人，该干嘛干嘛去吧。

天津是海内驰名的戏曲之乡、曲艺之乡。天津观众在海内梨园界享有盛誉：一是懂戏、内行；二是严格，眼里不揉沙子；三是襟怀宽，海纳百川，且无门户之见。对于崭露头角的艺术苗子，只要玩意儿好、卖力气、有灵性、有人缘，天津观众就毫不吝惜地用热烈掌声给他捧场，然后两字评价——"有戏！"言简意赅，且屡试不爽。梨园界曲艺界人士，只有在天津码头打响、唱红，得到认可，那才算是赶考成功，真正踏上艺术表演的道路。

源自秦晋大地的梆子，素以高亢响亮、声嘶力竭而著称。但到了二十世纪以银达子为代表的卫梆子的出现，曲调变为悠扬婉转，风格转为哀婉凄厉，于是就有"卖元宵的敲棒子，卖白菜的劈帮子，老太太爱听卫梆子"的天津谣谚在民间流传。评剧由"乞儿行乞"之歌的莲花落，进展到"三小"角色(小生、小旦、小丑)的半班戏(谐音蹦蹦戏)，再发展到敢与京戏分庭抗礼的平民之戏，天津这块风水宝地就是它的文化摇篮。评剧第一代名伶李金顺、刘翠霞、白玉霜等人就以她们的水磨新腔，奠定了表现市井生活、饮食男女、小家碧玉的艺术色调。梆子和评剧逐渐成熟的过程，与天津文化包容和融通的基调不无关系。

天津方言孕育了相声、快板、时调等大众喜闻乐见的曲艺形式，因而天津方言在中国民俗文艺中占有一席之地。天津时调是天津曲艺最有代表性的曲种之一，它产生于清末民初，由靠山调、鸳鸯调、胶皮调等民间小调组成。所谓靠山调，原是修鞋匠人在休息时，背靠山墙自娱自乐的小调；鸳鸯调是民俗情歌；胶皮调则是人力车夫在等座时哼唱的小调。天津时调最初主要流行于天津底层市民聚集的南市、河东地道外、红桥区鸟市、和平区等处的曲艺演出场所。二十世纪三四十年代，天津时调逐渐衰落。中华人民共和国成立后，王毓宝等人对靠山调等进行成功改革，使之成为主要的演唱曲调，并创作出许多精品节目。天津时调用大三弦、四胡、节子板伴奏，用天津方言的字音演唱。内容通俗，曲调丰富，腔调高亢，韵味醇厚，具有浓郁的天津乡土气息，适合天津人的口味。经加工改造和创新，天津时调成为反映时代风貌、社会生活，并深受人们喜爱的一个曲种。2006年，经国务院批准，天津时调被列入第一批国家级非物质文化遗产名录。

天津快板是二十世纪五十年代在群众文艺表演中出现的新

曲种,由天津时调中的曲调"大数子"发展改进而成,完全以天津方言来表演,在形式上采用数来宝的数唱方式及快板书的节奏板眼,用三弦伴奏,风格粗犷爽朗、明快幽默,具有浓厚的生活气息和地方风味,深受全国民众的喜爱。

天津方言戏曲俏皮话

　　活跃在天津人口语中的戏曲俏皮话很多，例如："唱戏的腿抽筋——下不来台""唱戏摇鞭子——走人""唱戏的吹胡子——假生气""教把式的学说相声——练胳膊练腿儿不如练嘴儿""戏台上的胡子——活的""戏台底下相媳妇——一头儿乐意""戏台底下掉泪——替古人担忧""戏班里的水裤——谁穿都行"。"戏园子手巾把儿——飞来飞去"，旧时戏园，有为观众提供热手巾把儿擦脸的业务，楼上楼下茶房可将手巾把儿准确互掷，竟成一景。

　　众所周知，天津是戏剧大码头，天津人爱戏、懂戏，于是一些和戏剧及名演员有关的歇后语就应运而生了。比如"费德恭的打手——歪嘴斜眼"，费德恭是京剧《八蜡庙》中的一个恶霸，他手下的恶奴也多其貌不扬。此歇后语形容某人相貌难看。"贺仁杰的锤——短链（练）"，贺仁杰，章回小说《施公案》中的人物，善使短链锤。短链谐音"短练"，指缺乏锻炼。"魏虎作揖——再来他一家伙"，魏虎是《红鬃烈马》一剧中的反面人物，他暗害薛平贵，诡称平贵已死，不料平贵又回到长安，众目之下，魏虎只好给人家赔礼。赔礼前魏虎有一句台词："待我来他一家伙。"跟着说几句好话，可是平贵不予理睬，魏虎自言："想是行路之人有些耳沉了,待我再来他一家伙。"魏虎二次行礼,这句歇后语往往指做一件事没办成,再做一次。

"黄天霸的心机——短刀药酒",黄天霸本绿林中人,后投靠清廷,在施世纶手下任职。恶虎村庄主濮天雕、武天虬和黄天霸本为结义弟兄,却和朝廷作对,拿获了施公。天霸入庄救施,同僚等嘱咐天霸,救出施公即可,不可置濮、武于死地,天霸佯允,最后竟将结义兄嫂四人全部杀死,且焚烧了庄院;事毕又大哭兄嫂,同僚乃言,猫哭耗子假慈悲。此歇后语多指某人做事待人心狠手辣。"黄天霸的帽子——戴歪缨儿的",天津丧俗里,亡人孙辈在孝帽子正中缀红缨儿(红色绒球)一枚,曾孙辈缀红缨儿两枚,玄孙以下则缀于帽侧,就是所谓的"歪缨儿",表示辈分很低。戏曲舞台上的黄天霸头戴花罗帽,其帽子整体缀满绒球,并于帽侧贴近左耳处缀一大个的绒球,故谑称为"歪缨儿"。"戴歪缨儿的"原指辈分很低,后引申为差得很远,没有可比性。

还有从名演员派生的一些歇后语,如:"杨小楼出巡(或逛街)——闪开了",杨小楼号称国剧宗师,名震菊坛。他享大名始于天津,当年在天津的声誉他人难及。他常演《艳阳楼》一剧,饰演高俅之子花花太岁高登。高登外出时,众恶奴头前带路,为显其霸气,高登有一句喝令众人避让的台词:"闪开了!"小楼道来声如裂帛,十分动听。许多人都学这三个字,几近形成满城争说"闪开了"的情景,于是出现了这句歇后语。特别是性格好说好笑的洋车夫和饭馆堂倌,在劳作中经常把这"闪开了"挂在嘴边。"刘翠霞跺脚——罢了",刘翠霞,当年评剧名家,和白玉霜为一时瑜亮。她嗓音高亢悦耳,最受天津观众欢迎。"罢了"二字多是评剧起唱所用,如"罢了!娘的儿啊……"后面定有一段脍炙人口的大唱段。此歇后语多为感叹时所用。

　　当年流行在天津人口中的这些话语,随着时间推移,多数已被遗忘。语言使用的消长是正常的现象。近些年来,新词新语不断涌现,但经过时间的淘洗,若干年后是否留存,还能留存多少,恐怕很难预料。

天津方言与城市交通

直至十九世纪中期，天津还没有现代意义的公共交通。当时人们出行，除步行外，主要靠人抬的轿子或畜力车。官员出门乘轿，百姓从轿子的式样、规格以及轿夫的人数，就可以知道是什么级别的官来了。天津富人或绅士出行，除骑马、乘轿之外，还乘坐马拉的轿车。1900年以后，天津上流社会追求洋化，盛行乘坐西洋式马车。而普通百姓、小商户外出的交通方式却是骑驴——这种交通方式的历史沧桑，从老地名"驴市街""驴市口"中可宛然再现。市民外出要到驴市去租驴，当时叫"驴脚"。旧时东北角、马家口、西头驴市口都有租驴业务。

直到人力车(洋车)从日本传入天津，城市公交才出现新变化。所谓人力车，指用人拉的车，有两个胶皮车轮，车身前有两根长柄，柄端有横木相连，主要用来载人。天津童谣云："东洋车，好买卖，大爷拉着大奶奶。"因人力车的车轮外裹着充气的橡胶皮带，车轴有滚珠轴承，行进异常轻巧，天津人称之为"胶皮"。天津第一辆"胶皮"亮相于1873年，这是大官僚盛宣怀在天津筹办轮船招商局后，从日本购进的。后来，天津寓公、公馆太太及演艺界女星都喜欢从车场雇"包月"，或自家养一辆洋车。据史料记载，清光绪三十二年(1906)天津有车场两百多处，胶皮六千多辆。

到了二十世纪三十年代前后，三轮儿车逐渐取代了胶皮。原先胶皮包月车的车座前都装有布帏遮掩，而三轮儿车却是敞开的，便于乘客观赏沿途风光。同时，坐车人外形毕露，颇引路人瞩目。当年在天津街巷传唱一首流行歌："三轮儿车上的小姐真美丽，西服裤子短大衣。张开小嘴笑嘻嘻，两只眼睛叫人迷。"

最初，天津人称汽车为"四轮电"，居住在租界的寓公、富商，多购西洋轿车自用，以之为显示身份的标志。一般市民却可望而不可即。当时天津租界内有三十来家汽车行，出租小汽车按时计价。

天津话命名外来的交通工具：胶皮、三轮儿和四轮电，都着眼突出车的关键部位——车轮，而舍去中心词"车"。这也昭示了天津话的地域特点：简洁明快而直奔主题。

中国是自行车王国，天津是自行车城，所以与自行车有关的俗语数量很多。这些俗语有两个特点：一形象，二幽默，故广为习用，历久不衰。如"耍龙"，本指节日欢庆时的大型集体文娱表演——舞龙；后指在骑自行车时，持把不稳，致使车行轨迹东扭西歪的情状。"撒把"，本指在骑自行车过程中双手离开车把的行为；后用"大撒把"比喻管理者放手不管，任其自由行事的行为。"拿龙"，本指对自行车变形瓦圈的维修矫正；后比喻用拳脚教训人，迫使对方就范。马志明的著名相声《纠纷》中，就有一句令人忍俊不禁的话："今儿个我给你拿拿龙！"扬言要通过狠狠"得楞"，扳扳对方的坏习惯。

天津方言与有轨电车

天津公交创建于 1906 年,其标志是有轨电车的通车,早于上海(1908)、大连(1909)、广州(1920)、沈阳(1920)、北京(1921)和南京(1931),成为全国公交首创城市。当时,天津人称有轨电车为"摩电车"或"当当车"。当初的有轨电车没有喇叭,在驾驶室内设置一个铃铛,司机脚踩铃铛,发出当当的响声,提醒路上行人和人力车夫注意,当当车由此得名。

1905 年,由比利时财团投资的天津电车电灯公司,在西南角(今南开五马路一带)建起电车公司车库。《天津地理买卖杂字》云:"西南角,广仁堂,电车公司叫卖行。"南开区服装街西段南侧原有电前胡同,所谓"电前"就是电车公司前。这条胡同临近收发并维修电车的场地,故得名。1906 年 6 月,第一辆有轨电车上路,沿旧城行驶,形成天津有轨电车第一条线路——全长 5.16 千米,命名为"白牌"。《天津地理买卖杂字》云:"四马路,安电线,白牌电车围城转。"其线路从北大关起,分别驶向东、西两面,沿围城马路环行,因车头顶部有白色横额做标志,故称"白牌"。天津后陆续又开辟了红、黄、蓝三牌电车,均以北大关为起点。至于用颜色区别不同线路的原因,是当时市民普遍文化水平不高,文盲还占相当大的比例,颜色比数字好记。

"红牌"经北马路、东北角、沿河马路,过金汤桥(东浮桥),经建国道至天津火车站。"黄牌"经北马路、东马路、东南角、四面钟、劝业场,至海关(今赤峰道与大沽路交口)。"蓝牌"前半段与"黄牌"驶同一线路,至劝业场后拐向滨江道,过万国桥(今解放桥)至天津火车站。1918年增设的"绿牌",从当时法租界老西开(今国际商场一带)沿滨江道,过万国桥至天津火车站。1927年增设的"花牌",由东北角至海关。1947年,增设的紫牌电车由金钢桥通往北站。

城市公交是市政现代化的重要内容。从1906年开始运营,截至1911年,短短五年时间,比利时财团在天津电车业的投资即已全部收回。到二十世纪四十年代,天津有轨电车发展七条线路,总长度为21.63千米,共有电车五十五辆。运行区域覆盖了华界(俗称中国地)和奥、意、日、法四国租界,以及部分俄租界和老龙头车站。

二十世纪三十年代,坐电车逛劝业场在天津已成流行的生活时尚,并由此产生了几条歇后语。"绕城转——白牌","白牌"系对非党、团员群众的戏称。"白牌儿电车——转去吧","转去吧"表示上街逛商场的意思。"白牌儿电车进租界——岔道儿",当时红、黄、蓝牌等电车线路都经过租界,唯独白牌电车只能绕着老城厢环行,不进租界,故言;"岔道儿",比喻不按规矩办事或行为不端。"红牌儿电车——下河东",旧时天津红牌电车线路由北大关经东北角,过金汤桥沿今建国道至天津火车站。建国道在海河东岸,故曰下河东。《下河东》(亦名《龙虎斗》《斩呼延寿廷》)为传统戏曲剧目,过去居住在老城里和英、法、日、德租界的天津人去河东办事,被谑称"红牌儿电车",暗寓"下河东"之意。

"老太太上电车——您老先别吹",旧时有轨电车的售票员用吹小铜喇叭的方式通知司机,作为开车信号。当年缠足老太太赶电车,动作慢,怕车开动,往往边跑边大声示意卖票的:"您老先别吹,先别吹!"这条俏皮话多用于阻止某人吹牛;"吹"又谐音"催",请求暂缓催促亦用此语,颇具幽默色彩。

天津方言与厨艺食俗

　　天津方言中有关菜品烹调的俗谚数量极多,例如"冬吃鱼头夏吃尾,春吃黄花秋蟹美,晃虾青梭伏鳎目,银鱼铁雀野鸭肥"——总结天津四季应时佳肴。介绍天津特色菜品——"白崩鱼丁虾油蘸,河豚苦菜白糖拌;海蜇对虾女儿蛏,雪后铁雀树上弹""爆三样儿熘鱼片儿,南煎丸子炸脂盖儿。干炝肉丝大料瓣儿,冰糖莲子上鸭楦儿"。介绍天津家常菜品——"干饭茄子泥,贴饽饽熬小鱼"。介绍天津婚寿宴席——"烧肉丸子鸡,滑鱼独面筋。合碗上笼屉,南北作东西"等。描写天津饮食名店会芳楼、什锦斋等的特色佳肴——"会芳牛尾焐得透,什锦斋内蒸松肉,惠罗春柳三丝汤,随园肘子口味厚"。"曹记驴肉白记饺儿,石头门坎吃素包儿"——曹记驴肉、白记清真水饺、石头门坎素包儿皆为天津老字号饮食名品。天津歇后语"石头门坎的包子——没肉",形容某人体型干瘦苗条。"上岗子面茶芝麻香,西北城角喝羊汤"——天津风味小吃面茶和羊汤,以河北上岗子和西北城角的为佳。

　　关于厨艺的天津谚语"蒸锅合碗大锅台,前墩后墩齐过来,小灶干净麻利快,面案抻出银丝来"——描写厨房各工种的按部就班。"响堂鸣灶哑巴墩儿"——旧时饭馆规矩,厅堂待客报菜名应声音响亮,灶上烹炒锅勺敲出点子,但墩儿上却要保持安静。

"入厨先洗手,上灶莫多言""切菜看刀口,炒菜看火候""七分墩儿三分灶儿,十般手艺全学到""厨师两件宝,好火与快刀;人实火要虚,才能把菜炒""火是小灶儿的胆儿,油是小灶儿的脸儿""十个厨子九个淡,食客用餐没包涵"——这些餐饮业厨艺俗谚都是规律性的概括总结。再如"要吃素菜香,多加芫荽姜;青酱料酒醋,白糖味之素;提汤大白油,炖汤要靠卤儿""鱼老要用大火熬,虾米老了味精找;牛肉不烂小火焐,里脊老了拿水焯"——都是对厨艺要领的高度概括。

天津人喜欢吃饺子、捞面等面食,但何时吃饺子,何时吃捞面,却大有讲究。天津俗语"上马饺子下马面"——津俗饯行吃饺子,接风吃捞面,谓之"长接短送"。所谓"长接",即设捞面宴接风,祝愿长久留下;所谓"短送",即饯行吃水饺,祝愿相隔很短再度欢聚。"催生饺子长寿面"——诞辰前一天吃饺子,祝福顺利降生;生日当天吃捞面,祝愿福寿绵长。"开张饺子关门面"——商店开业,吃饺子祝贺,祝福交上好运;商店歇业,有吃散伙面的习俗,蕴含情谊绵长之意。"冬至饺子夏至面"——节令饮食习俗,冬至当天吃饺子,含应时御寒之义;夏至当日吃捞面,含爽身康吉之义。"初一饺子初二面,初三合子往家转""头伏饺子二伏面,三伏烙饼炒鸡蛋"——是传统民俗节日(或节令)约定俗成的饮食习俗。

天津方言与饮食

　　天津在明清两代是拱卫京师之门户、河海转运的枢纽、贸易繁茂的商埠。在当时,粮、盐为其两大经济支柱,而鱼、盐却是天津的两项重要财源。由于九河下梢、河海交汇的地理位置,天津的渔产很是丰富。《天津县志》载:"津邑,滨海区也。渔利与盐同,捕鱼不下三十种。"鱼盐之利推动了天津经济的发展,"吃鱼吃虾,天津当家",这在天津地名上也有所体现。

　　天津方言许多俗谚道出河海两鲜的特点,"三天鱼虾不上灶,天津卫人学猫叫""当当吃海货,不算不会过",极言天津人嗜食鱼虾。"一平二鲙三鳎目",平鱼、鲙鱼和比目鱼均为天津著名海产品。"春吃海蟹,秋吃河蟹,冬吃紫蟹",紫蟹为天津冬季特产,体小如铜钱,味极鲜美。"晃虾对虾皮皮虾,鲫头黄花大鳎目",夸耀天津海鲜之丰富。"河中鲤,港中梭,纤板刀鱼不用割",河鱼上品为鲤鱼、梭鱼、刀鱼;纤板,纤夫拉纤用的二尺长的木板;状似纤板的刀鱼在烹宰时用刀易将苦胆割破,只能用拇指和食指入腮后,将鱼鳃和脏器一起取出。"七上八下螃蟹肥,圆脐破了黄,尖脐油糊嘴",农历七八月正是螃蟹肥美之季。

　　天津家庭的普通食品,常有一个艺术化的、有趣的名字,例如"龙拿猪",用高汤煮饺子,同时下面条,煮熟后盛在一个碗里吃。游龙喻面条,肥猪喻饺子,二者在沸汤中翻滚,犹如龙猪鏖战。再如"龙戏猪",龙比喻面条,猪比喻玉米面杂杂。将面条和玉米面杂杂一起下锅煮熟,盛在一个碗里吃,这是贫寒人家的吃食。"两下锅"指把饺子、面条同时放进锅里煮,后引申到戏剧表演。清代京剧和河北梆子是京津一带两大剧种,由京剧演员和梆子演员合作演出,这出唱京剧,下出唱梆子,穿插进行也叫"两下锅"。到民国时,梆子渐趋没落而京剧盛行,这种演出形式才逐渐消失。另外,一位演员擅长京剧与河北梆子或京剧与评剧两种戏剧形式的,也叫"两下锅"。如杨翠喜活跃于舞台时,以擅长京剧、河北梆子两下锅著名;再如白玉霜在上海以京剧、评剧两下锅的形式,演出了《潘金莲》。

天津方言以各类小吃为内容编制的俏皮话,多言在此而意在彼,有言外之意,奏弦外之音。例如"卖烧饼的不带干粮——吃货""卖烧鸡的挎提盒——不吃卤鸡吃窝脖儿""煎饼馃子带作料——一套一套的""卖煎饼馃子的摔跤(或翻车)——乱套了""煎饼馃子就面茶——好吃不好拿"等。天津人爱吃的切糕以江米小枣为主料,故有"卖切糕的回家——枣(早)下街(读 gāi)"的俗语。"卖茶汤的下街——没面子",茶汤是用秫米面经沸水冲熟制作的,如秫米面没了,只好下街回家。沏茶汤秫米面的"面子",双关好面子的"面子";"没面子"指丢尽颜面。

天津方言最诙谐可笑的是面茶系列俏皮话:"面茶锅里煮铁球——浑蛋带砸锅""面茶锅里煮灯泡——浑蛋带邪火""面茶锅里煮灯泡——说你浑蛋,你还一肚子火";"面茶锅里煮皮球——浑蛋还带一肚子气""面茶锅里煮元宵——浑蛋加糊涂""面茶锅里煮寿桃——糊涂点心出了尖"等。

天津话里食为天

天津方言俗语"吃尽穿绝天津卫"，指天津人讲究吃穿，穷奢极欲。天津话"吃主儿"，就指美食家，如："张爷，您是吃主儿，您品品这暨蹦鲤鱼，做得怎么样？""吃八方"，形容处处顺畅，受欢迎，如"这孩子嘴大，倒也不错！嘴大吃八方嘛。"天津人说"吃饭家伙"，指脑袋；"吃饭家伙丢了""吃饭家伙搬家"就是杀头的诙谐说法，如："一句话错了板眼，吃饭家伙就丢了。""如果我们赢了这俩日本人，说不定我们吃饭家伙就得搬家。""吃挂落儿"，指受连累、受牵连，如："你惹了祸，我们大伙儿都跟着吃挂落儿。""吃耗子药"，讽刺频繁搬家，如："连着换了三次房，你吃耗子药啦？""吃几碗干饭"，比喻究竟有多大本事，用于讽刺，如："那你知道自己能吃几碗干饭吗？""真不知道自个儿吃几碗干饭。""吃天鹅肉"，比喻妄想，如："你小子想吃天鹅肉又吃不着，就说肉是酸的。""吃洋饭儿"指为外国人工作，如旧时把使领馆、教会、洋行等处的雇员、译员等，统称为"吃洋饭儿的"。"吃人儿的"，一指靠骗术谋生的人，如："他可是吃人儿的，千万别和他罗合。"二指专以色相骗取钱财的女人，如："那个娘儿们可是个吃人儿的主儿。""吃过见过"，指生活阅历广，尽情享用过，如："吃主儿也不纠缠，显摆的是口儿高，表示咱爷们儿吃过见过。"

天津话"一锅端",原指把盛满饭菜的锅整个端走,比喻全部清除或全部消灭的意思,如:"趁这股敌人立脚未稳,我们把它一锅端了吧!"这里的"一锅端"是全部歼灭的意思。又如:"公安局把这个无恶不作的黑势力集团一锅端了!"这里的"一锅端"是全部逮捕的意思。再如:"惩治腐败的终极杀招,就是将腐败的领导班子一锅端。"这里的"一锅端"就是全部撤职查办的意思。"一锅端"还比喻一个不剩,一个不留,如:"大城市老三届的学生,除极特殊情况外,一锅端,都上山下乡了。""一锅端"还比喻全部说出来的意思,如:"我的话在心里憋了多年,不管对错,怎么想怎么说,今天我是一锅端,给你来个和盘托出。"

天津话还有一个惯用语"一锅熬",原指把多种不同品类的食物放在一个锅里煮熟;后比喻不分优劣,不分具体原因,放在一起处理,如:"对这些犯错误的同志,应做具体分析,区别对待,可不能不分青红皂白地一锅熬啊!""一锅熬"也说成"一勺烩",也是不分好坏,同样处理的意思,如:"那种不加选择,不顾后果,一勺烩的做法是很不妥当的。"

天津话"一锅腥",是俗语"一条鱼满锅腥"的缩略,比喻因为一个人或一件事影响了集体或全局,如:"这小子纯粹是害群之马,他一个人捣乱,结果一锅腥,害得大家都跟着吃挂落儿!"

天津话里的隐语行话

　　隐语行话是一种特定的民俗语言现象。它是某些社会集团或群体出于维护内部利益、协调内部人际关系的需要，而创制并使用的一种用于内部语言交际的，以遁词隐义、谲譬指事为特征的封闭或半封闭性符号体系。笔者在编写《天津方言词典》时，对一些词语的词源和构词理据进行寻根探索时发现：相当数量的天津方言词语来源于隐语行话。隐语行话得以产生发展的基础就是江湖文化。而江湖文化一旦进入城镇都市，与之一拍即合的就是市井文化。天津旧时的市井文化由漕运、码头、商埠和游民四要素组成，在天津文化中占有一定的位置并产生了较大的影响。

　　为什么在天津方言词语中，源于旧时隐语行话的数量比较多呢？首先，是天津自身的市井文化与外来的江湖文化共鸣、吸纳之使然。其次，天津人对于内容新颖、表现力强的外来词语，具备很强的接受能力，并乐于将其"拿来"改造成自家词语。再次，旧时属于码头文化的"脚行""锅伙""混混儿"等特殊的社会群体，他们内部使用的隐语行话，必然在天津话里有所反映。

　　旧时天津混混儿们在街面上动武打架，凡怯阵、服软或溜走者，都被讥讽为"尿了"，即"被对手吓尿裤了"的意思。由此，

"尿"引申出含糊、在乎、服输的意思，多用于否定句式，如："别看他穷横，我才不尿他了"（即不在乎他）；"也不扫听扫听，我到哪儿也不尿他"（即不服他）。天津话"不尿这一壶"，比喻藐视、轻蔑、不理睬。天津方言词"叠"，原指旧时混混儿在入伙前经历犹如炼狱般的考验——在挨打前，蜷曲身体，手臂抱头，腿与腹贴紧，以保护自身关键部位；俟此人"叠"好后对方才能开打，棍棒狠命打向屁股、脊背、大腿和两臂等部位，但不使之毙命。"叠"后引申为服输，如："没想到啊！这么倔强的人最后也叠了。"

天津方言中的隐语行话，大多源于梨园界、江湖诸行和犯罪集团。源于梨园行话的，如"刨活儿、走穴、大拿、挎刀、叫板、下海、现挂、帽儿戏、打下手、挑帘儿红、平地抠饼"等；源于江湖诸行的，如"立万儿、保裉、单挑儿、死签儿"等；源于犯罪集团的，如"卧底、码子（钱）、放鹰（以结婚为名拐骗钱财）、绑票、吃大轮儿（在铁路线或火车上偷盗行窃）"等。对于这些词语，老天津人并不陌生。

出身于隐语行话的方言词语在进入社会交际后，其语义和语用均发生了一定程度的变化，以适应正常的社交需要。人们尽管在交流中使用它，但对其出身却往往习焉不察。总之，隐语行话的盛行与天津城市文化及方言特点互为表里，隐语行话也丰富了天津方言词汇。对隐语行话进行研究，也是方言词汇研究重要的一个侧面。

天津话里的"江湖"

　　笔者在对天津方言中一些词语的词源和构词理据进行寻根溯源地分析时发现：相当数量的天津方言语汇源于隐语行话，是江湖文化在天津方言中的典型反映。《天津方言词典》辑释的进入天津方言语汇的旧时隐语行话，约近两百条。

　　天津历史上的市井文化，就是由漕运、码头、商埠和游民这四个要素组成的，在天津文化生成中占有重要的位置，产生了巨大的影响。天津方言源于旧时隐语行话的语汇数量多于北京和上海，究其原因，大致有四：

　　首先，天津的市井文化相当突出而活跃，在历史上与江湖文化极易发生共鸣，二者相互吸纳是顺理成章的趋势。其次，作为北方大商埠和戏曲之乡，天津市井对于表现力强的外来词语，有一种与生俱来的敏感，并擅长将其顺手"拿来"，加以吸纳和改造，使之成为自家新词语，并很快地流行开来。再次，天津码头文化的主体部分是失去土地的北方农民，他们以闯码头的形式进入天津，其思维方式、价值观念都属于小农经济模式，在讲义气、抱团儿、性情豪爽淳朴之外，视野狭隘、不思进取、随波逐流的性格特点也显而易见。天津码头文化就是外来的隐语行话生成的环境；"脚行"和"锅伙"等社团群体也是隐语行话产生和发展的基地。从清朝乾隆末年到光绪末年,这一百六十年间,是天津混混儿盛行的时期,其间产生并流行的隐语行话必然在天津方言中有典型的反映。

天津方言中的隐语行话,绝大多数源于梨园界、江湖诸行和犯罪集团。例如天津人说的"活儿",本是曲艺杂技界对节目的称呼,例如表演叫"使活儿",辅助表演叫"量活儿",表演水平高叫"活儿好",魔术叫"文活儿",杂技叫"武活儿",古彩戏法叫"落活儿",义务演出叫"票活儿",后指无偿劳动等。"活儿使响了",指相声表演把观众逗乐了;"活儿使闷了",指相声表演没把观众逗乐。"挎刀",有名望的演员在别人主演的剧目里担任配角,后比喻当助手,辅佐陪伴。"现挂",原指触景生情,即兴创作;后指在讲话时无准备地临时发挥。"开方子",本指开药方,旧时喻指妓女借故向迷恋自己的嫖客索要财物,后引申为委婉索贿。"单挑儿",原指旧时混混儿们一对一的单打独斗,即单独与对手较量,后引申为独立工作,例如:"这是他演艺生涯中第一次单挑儿执导,就获得了巨大的成功。""死签儿",旧时脚行争码头群殴,一方提出条件,另一方从自己人中抽人去应对;由于对方的条件常常很苛刻(比如油锅里捞铜钱、剁手指等),去的人多半不死即伤,于是抽签决定谁去,抽中黑签的必须去拼命或送死,故称"死签儿"。"不尿这一壶",比喻藐视,轻蔑,不理睬。"佛爷"专指偷钱夹的窃贼,也叫小绺;未成年的小偷叫小佛爷。"洗佛爷",指勒索小偷的赃款。"钳工",指扒窃的小偷。"黑钱",指专在夜间拧门撬锁入户偷窃的盗贼。"下家",指销赃。"码子",指钱。"大轮儿",专指在铁路线或火车上。"吃二模儿",旧时专指小偷、骗子所得不义之财的恶霸行为……以上这些隐语的语义有形象感,加之表义不晦涩，因而顺理成章地被天津方言吸纳。

隐语行话用于天津方言，涉及词义的演变。首先是词义扩大，例如："砍"，旧时指北方地区流氓团伙以钱财勾引女人；后指用金钱开路，例如："这些关系网都是拿钱砍出来的。""打闷棍"，原指打劫财物，后指突然袭击。例如："谁承想背地里使坏，给自己打闷棍的竟然是自己的徒弟！""打下手"，原指乐队里听从鼓板指挥的锣、镲、梆子的演奏者；后泛指做次要的辅助性工作。"门儿清"，指犯罪团体内部的规矩；后形容懂行，了解得非常清楚。"钓鱼"，指犯罪团伙用长竿伸进室内勾取财物的偷窃手段；后比喻用诱饵骗人上钩。"出道"，指流氓团伙在黑道上取得一定名气或地位者，后泛指学徒学艺期满，开始从事某项工作或事业。

有的属于词义转移。例如："范儿"，旧时指戏剧界演出的技巧窍门；后指风格、做派（多指好的）。"水货"，指犯罪团伙水路运输的走私品；后泛指劣质产品。"叫板"，旧时戏剧界演员在道白后、起唱前对伴奏鼓师的暗示；后指用言辞进行挑衅。"刷色"，原指行贿送礼；后指阿谀奉承，贴金增色，例如："在办公室工作了半年，很快就学会了顺情说好话，使劲儿刷色。"

隐语行话多产生于历史动乱之际，到了今天，其产生的历史背景和社会环境业已消亡，但隐语行话是否也随之消亡呢？答案是否定的。有些隐语行话消亡了，但有些隐语行话非但没有消亡，反而伴随着社会化的进程，成为普通词语，进入共同语词汇系统。

隐语行话的社会化，首先表现为不改变原义，直接进入共同语，成为普通词语。如"绑票"，原是东北地区盗匪集团的秘密语，意为抢劫人质以勒索。而《现代汉语词典》释义为"匪徒把人劫走,强迫被绑者的家属出钱去赎",可见与其原义区别不大。与此相关的"肉票""撕票"原义分别为"被盗匪绑去,作为勒索钱财的人质""盗匪集团勒索钱财不成,将人质杀害",均属盗匪、帮会的隐语,而《现代汉语词典》的释义与其原义没有多大区别。类似例证还有许多,像我们现在常用的"撑腰""出点子""小白脸""扫兴""煞风景""扯淡"等词语均出自隐语行话,但是这些语汇的现代释义与隐语行话的含义并无太大区别。

在秘密语进入共同语汇系统的过程中,我们见到的另外一种情况是:将一些有着极强局限性的秘密语的语义泛化,产生泛指义,或在秘密语的语义基础上产生新义,这些秘密语正是在泛指义和新义上成为普通词语的。例如:"卧底",原指江湖组织及匪帮打入内部潜伏起来,《现代汉语词典》指"埋伏下来做内应",公安内部经常用这个词。"下海",原属梨园行隐语,指业余演员转而从事专业演出,而现在泛指科研人员、教师、机关工作人员离开原岗位去办公司、搞实业。

原出身于隐语行话,但已社会化了的语汇数量很多,如"接客""跳槽""拉皮条""回头客"等原属青楼界用语;"走穴""托儿""大腕儿"等原属江湖隐语。这些词语泛化后在语义和语用上均发生了很大变化。但是,人们往往只在语言实践中使用它,对其出身却习焉不察,更谈不到寻根探源了。

总之,隐语行话丰富了方言词汇,它的盛行与天津城市文化及方言特点互为表里。对隐语行话进行研究,也是天津方言研究一个重要的侧面。

天津人讲话爱数数

  天津话中数字词语数量较多，在修辞表意上独具特色。例如："一百一"——形容好到极点。"一阵儿两火"——有时，时不时的。"幺二三"——指事物的基本原理和一般规律，例如："他没那墨水儿，哪能讲出幺二三来。"也指法律、法规的具体条文，例如："我究竟犯了嘛法，违了嘛规，你给我说出幺二三来。""二级一母儿"——即本人二级工，家中老娘没工作。二十世纪六七十年代，天津为数众多的青年职工到了谈婚论嫁的年龄，在交朋友介绍男青年经济收入和家庭状况时，一概以"二级一母儿"回应。"好歹二三"——敷衍了事。"三转一响"——二十世纪七八十年代，天津人把家中拥有"三转"（手表、自行车、缝纫机）和"一响"（收音机，后改电视机）当作立业兴家的重要标志。"三节两寿"——指每年向尊长者探望送礼的时间。"三节"指端午节、中秋节和春节。"两寿"所指不同，对于弟子来说，指师父、师母的生日；对于旧官场来说，指上司、同僚夫妇诞辰。"人三鬼四"——旧时习俗，给长辈磕头磕三个，给去世的人磕四个。新俗鞠躬仍依此例，对去世者也鞠四个躬。

  "四六不懂"——指任嘛不懂，了无所知。"四六"指四书（《大学》《中庸》《论语》《孟子》）和六经（《诗经》《尚书》《礼记》《周易》

《乐经》《春秋左传》)。"乒乓五四"——形容动作干脆利落。"叮当五六"——形容干脆麻利快。"人五人六"——指趾高气扬,装模作样的人。此处"五"和"六",跟数量无关。"人五"是"人物"谐音,添加"人六",为凑足音节,并无实义。"五脊六兽"——中国传统建筑(如宫殿、庙宇等)上的烧瓷镇宅瑞兽,在五根房脊的边缘通常固定安放六个。只有功臣的宅邸经皇帝特许后才可安装,称为"仪脊""脊兽",以示殊荣。因镇宅瑞兽面貌狰狞,该说法常用来形容某人抓耳挠腮、手足无措;或无可奈何、没着没落;或张狂雀跃、狂喜炫耀;或无所事事、浑身难受;或心烦意乱、神不守舍等精神状态。

"茶七饭八酒十成"——旧时规矩,给客人斟茶应斟七成,盛饭须盛八成,倒酒得倒十成满。"七尖八团"——天津盛产河蟹,"尖"即长脐,指公蟹;"团"即圆脐,指母蟹;所谓"七尖八团"指阴历七月份和八月份分别是公蟹和母蟹最肥美的时候。"七大姑八大姨"——形容各类亲戚很多,令人厌烦。"缺八辈儿"——"缺八辈儿德"的省称,指祖祖辈辈缺德,多为发牢骚时的自我贬损。"小九九"——原指乘法口诀,后比喻心中的算计。"管毙十"——骨牌用语,牌九中以"九"为大,"十"等于零,点数最低;别的牌全能把它毙了,故称"毙十"。"管毙十"指不管用,什么也管不了。

天津人说话爱凑"八"

天津人有个习惯，不管嘛事都讲究凑成"八"。清末民初经营绸缎行业的有"八大祥"：谦祥益、瑞蚨祥、瑞林祥、瑞生祥、瑞增祥、益和祥、隆祥、庆祥，均为山东章丘旧军镇孟氏家族开设。本埠名门望族有"八大家"，《天津地理买卖杂字》曰："财势大数卞家，东韩西穆也数他，振德黄、义德王，益照临家长源杨，高台阶华家门，冰窖胡同李善人。"天津历来商业繁荣、店铺林立。旧时有商街"八大巷"之说，指竹竿巷（北门外路西）、永乐巷（西门外太平街）、大伙巷（城外西北角）、小伙巷（城外西北角）、毛贾伙巷（宫北大街北口）、大丰巷（东门外南斜街）、萧居巷（河北大街西侧）和太平巷（南门西坐北）。

清康乾年间，天津相继开业的八家店名带"成"字的高级餐馆：聚庆成、聚合成、聚乐成、聚升成、聚源成、福聚成、义和成、义升成，均开设在侯家后一带，统称"津门八大成"，主要经营南北大菜、满汉全席，只包办预订酒席，不接待散客，对于形成天津传统菜系起到奠基作用。后由于商业中心南移，"八大成"先后停业，后在南市又新开八家，除聚庆成、聚合成为老字号外，又有明利成、聚兴成、庆乐成、聚德成、裕华成、德华成，则为"新八大成"。天津河东粮店街原为天津粮食东集，从清咸丰三年起陆续开设了八家大粮店:成发、成益、成兴、成庆、成通、成祥、成安、成利,号称富甲一方的"粮店街八大成"。

1928年落成的天津劝业场,在场内设八个娱乐场所,均以"天"字打头,号称"八大天",即天华景戏院、天宫影院、天乐戏院、天会轩戏院、天纬台球社、天纬地球社、天露茶社、天外天屋顶夜花园。

旧时天津宴会用大碗盛放八种组合菜肴,因季节和需求而变化。如熘鱼片、烩虾仁、全家福、桂花鱼骨、烩滑鱼、独面筋、汆丸子、烧肉、松肉等,又有粗、细、荤、素、清真等类别,号称雅俗共赏"八大碗"。

旧时春节,天津人为美化环境、烘托气氛、祈福求吉,许多家庭都贴红色饰物,称为"八大红":门神;春联;春条(如五谷丰登、抬头见喜等);斗方(福字);吊钱(如黄金万两、招财进宝等);窗花;年画;用绢绸编织的工艺品(如十二属相、花生串、元宝串、五彩椒等)。天津旧俗,男女订婚时,男方送给女方八件首饰作为聘礼:耳环、戒指、镯子、簪子、脖链、鸡心、头针、裤钩。富贵人家用黄金的,称为"八大金";小门小户则多用白银的,称为"八大银"。

清代为推行科举制度而在天津建立"八大书院":三取书院,1719年建于三岔河口;问津书院,1775年建于鼓楼南;辅仁书院,1827年建于西北角海潮庵;会文书院,1875年建于仓敖街;集贤书院,1886年建于水师营东;稽古书院,1887年建于西北角铃铛阁;津东书院,1877年建于葛沽;崇文书院,1878年建于杨柳青。

"八道捐",旧时天津有八国租界,除比利时租界外,人力车须到七国租界分别上捐,再加上本国的捐,有八个捐牌的人力车才能在全市通行。旧时天津有八个慈善组织：南善堂、北善堂、公善社、引善社、崇善东社、济生社、备济社、体仁广生社，1926 年合并后统称"八善堂"。另外，说相声的有"八大德"，糕点铺有"八大斋"，救火的有"八大水会"，料理丧事的有"八大杠房"。姓赵的有赵八爷，姓李的有李八爷，姓张的有张八爷，就是没有姓王的"王八爷"——天津人最讨厌这个称呼。

天津方言称谓趣谈

二 哥

民俗语言专家、山东大学文史哲学研究院孙剑艺教授，原籍山东省阳谷县，是传说中打虎英雄武松的老乡。在学术交流通信中，他说山东阳谷有传统民俗，就是出门在外，遇到与自己年龄相当的陌生男子，要尊称对方为"二哥"，而忌讳称"大哥"。他曾请教老人，老人答曰："大哥是骂人的话，大哥是乌龟！"其实，山东阳谷"二哥"的尊称源于对武松的英雄崇拜。山东好汉武二郎是响当当的英雄，而其胞兄武大却因妻子潘金莲的秽行而窝囊被害，成为遭人耻笑的人物。

京津地区旧时饭馆、旅店，对前来食宿的男性顾客尊称"二爷"，却讳称"大爷"。典型者为茶房、伙计、店小二之类在与前来的客人打招呼时，必言"二爷里请""二爷您用点儿什么"之类。社会交往中，亦尊称成年陌生男子为"二哥"，却讳称"大哥"。例如天津小贩在兜售时，爱说："二哥吃菜瓜，酸甜的。"究其原因，又与"娃娃大哥"有关。

旧时婚姻观念讲究早成家早生子，叫作"早立子"。但旧时医疗卫生条件很落后，天花、麻疹、肺炎等疾病严重威胁新生儿的生命。生下男孩且平安健康，是全家人的热切期盼。于是，人们就到娘娘宫去烧香祈祷，请回一个泥娃娃，当作自己的儿子。家里有了这个"娃娃大哥"作为长子，于是"招弟""连弟""续弟"……弟弟们就接二连三地呼噜噜跟着来了。新婚不久的小媳妇到娘娘宫去"拴娃娃"，成了天津独特的民俗。

旧时，老天津卫居民几乎家里都有"娃娃大哥"。由此，出生的头胎男孩，排行则成了老二。老二、老三对"娃娃大哥"毕恭毕敬，尊之为兄长，且辈辈相沿。数十年后，逢年过节，老二老三的子女也对"娃娃大爷"叩拜行礼。

笔者幼时曾看到邻居家的"娃娃大哥"留两撇小黑胡，衣着长袍马褂，戴着红顶瓜皮帽，手持旱烟袋端坐于玻璃罩内的情状。五六十年前，天津土著各家长子都屈尊降为老二，而老大行第却专属泥偶，盖因其为家庭招来男孩而功莫大焉。这是旧时天津社会面称"二哥""二爷"的重要原因。旧时在天津大街上，两位素不相识的男士初次见面，则拱手行礼，必以"二爷"相称。因为"大爷"是家里供案上的"娃娃大哥"。

现在，新一代的天津人，即使萍水相逢，也相互称呼"大哥"。如："大哥，跟您了打听点儿事……"见到年纪大一些的，则一律称呼"大爷"。现在没有再听到"二哥吃菜瓜"和"二爷里请"的了，这也是移风易俗、与时俱进的表现。

大　姐

在社会交往中，用亲属称谓招呼并无亲属关系的陌生人，可以拉近心理距离，显得亲切、真诚。这种称谓理念已形成传统，各国各地,概莫能外。

汉语"大姐"这个称谓,涵盖面很宽。甭说一般的中年妇女,就是对身居高位的女性政治家,也可以亲切地称呼"大姐"。如邓颖超、蔡畅、康克清等老一辈革命家,人们亲切地称之为"邓大姐""蔡大姐""康大姐"。

外地女性朋友来到天津,常会听到街市上的商贩或出租车司机热情地打招呼:"大姐,您了买点嘛?""大姐,您了上哪儿?"外地朋友对天津市井中"大姐"的称呼,觉得有意思。

其实,在老天津卫的街市上,跟女性市民打招呼,一律称为"大姑"。旧时走街串巷的小贩,或推车,或挑担,或提篮,或卖鱼,或卖菜,或卖日用杂品,主要是和家庭妇女打交道。小贩的买卖首先靠吆喝:"萝卜、白菜、茄子、火柿子咧……"这时,从院子里走出来一位妇女要买菜,小贩笑脸相迎:"大姑,您了挑点儿嘛?""来一斤萝卜,半斤小葱,二斤韭菜。"和和气气,买卖成交了。

天津人,尤其是做买卖的商贩,嘴都甜,和气生财嘛。做生意和顾客打照面,开宗明义第一条就是打招呼,究竟使用什么称谓,里面学问大着哪!还拿卖菜的说事。看见一位来买菜的妇女,三十来岁,干净麻利,你招呼一声:"大嫂!"结果,招来白眼儿:"德行!谁是你大嫂!"人家气哼哼地走了。旁边买菜的大娘小声说:"你这个冒失鬼!人家是大闺女,还没有出阁呢!"卖菜小贩说:"嘻,我哪知道啊!"吃一堑长一智,这个教训,得管一辈子。

因此,在社交礼仪中,选用女性称谓时,应特别注意其婚姻状况,"大嫂""大婶""大妈""大娘"之类暗含已婚的称谓,应慎重使用。在对其婚姻状况不了解的情况下,应选用"大姐""大姑"

"大姨"等称谓,其中,叫"大姑"最为保险。您出阁了,是大姑;你还没出阁,也是大姑。

现在的天津话,称呼陌生女性一律为"大姐"或"姐姐",从十五六岁的小姑娘,到四五十的中年妇女,都可一律称为"姐姐"。十五岁六的小姑娘是"小姐姐",四五十岁的妇女是"老姐姐",这绝对没错,绝不会落包涵。

一个上中学、十五六岁的闺女,周日陪着妈妈外出购物,到了农贸市场,娘儿俩分别被售货员称为"姐姐"。母女俩相视一笑,都觉得舒服受用。为嘛?闺女心里颇得意——我长大了,受到社会的尊重;妈妈也很开心——看来,我还很年轻!您看,"姐姐"这个称谓,在社交场合的表达效果怎么样?倍儿好!

白眼儿

天津老大娘领孩子上街,半路遇到邻居,邻居就会问:"这是红眼儿,还是白眼儿?"这要是让老外听见了,一定会大惑不解:"说我们老外是金发碧眼,你们中国人是黑头发黑眼睛黄皮肤,怎么出来白眼珠、红眼珠了?"原来,天津老年人在日常言语交际中,把自己的孙子、孙女称作"红眼儿",把自己的外孙子、外孙女称为"白眼儿"。

其实,"白眼儿"是"白眼儿狼"的省称。《东郭先生和狼》的故事在中国家喻户晓,狼在中国文化中是以怨报德的动物。因此,中国人把忘恩负义的人比喻成"白眼儿狼"。例如:"全不想老师当年的培育之恩哪,倒来陷害老师,真是个白眼儿狼啊!"

但为嘛把自己的外孙子、外孙女说成是"白眼儿狼"呢?首先指出,这是一种戏称(戏谑性称呼),带有开玩笑的意味,因为尽管姥姥、姥爷再疼爱,但外孙子、外孙女毕竟是外姓人。天津俗语说:"外孙是姥姥家的狗,吃饱了就走。"

老人尽管嘴上笑骂:"你这个小白眼儿狼!"可对外孙疼爱有加,几天不见就想得慌。这,就是有中国特色的姥姥和姥爷。

中国人讲究称谓的系统性和对应化,就是相关的称谓得成龙配套。既然外孙子、外孙女被称作"白眼儿",那孙子、孙女也别来个空位,干脆就称"红眼儿",以示区别吧!有红有白的,多鲜乎啊!

从修辞角度分析,"白眼儿"使用的是借喻手法,而"红眼儿"却是仿拟手法产生出来的。天津人称孙子为"红眼儿",和急性出血性结膜炎导致的"红眼儿"毫无瓜葛,与极端嫉妒的"眼红"也绝无关系,纯粹只是为了和"小白眼儿"相对应而形成的说法。这么看来,无辜的"红眼儿"是吃了"白眼儿"的挂落儿了。

姑奶奶

姑奶奶,本指父亲或母亲的姑母。在旧时,老爷的正妻称为"太太",少爷的正妻称为"少奶奶",而"姑奶奶"就是已出嫁的小姐在娘家的称谓。在天津话里,娘家称已经出嫁的女儿叫"姑奶奶"。例如:"今个儿是大年初二,三个姑奶奶和姑爷一块儿回娘家,可热闹啦!"

后来,未出阁的女子也被称为"姑奶奶"。例如母亲对闺女说:"我的小姑奶奶,你就别再给我惹事啦!"再如:"俩少爷都不争气,两房少奶奶是针尖对麦芒,再加上三个姑奶奶都不是省油的灯。您看吧，老宅院整天吵得跟热窑一样！"

再后来，"姑奶奶"成为性格外向女子的自称，多带蔑视别人的自大之意。例如："你敢惹我？姑奶奶饶不了你！"

在天津，农历二月二这天，有一项家庭活动：接姑奶奶，即派人派车接回已出嫁的女儿。因为老天津人的礼数多，正月里姑奶奶是不能住在娘家的。大年初二那天，姑奶奶和姑爷一起到娘家拜了年之后，也必须当天赶回婆家，特别是新婚不久的姑奶奶，更是如此。但是，到了二月初二，娘家人就来到婆家，把女儿接回去，住上几天，乃至十天半个月。在被接回来省亲的日子里，姑奶奶除了吃喝打牌看戏，就是串门子聊天，比在婆家轻松多了。

老天津人家操办白事，最怕姑奶奶挑理儿。虽然姑奶奶早已出嫁，在娘家已不当家，但她可以主本宅的许多事情。主事的本家大爷、二爷都怵她三分，让她三分，至于嫂子和兄弟媳妇，对姑奶奶就更得敬重如宾了。老天津卫的姑奶奶，眼里不揉沙子，在宴席上，一言不遂意就翻呲，甚至大闹一场。用天津话说，这叫"闹丧"。因此，天津大户人家办白事，得小心翼翼地把姑奶奶侍候好了，把各项事宜都办周全了，把各方面利益都摆平了。只要姑奶奶不挑理儿，顺顺当当的，那才是万事大吉呢！您看，这姑奶奶够厉害吧。

半个儿

"一个女婿半个儿"，是尽人皆知的汉语俗语。有的地方说成"女婿半边子"，天津话则说成"一个姑爷半个儿"。探究这条俗语的来源，它是唐代朝廷与少数民族和亲的产物。所谓"和亲"，指汉族封建王朝与少数民族统治集团之间，通过结亲建立友好关系。《新唐书·回鹘传》记载："诏咸安公主下嫁……是时可汗上书恭甚，言：'昔为兄弟，今婿，半子也。'"大意是说，唐德宗下诏，咸安公主下嫁回鹘可汗。可汗写信给唐德宗，表示感谢说："过去我们是兄弟，现在我成了您的女婿，就是您的半个儿子。"这就是俗语"一个女婿（姑爷）半个儿"的来源。

天津老人在儿女结婚前夕，总是谆谆告诫："孝敬双方父母。"因此，天津姑爷有孝敬岳父岳母的优良传统，忠心耿耿地履行"半个儿"的职责。而天津丈母娘疼爱姑爷，那简直是没说的。

在天津，每年春节大年初二，是约定俗成的"姑爷节"——这在国内，可能是绝无仅有的节日。到了"姑爷节"那天上午，大街小巷，熙熙攘攘，人头攒动，姑爷们都打扮得整整齐齐，带着穿盛装的夫人和孩子，提着大包小包，前往老丈人家拜年。据天津的出租车司机介绍，一年三百六十五天，就属大年初二的生意最好！"姑爷节"这天，是出租车营业额最高的一天。那一天，也是天津姑爷下厨露一手的才艺表演日。据说，天津男人的烹饪水平普遍高于夫人，在国内各大城市中，那是一枝独秀。为嘛？每年"姑爷节"的实践考验，使手艺层层脆，水平步步高！

二姨父

天津有一个流传甚广的俏皮话："二姨父——甩货。"所谓"甩货"，是商业术语，属于动词；指因换季、拆迁、产品更新换代等原因，为使商品及早脱手，商家低价抛售商品，例如"清仓大甩货""夏装两折甩货"等。另外，"甩货"也指被甩卖的货品，比喻不被重视或无足轻重的人。如："人一走，茶就凉。老职工一退休，就成甩货了！"

天津著名相声演员高英培在名作《不正之风》中，塑造了"万能胶"的艺术形象。其中有一段荒诞幽默的喜剧情节：为了赶时间，万能胶要用装载着二姨父遗体的火化车去接新娘子，这真是"娶媳妇打幡儿——凑热闹"。火化车上坐着的工会主席问："那二姨父呢？"万能胶回答："别提他，二姨父——甩货了！"这个包袱抖得很响，在天津家喻户晓。于是"二姨父——甩货"这个当代俏皮话就产生了。

"二姨父——甩货"这个俏皮话，发源于天津的相声作品，颇具天津民俗文化诙谐自嘲的色彩。细究其语义，并没有什么蕴含的深意。性情幽默的天津人，在开玩笑时偶然用之；但天津为数众多的二姨夫，谁也不对号入座、耿耿于怀、自寻烦恼，更不会凿死铆子质问："为嘛大姨父、三姨父和老姨父都没事儿，合着就我这个二姨父是甩货呢？"——为嘛？天津人幽默呗！实事求是地讲，笔者就是"二姨夫"，在岳母家亲友聚会时，也曾用这条俏皮话自嘲，引起全家人惬意欢笑，并不觉得不妥。

据天津媒体报道：一位大姐途经赤峰道一家服装店时，被门前"本店全部二姨父"的七字标语弄得一头雾水。经同伴提示，这位大姐才恍然大悟，原来是商家为了促销而使出的怪招——所谓"二姨夫"，就是甩货的意思。

这条黄纸红字的广告标语，吸引了过路人的眼球，但外地顾客大惑不解。年轻店主解释说："这多哏儿啊！二姨父不就是甩货的意思吗？我这店里的东西全都甩货了，赶紧挑，赶紧选吧您了！"这家小店因这则特殊的广告语而热闹起来，客流量持续不减,销量大增——这就是天津人的幽默!

天津方言俏皮话数量很多,几乎涵盖了社会生活各个领域,增强了语言的形象感,洋溢着幽默情怀。

一担挑儿

在古代,两个女婿之间最初称为"娅",但这个文言词太典雅、太古板、缺乏形象感。后来,人们就造出"连襟"这个口语词取代它。连襟,指姐姐的丈夫和妹妹的丈夫之间的亲戚关系。例如"他是我的连襟""他们俩既是同事,又是连襟"等。连襟之间可依据夫人的长幼之序,分称"襟兄""襟弟"。"襟",指上衣、袍子前面的部分。"连襟"就是比喻关系亲近的意思。

古时,"连襟"也可称为"连袂"。"连袂"也是姊妹丈夫的互称。例如宋人吴曾《能改斋漫录》记载:"李参政昌龄家女多得贵婿,参政范公仲淹,枢副郑公戬,皆自小官布衣选配为联袂。"这是说:宋代政治家范仲淹和郑戬,都是李昌龄老先生的乘龙快婿,他们俩就是"连袂""连襟"。

所谓"连袂",其字面义就是手拉手的意思,比喻同来同往。后来,只用"连襟"来指称两个女婿的关系;而把"连袂"这个词,让位给一般的朋友关系了,例如"连袂而往""连袂而至""连袂登台献艺"等。后来,可能是为了加以区分,就将朋友之间的"连袂"写成"联袂"了。

"襟"指上衣前部,"袂"指袖子。所谓"连襟""连袂",就是两位先生的上衣和袖子都连在一起了。您看,这不就是"一根线上拴着这两个蚂蚱——跑不了我,也跑不了你"。

天津话与众不同,"连襟"在天津称为"一担一挑",也说成"一担挑儿"。这是天津人的创造。遍查各种《称谓词典》,古往今来,还真没有"一担一挑"的说法。所谓"一担一挑",就是一条扁担挑着两个筐。这扁担挑在谁的肩上呢?当然是挑在老丈人的肩上了。多年前,我曾看到一户逃难的农民,挈妇将雏,挑着一副担子艰难前行的情景。一根扁担挑着两个筐,筐里各坐着一个幼儿。

　　"一担一挑",就形象地比喻了姑爷们与岳父利害攸关的关系。老岳父有两个千金,俩千金各自嫁了人。但岳父母对出了阁的闺女的关爱有增无减,而这种关爱更多体现在姑爷身上。新婚姑爷被称为"娇客",丈母娘疼姑爷,那是在辙的事儿。岳父母和姑爷的关系,姑爷之间的关系,就是八个字:一荣俱荣,一损俱损。当然,这"一担一挑"是形象化的比喻,只是说说而已。真的一个筐里坐着一个大老爷们儿,加一块得三百来斤,谁挑得起来?不把老泰山压坏了才怪哪!

词语考辨

　　天津人在言语中喜欢夹杂俗语、谚语、俏皮话,妙语如珠。民国时《天津竹枝词》云:"口若悬河意气扬,跟头随处要提防。一班交际真如戏,够板还须讲过场。"在这里,"够板"指天津人言语实在、中肯;"讲过场"指天津人待客真诚,礼节周到。冯骥才先生说:"天津人说话喜欢戏谑,有浓厚的自嘲成分,但并非黑色幽默,天津人的自嘲是语言的笑料和生活的调料。它使生活更加有声有色,有滋有味,成为一种根深蒂固的生活文化。"天津人说的看似是浅近的笑话,其实蕴含着深刻的人生哲理,更为可贵之处在于,可用它来化解生活中的种种为难事或尴尬事。"词语考辨"小辑,通过对天津方言的语音、词语、熟语、修辞、文化、寻根等内容进行专题辨析,有助于天津方言资源的抢救性保护。保护天津方言,就是保护城市的历史文脉,保护城市文化的根基。

天津方言语音修辞

　　天津话对词语的声调十分重视。例如"扒呲、拔呲、把呲、跐呲"这四个词，表示完全不同的四种意思。"扒呲"指贬低别人，揭露短处；"拔呲"指故意用难题考问对方；"把呲"即"把持"，指独占位置、权力等，不让别人参与；"跐呲"指在雨雪泥泞道上行走，或指鞋上有泥水污染室内地面。

　　天津话注重语音表达效果，讲究语音修辞，使说出的话语音协调、音节匀称，读起来顺口，听起来悦耳，从而取得理想的交流效果。天津儿歌能把我们带回温馨的童年。《小板凳儿》："小板凳儿，四条腿儿，我给奶奶嗑瓜子儿。奶奶说我嗑得香，我给奶奶熬鸡汤。奶奶说我没搁油，我给奶奶磕个头。奶奶嫌我嗑得慢，我给奶奶煮鸡蛋。"《小小子儿》："小小子儿，坐门墩儿，哭着喊着要媳妇儿。要媳妇儿干嘛？做鞋做袜，点灯说话儿。吹灯做伴儿，明早给我梳小辫儿。"《一二三四五》："一二三四五，上山打老虎。老虎没打着，专打后脑勺。老虎不吃人，专吃杜鲁门。"

　　天津方言谐音俏皮话数不胜数，如"扒了老房盖大楼——小屋（巫）建（见）大屋（巫）""日本轮船——满丸（完）""十二个时辰占仨字——申子戌（身子虚）""秃子摔跟头——老美滑（华）""心肝肺都没了——只剩下肚儿了（堵心）""许仙要宝剑——吓唬白蛇(瞎话白舌)"等。

用谐音祈福求吉,是吉祥文化一大特点。比如花瓶中插如意为"平安如意",百合花和柿子或灵芝在一起叫"百事如意",万年青和灵芝在一起为"万事如意",童子持如意骑大象叫"吉祥如意",瓶中插月季花是"四季平安"等。其实这些图形的组合大多数没有内在逻辑关系,有些甚至有些滑稽,比如马背上蹲坐着一只猴子,叫"马上封侯";蝙蝠倒着画,叫"福到了";喜鹊落在梅枝上叫"喜上眉梢"等。

天津杨柳青年画在创作构思和表现技法上有一个突出的特点,就是利用谐音博取吉祥,因此年画又被称为"吉祥画"。用谐音寓意的方式构成画面,来表现吉祥的主题。例如"五福捧寿图"——五只蝙蝠环绕着大寿桃飞翔的画面;古人把富、寿、康宁、修好德、考终命视为"五福","蝙蝠"的"蝠"和"福"谐音,以此寓意。"福禄寿图"——由蝙蝠、梅花鹿、松树、仙鹤组成的画面;"蝠""鹿"与"福""禄"谐音,松鹤象征长寿。"喜相逢图"——画面是梧桐加喜鹊,就是"同喜";画面是金钱豹加喜鹊,就是"报喜";画面是喜鹊落在梅树枝头,就是"喜上眉梢"了。把吉祥语的抽象语言,用吉祥画中与之谐音的具体事物表现出来,是中国独有的语音崇尚在民俗工艺形式上的典型体现,亦见于剪纸窗花、雕花木器、砖刻图案、织物图案等民俗工艺形式。

天津话的比喻词

天津人举凡指物、说事、评理，好用比喻。由比喻生成的词语，数量极多。

以动物或有关动物的事物为喻体的天津方言词语——例如"放鹰""放鸽子"，比喻以结婚为名拐骗钱财。"蔫蛆"，比喻慢性子、不合群的人。"夈翅儿"，原指禽鸟张开翅膀奋力搏斗，后比喻人锋芒毕露的挑衅行为。"死羊眼"，比喻没有眼力见儿。"大洋马"，旧时喻指高大粗壮的女人。"多嘴驴"，喻指令人生厌的观棋支嘴者。"顺毛驴"，比喻只能顺其意而不能逆其意的人。"顺坡下驴"，比喻借机下台。"猴儿顶灯"，比喻东西放置不牢靠。"猴儿折跟头"，比喻接连不断。"巧嘴八哥"，比喻能说会道，贬义。"肚里蛔虫"，喻指（对方）内心的想法，常用于否定句式。"蛤蟆吵坑"，雨后池塘群蛙齐鸣，比喻声音嘈杂喧闹。"全须全尾儿"，原为养蛐蛐术语，后比喻人的身体或政治生命完好无损。

以植物或食品为喻体的比喻型词语——"塌秧"，原指花草、蔬菜等因缺水而叶茎发蔫儿枯萎；后比喻超强度劳动使体能耗尽，体力难支。"折饼儿"，烙饼时来回翻个儿，比喻睡不安眠，来回翻身。"冷年糕"又硬又黏，难以消化，比喻内心难以化解的事儿。"蘸糖堆儿"，比喻露一面儿后很快离去。"糗虾酱"，比喻浴池或游泳池人多拥挤。"香饽饽"，比喻受欢迎、被重视的人。"热年糕"，比喻死皮赖脸而难缠的人。"滚刀肉"，原指猪肉的筋头巴脑或胸腹部肥而松的囊膪，后比喻软硬不吃、胡搅蛮缠的人。"软柿子"，比喻软弱可欺的人。"歪瓜裂枣"，比喻容貌丑陋或不成材的人。"平地抠饼"，比喻白手起家，攫取财富。"仨瓜俩枣"，比喻不值钱的事物或数目很小的钱。

　　以各种物品为喻体的比喻型词语——"热窑"，比喻激烈争吵的场面。"油勺儿"，比喻阅历深而圆滑的人。"热膏药"，比喻难以摆脱的人。"万金油"，清凉油品种之一，比喻什么都懂点儿，但都不精不专不擅长的人。"堵心丸"，比喻令人厌恶的人。"二进宫"，本为京剧剧名，后指因犯罪而再次进拘留所、劳教所、戒毒所或监狱。"石杵子"，一头粗一头细的石制圆棒，比喻不识时务、缺乏灵性、一条道跑到黑的人。"屎盆子"，比喻过失、罪名等。"省油的灯"，比喻安分守己、不愿生事、容易对付的人，多用于否定语义。"虱子棉袄"，比喻异常棘手而难以摆脱的麻烦事。"耍龙"，比喻骑自行车持把不稳，致使车行轨迹东扭西歪。"撒把"，本指在骑自行车过程中双手离开车把的行为，后用"大撒把"比喻管理者放手不管，任其自由行事。"拿龙"，本指对自行车变形瓦圈的维修矫正；后比喻用拳脚教训人，迫使其就范。"开方子"，原指开药方；旧时喻指妓女借故向迷恋自己的嫖客索要财物，后指假公济私吃拿卡要或索贿。"拉抽屉"，比喻食言反悔，出尔反尔。"两下锅"，把饺子、面条同时放进锅里煮，旧时由京剧演员和梆子演员合作演出，这出唱京剧下出唱梆子，穿插进行。"头难剃"，比喻刺儿头，不好伺候。"弓拉得太满"，比喻话说过头，没有回旋余地。"推活络船"，比喻反复推诿。"洒汤漏水儿"，比喻不当或闪失。"撒芝麻盐儿",比喻将钱物分散使用或散发。"唾沫粘家雀儿",比喻口惠而实不至。

天津人说话,爱用比喻来表情达意,因此,天津方言用比喻构词法产生的词语数量很多。恰当地运用比喻,可以使语言表达形象化,使情境描绘生动化,使深奥的道理浅显化,这也是天津话幽默诙谐的重要成因之一。

天津话动植物类比喻

  天津话谈人、指物、说事、评理，好用比喻。天津人戏称女儿为"小棉袄"，本于俗语"闺女是爹妈贴身小棉袄"，比喻女儿对父母的体贴、温暖、知心。这些由比喻生成的词语数量极多。

  以动物或有关动物的事物为喻体的天津方言词语，数量很多，例如：放鹰、放鸽子——比喻以结婚为名拐骗钱财。蔫蛆——比喻慢性子、不合群的人。好鸟——比喻良善之辈；用于否定句式。懒龙——带肉馅的发面长条卷子，状似盘龙。琉璃猫——比喻一毛不拔的悭吝人。奓翅儿——原指禽鸟张开翅膀奋力搏斗，后比喻人锋芒毕露的挑衅行为。外国鸡——即吐绶鸟，俗名火鸡。其体型高大，重达十几公斤，头部皮瘤和喉部肉垂可由红变蓝变绿变白，变出多种颜色，比喻脾气古怪，一时一变的人。废物鸡——原指不打鸣的公鸡和不产蛋的母鸡，后比喻无能力，没本事，难以成事的人；也喻指不能生孩子的女人。花丽豹——原指翅膀上带鲜艳斑纹的蜻蜓，后喻指衣着艳丽的女子。死羊眼——比喻目光凝滞，没有眼力见儿。大洋马——喻指高大粗壮的女人。单条虎——一条腿的蟋蟀，喻指一条腿的人。蝎子爬——比喻人倒立，双手着地支撑身体向前移动。多嘴驴——喻指令人生厌的观棋支嘴者。顺毛驴——比喻吃顺不吃戗的人。套白狼——旧时强盗实施抢劫的一种手段,事先隐藏暗处,等行人路过时,突然从其身后窜出,用绳子将被害人脖子勒住,背到僻静处,抢劫财物。猴儿顶灯——形容东西放置不牢靠。猴儿折跟头——比喻接连不断。巧嘴八哥——比喻能说会道,贬义。肚里蛔虫——喻指(对方)内心的想法,常用于否定句式。蛤蟆吵坑——比喻声音嘈杂喧闹。老牛吃嫩草——比喻老夫少妻或年龄相差较大的姐弟婚恋。全须全尾儿——指蟋蟀形体一无损伤,比喻人体或政治生命完好无损。吃耗子药——讽刺频繁搬家者。吃烟袋油子——比喻胆小害怕或紧张得(如蝲蝲蛄等吃烟袋油子后)浑身哆嗦。

　　以植物或食品为喻体的比喻型词语,数量也不少,例如:塌秧——原指花草、蔬菜等因缺水而叶茎发蔫枯萎,后比喻超强度劳动使体能耗尽,体力难支。黄梨——比喻滥竽充数的人。折饼儿——烙饼时来回翻个儿,比喻睡不安眠,来回翻身。冷年糕——又硬又黏,难以消化,比喻内心难以化解的事儿。热年糕——喻死皮赖脸而难缠的人。滚刀肉——原指猪肉的筋头巴脑或胸腹部肥而松的囊膪,比喻软硬不吃、胡搅蛮缠者。蘸糖堆儿——比喻露一面儿后很快离去。黑枣儿——喻枪弹,被枪毙叫"吃黑枣儿"。糗虾酱——比喻浴池或游泳池人多拥挤。小菜儿——原指饭店赠送的小碟花生仁、拍黄瓜、拌豆腐丝儿之类,比喻不被重视的人或事物。香饽饽——比喻受欢迎、被重视的人。软柿子——比喻软弱可欺的人。旱地拔葱——原为武术招式名,比喻猛然弹跳跃起,轻巧利落。萝卜头儿——比喻年幼的弟弟、妹妹。平地抠饼——比喻白手起家,攫取财富。歪瓜裂枣——比喻容貌丑陋或不成材者。仨瓜俩枣——比喻不值钱的事物或数目很小的钱。娇姐儿嫩豆腐——比喻娇惯的女孩不能吃苦,又不能挨批评。

天津话谐音词语

天津话词语的语音差别很细微，稍不注意极易混淆。例如"扒呲、拔呲、把呲、跁呲"，这一组词读音接近，但表义却完全不同。扒呲：贬低，揭露短处，如"这小子常在背后扒呲别人"。拔呲：为显摆自己而故意用难题考问对方，如"你不是学问大吗？我今儿写两个字拔呲拔呲你"。把呲：即把持，指独占位置或独揽好处，不容别人参与（含贬义），如"所有事儿他都把呲，别人甭想靠前儿"。跁呲：指在雨雪泥泞道上行走，如"这么大雪，别出去跁呲了"；也指鞋上有泥水污染室内地面，如"我就不进去了，别把屋里跁呲脏了"。

巧妙利用谐音手法产生新词新语，是天津人擅长的拿手好戏。例如"这位姐姐真能白话，都说得樊梨花了，也不嫌累得慌"。外人听不懂，这个"樊梨花"究竟是怎么回事？樊梨花，文学作品虚构的西凉国女将，降唐后和薛仁贵之子薛丁山成亲。在薛家被满门抄斩后，率其子薛刚反唐，报仇除奸。天津人用"樊梨花"谐音"翻了花"，讥讽某人能说会道，喋喋不休。再如天津小伙子开玩笑说："鄙人加里顿大学物理系在学。""加里顿"谐音"家里蹲"，"物理"谐音"屋里"，这是家居赋闲者的自我调侃。旧时天津年轻人爱开玩笑，把在茶社、书场里提着水壶给客人斟茶倒水的服务生戏称为"提拉巴斯",听着似乎是外国人名,其实是谐音"提了(壶)把儿(的小)厮"。

天津人利用谐音特点创制的俏皮话数量极多,例如:"蒋介石的兄弟——讲这劲儿。"天津话把"这"读为 jiè,此句指讲究这个劲头儿,与众不同,偏要这样做。"日本轮船——满丸(完)。"日本人为船舶命名,习称某某丸。"丸"谐音"完",如满洲丸因谐音"满洲完",故有"满完"之说,即全部完蛋之意。十二个时辰占仨字——申子戌(身子虚)。时辰,旧时计时单位,一昼夜分为十二个时段,用十二地支(子、丑、寅、卯、辰、巳、午、未、申、酉、戌、亥)命名。申子戌,谐音"身子虚",指身体虚弱。"秃子摔跟头——老美滑(华)"。老美华,系天津老字号鞋店。天津人称秃头的人为"秃老美",省称为"老美";"华"谐音"滑"。"秃子摔跟头"就是"(秃)老美滑倒了"的意思。"希忒拉的兄弟——刷他啦。""希忒拉",即德国纳粹首领希特勒;"刷",天津话是拒绝、斥退之意。"刷他啦",指摆挑子不伺候他了。"王先生打鼓——点儿来了。"天津西郊刘园法鼓老会的王先生有绝技,别人敲鼓用两个鼓槌,他只用单槌但能打出两只鼓槌的鼓点儿。"点儿来了"指开始下雨了。"消防队不换岗——晕斗儿了。"民国时期天津成立新式消防队,在大胡同东边建起 40 米高的一座瞭望塔,由消防队员登上顶端值勤,鸟瞰全市以观察火情。瞭望塔顶端如旗杆上的刁斗,故名瞭望斗。有一次换岗的人没来接班,上面值勤的人因工作时间过久中暑而晕倒于斗内,故曰"晕斗儿",形容头脑不清醒。

天津话叠音词语

旧时天津街面,两人相遇,甲称乙为"某爷"或"某儿爷",乙则连答一串儿"爷爷爷",以表不敢当之意。津门旧诗"更见街前逢故友,爷声未了各分途",就是对这种礼节的生动写照。由此产生联想,天津话由双音节词叠加而形成 AABB 式叠音词语,数量很多。例如:娘儿们—娘娘们们——形容男子说话、动作、性情像女人一样。蹦跶—蹦蹦跶跶——形容断断续续,不连贯。迷瞪—迷迷瞪瞪——形容精神状态不清醒。吭哧—吭吭哧哧——形容想说又说不出来或说不清楚的窘状。嘟囔—嘟嘟囔囔——形容低声发牢骚的样子。吱歪—吱吱歪歪——形容因不情愿而私下埋怨。皱巴—皱皱巴巴——第一,形容衣物不平整;第二,形容闹别扭,不融洽。架棱—架架棱棱——形容不得体、不自然的样子。磨叽—磨磨叽叽——第一,形容处境尴尬的样子;第二,形容犹豫不决、欲言又止的样子。勺叨—勺勺叨叨——形容说话啰唆,又说不到点子上。素净—素素净净——形容颜色不鲜艳或味觉清淡,引申为生活平和安稳。忙叨—忙忙叨叨——形容忙碌的样子。另如:累累巴巴(形容疲劳的样子)、胖胖达达(形容胖乎乎的样子)、瘦瘦巴巴(形容身材瘦削的样子)、病病恹恹(形容病弱萎靡的样子)、赖赖巴巴(形容无精打采的样子)、蔫蔫嘎嘎(形容精神不振、罕言寡语的样子)、饥饥缩缩(形容寒酸窘迫的样子)、磨磨嗒嗒(形容不好意思,难为情的样子)等。这类叠音词语一般属于贬义形容词。

天津话叠音动词数量也很多,例如:沉沉——指暂且搁置,再等一等,如"别着急,沉沉再说"。抽儿抽儿——指缩小,如"这床单一洗就抽儿抽儿"。捯捯——指回忆探求,如"这个节目多年没演了,我得静下心来,仔细捯捯"。掂掂——指估量权衡,如"你掂掂这块卵石有多沉""你好好掂掂老先生这话的分量"。垫垫——指饭前小吃,如"二他妈妈,你给我烙俩糖饼,到时候我好垫垫啊"。带带——指擦拭,如"服务员,就手把桌子带带"。祸祸——指损坏,如"刚买的玩具,一会儿就祸祸坏了"。摸摸——指打听、扫听,如"你到南市拿耳朵摸摸,就知道马王爷儿只眼了"。磨磨——指无目的地绕圈儿走,如"晚饭后到河边磨磨去"。眍儿眍儿——指(眼珠)深陷在眼眶里边,如"严重的缺觉,让她的眼窝都眍儿眍儿了"。去去——息事宁人的劝慰,表示算了,不要计较了,如"马勺难免碰锅沿儿,都去去吧"。这类动词感情色彩为中性,多用于口语。

天津话形容说话状态的叠音词很有特色,例如:唧唧——指唠叨,如"整天唧唧个没完"。戗戗——指争吵,如"为这事儿,我们戗戗老半天了"。咧咧——指啼哭,如"整天咧咧,真烦人"。出出——指暗中挑唆,如"背地儿瞎出出"。吵吵——指嘈杂的说话声、喧哗声,如"外边吵吵个没完,还让人睡觉嘛"。翻翻——指喋喋不休,如"明明你错了,嘴里还翻翻"。这些双音节叠音动词,前字多读阴平,后字读轻声;口语色彩和形象感都很强,感情色彩呈贬义。这些叠音词前可冠以"乱、瞎、穷"等副词,如"乱戗戗、瞎出出、穷咧咧"等。

　　由"打"字与叠音词组成的贬义短语,例如:打嘚嘚——形容因寒冷或惊吓而发抖,如"值夜班炉子灭了,冻得直打嘚嘚"。打连连——形容在一起胡混,如"整天跟他们几个打连连,能不出事吗"。打哇哇——本为儿童游戏用语,即暂停,不算了的意思,后指说话不算数的人,如"昨个儿满应满许,天一亮就打哇哇,什么人啊"。打歪歪——形容故意捣乱,使事情办不成,如"我说靠不住吧,怎么样,打歪歪了吧"。"打"字后边的叠音词,前为阴平,后为轻声。

天津话拟声词

所谓拟声词,即模拟声音的词,给人以如闻其声的感受。例如天津话把"鼓掌"称作"呱唧",如"欢迎王所长讲话,大伙呱唧呱唧"。天津话把"结婚"称作"呜哩哇"。"呜哩哇"原指唢呐乐声,专指结婚迎亲时奏乐的热烈;后以"呜哩哇"代指结婚,如"你还想给她介绍对象?人家下礼拜就呜哩哇了"。天津话把"猝然死去"称为"嘎呗儿",如"前两天还是好好的,怎么嘎呗儿一下就没了",再如"卧床瘫痪,还真不如睡着觉就嘎呗儿了"。天津话"咕咕根儿"指公鸡打鸣,如"都睡惊醒点儿,明儿一早儿咕咕根儿咱就动身"。天津话"咕咕达"指母鸡下蛋,如"一听到院儿里咕咕达,奶奶就乐得合不上嘴儿了"。以上模拟声音的"呱唧、呜哩哇、嘎呗儿、咕咕根儿、咕咕达",都在言语表达中发挥了相当于动词的作用。

在天津方言里,"小汽车、有轨电车、摩托车"分别被称为"嘀嘀、当当车、嘟嘟车"。老式独轮车,木轮木轴,推行时吱扭作响,故津人称之为"吱吱扭";后来独轮车改用轴承和充气轮胎,在推行时已无声,但仍沿习旧名。天津特色小吃熟梨糕(别名甑儿糕、碗儿糕),是将浸泡过的大米面置于木甑,在特制蒸锅上蒸一分钟后,在白糕上涂抹豆馅、白糖、红果酱等出售。因蒸汽锅发出

"嗡儿嗡儿"的汽笛高音,故津人称之为"嗡儿嗡儿糕"。

天津方言词"咔呲"属于多义词。第一,指长时间地煮或熬,如"多咔呲会儿,煮烂乎点儿好吃"。第二,指经济上占便宜,如"你不贴补老两口,反倒总咔呲他们"。第三,指批评、挖苦,如"昨个儿在小组会上,大伙儿对他劈头盖脸,一通咔呲"。

天津人形容一贫如洗为"穷得叮当响",其实拟声词"叮当"来自满语,也是穷的意思。由于不了解"叮当"词源出处,却盲目配合这个拟声词,在后边又加了个"响"字,结果使这条俗语的理据解释更为困窘——既然家徒四壁、一贫如洗、身无分文,那这个金属撞击的叮当声响又从何而来呢?

天津话所言 "喊哩喀喳"(形容做事干脆利索)、"踢里秃噜"(形容大口吃饭喝汤)、"稀里呼噜"(形容吃饭速度快)、"踢里趿拉"(形容拖着鞋的样子)、"提拉搭拉"(形容衣服破烂)、"滴哩嘟噜"(形容语速快听不清楚)、"劈里扑噜"(形容连续不断的样子)等拟声词,使言语表达更形象具体,给人如临其境的感觉。但是,以上适于口语体表达的拟声词,在书面语里却不宜使用。

天津话单音节词儿还真多

天津人说话，唯求简洁，干脆利索。例如两人对话："跟我走！""哪儿去？""南市。""干嘛？""坐坐啊！"再如冰糖葫芦到了天津叫"糖堆儿"，商贩吆喝叫卖时将其进一步简化为"堆儿"。柿子，被天津商贩吆喝为"糖罐儿"，在比喻表义的基础上再简化成"罐儿"。天津方言口语表达在遣词造句时，不蹈故习常，而崇简尚新。例如天津人日常的食材食品，如拐子(鲤鱼)、鲢子(鲢鱼)、厚子(草鱼)、弯子(豆角)、柿子(西红柿)、浆子(豆浆)、馃子(油条)、棒子(玉米)等就与北京话大异其趣。普通话的单音节名词多为基本词汇，而天津方言的单音节名词却多为一般词汇。例如天津话："二嫂子的派儿、个儿、条儿，那都是百里挑一的！"这里所说的"派儿""个儿"和"条儿"，分别指人的气派、身高和体型。

天津方言口语里的"货"，常指能力甚低或品行卑劣的人。天津话否定某人，简单俩字儿："这货！"从主观心理动机衡量，似可归入詈词之列；但体现在客观存在的词语上，却含而不露，超然物外，如羚羊挂角，无迹可寻。至于其语义所指是笨货、蠢货、赔钱货，还是一路货等，绝不明说，让听者自己去猜想——这就是天津人所推崇的"骂人不带脏字"。

在天津方言单音词家族里，儿化词比重较大，例如：份儿——

指身份,如:"这回够份儿了,副局了。"谱儿——指架子、排场,如:"官儿不大,谱儿可不小。"戳儿——指幕后支持者,如:"人家后边有戳儿。"串儿——混血儿,如:"我说她长得这么漂亮呢,原来是个串儿。"碴儿——指事端,事由,如:"我把这碴儿给忘啦。"块儿——指男子胸部和臂部的肌肉,如:"他亮出一身块儿。"亮儿——比喻额外好处、特殊报酬,如:"干这活儿有亮儿没亮儿?"底儿——指积蓄,如:"大户人家就是没落了,还是有底儿的。"

天津话的"活儿",源于曲艺杂技界对表演节目的称呼。如:表演叫"使活儿",辅助表演叫"量活儿",表演水平高叫"活儿好",魔术叫"文活儿",杂技叫"武活儿",古彩戏法叫"落活儿",滑稽魔术叫"刨活儿"等。后来,举凡手艺高下、技术优劣、服务好坏等,皆可用"活儿好"或"活儿糙"来评价。

天津方言单音节副词数量不少。例如程度副词"倍儿",用在某些形容词之前,表示非常、十分的意思,例如"说话倍儿哏儿""哥儿俩倍儿铁""站柜台的姐姐倍儿俊"等。程度副词"精",用在某些形容词之前,表示十分、非常的意思,例如:"从干校回来,变得精瘦。""愣"表示竟然的意思,例如:"夜里让贼偷走了一车货,值班的愣不知道。"另外还有:官——肯定、一定,例如:"我预测,天津队官赢!"行——有时,例如:"他行来行不来的,咱就别打他的牌了。"横——"可能"的速读合音,表揣测,大概、也许,例如:"他怎么还不来呢,横家里有事吧?"紧——尽快地,例如:"头俩月买的棒子面儿紧着吃,别捂了。"老——很、十分。例如:"我还是不老明白的,您再给我讲讲。"毛——大约、将近、差不多,例如:"一个月工资毛四千块了。"且——较长时间的,例如:"为了写这篇文章,一天到晚且琢磨了。"

天津话特殊读音

因受方言影响，不少天津地名存在着特殊的方言读音，譬如坐落于市区内的铃铛阁、水阁、玉皇阁、北阁等的"阁"字，读gǎo；而位于西青区杨柳青的文昌阁、位于宁河县的天尊阁、位于蓟州独乐寺的观音阁等，其"阁"字却一律读为gé，与普通话读音一样。因为杨柳青、宁河、蓟州都在天津方言岛范围之外，当地居民所操方言与天津方言也不是一码事。

"阁"的中古音是kak，是带塞音韵尾的入声字。很多汉语入声字由于失去韵尾，发音就产生了不同的分化，如剥、削、薄、约、乐等在北方方言（包括天津方言）都有韵母为ao的读法。例如，天津方言把剥读为bāo，把削读为xiāo，把薄读为báo，把约读为yāo，把乐读为yào等。

天津人把寻俗读为xín。例如："把包好的猪肉韭菜馅儿饺子下了锅，煮上了，这才发现醋瓶子里没有醋了。去买吧，来不及了。干脆找邻居张娘寻（xín）点儿吧。"另外，旧时天津人把姑娘嫁人，说成寻（xín）人。例如："老李家三个姑娘，老大老二都寻（xín）了人，就剩下老闺女还没出阁。"

天津话把厉害说成liè害；把来戚说成来qiě；把涩说成sēi；把毙说成biē。

另外，天津话把"末了"说成 miē liǎo；把"倒数第一"称为"老末"，说成 lǎo miē；把"钥匙"说成 yào sū；把"苤蓝"说成 piě lie；把"鼻涕"说成 bí deng 等。

天津方言还有一些特殊的读音，例如：测，天津话说成 zēi，如："我测(zēi)他好长时间了，不是嘛好鸟！"饿，天津话说成 wò，如："你饿(wò)了，那往里卧，别踩着尾巴。"痂，天津话说成 gār，如："伤口已经扣痂(gār)了。"街，天津话说成 gāi，如："都是老街(gāi)旧邻的，抬头不见低头见，去去吧！"就，天津话说成 zòu，如："就(zòu)是这么回事儿。"昧，天津话说成 mī，如："把这笔公款昧(mī)起来了。"弱，天津话说成 ráo，如："这就是俗话说的：财大身弱(ráo)。"论，天津话说成 lìn，如："他四六不懂的，你了就别跟他上论(lìn)了。"这里的"上论"是计较的意思。

天津方言个性化名词

　　天津话名词性质的词语数量多,与普通话相比较,多带有独特的个性色彩。

　　例如表示时间的词,普通话的前天,天津话说"前儿个";昨天,天津话说"夜儿个";今天,天津话说"今儿个";明天,天津话说"明儿个"或"赶明儿";早晨,天津话说"早起";上午,天津话说"早晌儿";中午,天津话说"晌午"或"晌火";傍晚,天津话说"后晌"或"晚巴晌";晚上,天津话说"黑下"或"黑晌儿、后半晌";去年,天津话说"头年";整天,天津话说"成天";整夜,天津话说"成宿"或"整宿";刚才,天津话说"刚头儿";什么时候,天津话说"多晚儿"或"多咱"等。

　　表示空间的词,普通话的上头,天津话说"浮头儿";中间,天津话说"当间儿"或"当么间儿";地下、地面,天津话说"九地";郊野,天津话说"开洼";西面,天津话说"西头"等。

　　天津话对动物的称呼和普通话多有不同,例如旦旦钩——昆虫,锥形头,身修长,浑身绿色。学名中华剑角蝗,又名中华蚱蜢。刀螂(螳螂)和旦旦钩的区别:刀螂有两个镰刀式利爪,身体臃肿。例如"这小子是旦旦钩戴笔帽——双料尖头。"老褐——蜻蜓,分为花狸豹、轱辘钱儿、大老青、红辣椒、黑鬼儿、黑老婆儿等品类。老家贼——麻雀,也叫"家雀儿"。燕巴虎儿——蝙蝠,是"燕蝙蝠"的变读。

　　天津话介绍某种职业的人用"什么的"来表示。例如:养大船的——指经营海运的船主。瞭高儿的——旧时金银首饰、绸缎皮货等商店,站在高凳上指挥售货员打点顾客,监视营业中偷窃私弊行为的专职人员。捡场的——旧指剧场负责舞台道具摆放、撤换及伺候演员饮场(演唱间歇饮水)的专职人员。叫街的——沿街高声乞讨的乞丐。看厢的——旧指澡堂服务员。看座的——旧指戏园服务员。磕灰的——旧指每天按时到各居民院收集运走粪便的工人。撂地的——指街头卖艺或摆地摊儿卖药者。推头的——旧称理发师。站口的——旧时在某一地段,为商号住户包办勤杂事务兼维护地面秩序的人。端盆儿的——把刚捞上来的小鱼放在小木盆里叫卖的商贩。墩儿上的——指负责切菜、配菜的厨师。灶儿上的——指上灶烹调的厨师。焊铜锡的——指焊铜器、焊锡器的小炉匠。锔碗儿的——指走街串巷专门修补瓷、陶制品的手艺人。喝杂银儿的——指走街串巷吆喝收购各类银器及古玩玉器、旧家具、旧钟表、旧皮货等比较贵重物品的人。扛大个儿的——旧指在码头、车站的装卸工人。拾煤茧的——旧时手拿小耙子,从锅炉房或住家附近倾倒的炉渣里,拾取尚未烧尽的小煤块儿;多为贫苦人家的老人或孩子。

天津方言"子"字尾词语

    天津方言"子"字尾词语种类繁多,数量庞大。从语义上分类,有动物类的,如:拐子(鲤鱼)、鲢子(鲢鱼)、厚子(草鱼)、耗子(老鼠)、夜猫子(猫头鹰)、树牛子(天牛)、蛤蟆秧子(蝌蚪)、蝎了虎子(壁虎)等。植物类的,如:弯子(豆角)、辣子(辣椒)、柿子(西红柿)、蒺藜狗子(蔓生于地皮及土道间的蒺藜果实,菱棱状,多尖刺)等。器物类的,如:胰子(肥皂)、码子(现款)、褯子(尿布)、冰排子(冰河滑行交通工具)、锅腔子(烧柴火的旧式炉灶)、火筷子(通炉子的细铁棍儿)、煤饼子(用煤末儿制成的燃料)、纱绷子(指纱窗及窗纱)、被阁子(炕上放被褥的专用木箱)、炕褥子(铺在炕上的厚褥子)、水梯子(在取水岸边搭设有扶手的木质梯子)、腿插子(插在绑腿里的匕首)、信瓤子(装在信封里写好的信)等。

    人物类"子"字尾词语数量最多,例如:双子(双胞胎)、扯子(言行出格的女性)、轴子(性情执拗者)、油子(行为圆滑者)、嘎杂子(不务正业的小流氓)、病秧子(久病体弱者)、碎嘴子(喋喋不休者)、茶腻子(在茶馆以饮茶为名消磨时光者)、惬窝子(胆小、窝囊的人)、二愣子(愣头愣脑,缺心眼儿者)、二尾子(不男不女阴阳人)、老梆子(对老年人的戏称,含久经敲打之意)、混星子

(旧社会的无赖游民)、练家子(习武者)、黑心眼子(以骗人坑人害人为乐者)等。

表情动作类"子"字尾词语，数量不小。例如噘瘪子，比喻遇困难，遭挫折，处境尴尬。欺鼻子(表示讨厌的神情)、甩脸子(面露怒容)、扎猛子(游泳时头往水里扎)、抄摊子(散伙)、吵秧子(吵闹不休)、掉蒿子(玩笑说法，流泪)、掸码子(给钱)、出门子(出嫁)、结梁子(结怨成仇)、架秧子(用哄骗、怂恿等手段使未经世面的人上当)、泡堂子(经常在澡堂洗澡休息)、开方子(喻指妓女借故向迷恋自己的嫖客索要财物)、爹毛子(虚惊)、凿死铆子(固执死板，不知变通)等。

天津方言"子"字尾词语，词义适应性宽，词性活跃，构词能力强。例如"豆子"，可构成某些固定短语，指某种类型的人，如"精豆子"，指聪明机灵的人；"山药豆子"，指性情怪僻、不知好歹者；"财迷豆子"，指吝啬的人。再如"戏篓子"，指会的戏极多，能扮多种角色的演员；"药篓子"，指经常生病的人；"话篓子"，指口若悬河，滔滔不绝的人；"屁篓子"，爱放屁的人；"臭棋篓子"，指酷爱下棋，但棋艺低下者；"瞎话篓子"，爱说谎话者；"笑话篓子"，爱讲笑话的人。又如"虫子"，喻指熟悉某行业规则并从中活动以获利的人，如"房虫子""车虫子""药虫子"，分别比喻熟悉房屋买卖规则或汽车买卖规则或医药经销规则，而从中活动以获利的人。

天津方言字尾,哏儿

天津方言"子"字尾词语,比喻色彩十分浓烈。"屎盆子",比喻过失、罪名等。例如:"到了儿,还是把屎盆子往部下脑袋上扣!""石杵子",杵是一头粗一头细的圆石棒,舂米或洗衣的工具,比喻不识时务、不谙世事、缺乏灵性和悟性、一条道跑到黑的人。例如:"我们家这位石杵子,认死门儿,嚼死理儿,凿死铆子,一说话就抬杠。""捋叶子",比喻偷艺,即偷学别人的技艺,例如:"旧时不甚熟悉的艺人,不轻易看别人的演出。对同行不打招呼擅来听节目的行为,称为捋叶子。""眼珠子",比喻最珍惜的东西或最珍爱的人。例如:"老哥仨就这么一个眼珠子。""秋傻子",对立秋后炎热天气的俗称,也称"秋老虎"。将天气喻为不识时务,不会变通的傻子,傻乎乎地没完没了地热。"软柿子",比喻软弱可欺的人。例如:"你是不是拿我当软柿子,好捏咕啊?""菜包子",比喻懦弱无能的人。例如:"这个菜包子,还没上阵就吓尿裤啦!""弹弦子",喻指偏瘫、半身不遂;因患者手腕无力,动作类似弹三弦乐器,故称。"栖底子",蒸熟的面食和屉布黏在一起,比喻总待在一个地方不活动。例如:"我算是栖底子了,在这儿一干就是三十年。""绕脖子",比喻说话办事不直截了当。例如:"说痛快话,到底怎么回事,别跟我绕脖子。""玩黏子",比喻借故生事,纠缠不休。例如:"你少跟我玩黏子,我还真不在乎你!""偎窝子",喻指睡懒觉,赖床。例如:"晚上夜猫子,早晨偎窝子。""装孙子",比喻假装不懂、不会、不敢或不知情。例如:"别演戏了,少跟我装孙子!""落道帮子",原指丢弃于地的白菜帮子,后喻指游手好闲、行为不端的二流子,着眼于其潦倒落魄、低劣无能、一文不值。

天津话将某种类型的人,称之为"X鬼""X精"或"X小儿"等。

"X鬼"类。"机灵鬼",指聪明灵活,善于随机应变的人。例如:"这个机灵鬼,光占便宜不吃亏。""激事鬼",指挑拨矛盾、搬弄是非、怂恿争斗的人。例如:"自从这个激事鬼调走后,整个大院清静了。""勾事鬼",指引诱别人走邪道的人。例如:"全是那俩勾事鬼造的孽。""讨债鬼",多指不肖子弟。例如:"不知我上辈子做了嘛缺德事,要不怎么养你这么个讨债鬼!""冤死鬼",指遭诬陷受冤屈的人。例如:"哪个庙里没有冤死鬼?""催命鬼",指不停催促的人。例如:"行了!我现在就弄,你这个小催命鬼。"

"X精"类。"哭巴精",指爱哭的孩子。例如:"这个哭巴精,一早晨就哭了好几抱儿。"另外还有"瞎话精""马屁精"等。

"X小儿"类。"X小儿",是对某一类年轻男子的戏称。例如:"瓦小儿",对年轻瓦匠的戏称。"粪小儿",对年轻淘粪工的戏称。"二小儿",指跑跑颠颠、忙前忙后伺候别人的人;又指开玩笑时遭奚落的虚拟人物;还是天津民间俏皮话的主要人物之一,如"二小儿穿大褂——规规矩矩""二小儿放鸽子——又回来了"等。另有"坏小儿""嘎小儿""傻小儿"等。

"从头到脚"天津话

　　天津方言描绘人物或事物的神情状态，常着眼于人体器官的描画，例如火顶脑门子：形容怒火中烧，即将发作。抬头纹儿开了：额头皱纹舒展了，形容心情舒畅时的面容。如："你是中了头奖吧，怎么连抬头纹儿都开了？"也形容弥留之际，回光返照的面容。如："老人睁开眼，抬头纹儿开了，似乎要寻觅什么。"蹬鼻子上脸：形容得寸进尺。如："看你年轻就让着你，可你还蹬鼻子上脸了！"嚼舌头：指说闲话。如："人家还没在背后嚼舌头呢，你自己就嘀咕开了。"

　　再如勾腮帮子：第一，比喻勾引、吸引，使被诱惑者难以摆脱。如："但凡色情、赌博、毒品，都用勾腮帮子方式引人上钩，拉人下水。"第二，比喻设置悬念吸引人。如："评书每一回的末尾留悬念，勾腮帮子！"第三，比喻勾心思。如："这事儿要说出去，给人家添腌臜不说，也勾自个的腮帮子。"

　　回脖儿：第一，改变主张。如："劝了两次，有点儿回脖儿的意思。"第二，转圜、挽回。如："事情真要办莽撞了，就不好回脖儿了。""可别闹僵了，一闹僵了就不好回脖儿了。"

　　转腰子：第一，原指牲畜在临死前身躯痉挛的样子，后喻指无计可施，急得团团转。如："左等右等，饭还没做熟，饿得大伙围着食堂转腰子。"第二,转悠、徘徊。如:"饭馆卧在小胡同里,头一次来这儿吃饭,找不着地方,在附近转腰子。"第三,变卦,自食其言。如:"你这人怎么说了不算呢?又转腰子了。"第四,戏谑语,指尚未出生。如:"我参加工作时,你还在娘肚子里转腰子呢!"

肠子悔青:比喻悔恨交加。如:"与发财机会失之交臂,他连肠子都悔青了。"

从脑门、眼睛、鼻子、舌头、腮帮子、脖子,到腰子、肠子,涉及多种人体感官和器官,都可以用来说事儿。

再如"挽起眼眉""闪了舌头""甩开腮帮子""满脸跑眉毛""满嘴跑舌头""脚丫子朝上""腿肚子朝前"等。"其实,他就是这么一说,您就这么一听,一项也落实不了。即使身怀特异功能,眼眉不是袖子,挽不起来;舌头不是腰眼儿,闪不了;腮帮子不是膀子,甩不开。同样道理,眉毛不会满脸跑,舌头也不会满嘴跑;不是练杂技的,脚丫子也不会朝上;你就是玩儿命跑马拉松,腿肚子也绝对朝不了前"——以上说法都属于夸张性描写。

天津方言"给脸""给面儿",就是照顾情面的意思。如:"闹得太出圈儿了,别给脸不会运动!"而"给耳朵",却表示只听不回应,形容不重视。如:"她一声不吭,就给你个耳朵。"至于"给后脊梁"和"给后脑勺儿",形容遭冷遇、受轻蔑。如:"二奶奶没拿正眼瞅过他,连丫头精豆儿也给她后脊梁瞧。"从社交双方所处方位看,"给脸"是直面,示尊重;"给耳朵"是侧面,表轻视;至于"给后脊梁"和"给后脑勺儿"则是背对,轻蔑鄙夷,溢于言表。

踢,指抬起腿用脚撞击;踹,指鞋底向外踢;二者同义微殊。但天津话"一脚儿踹"和"一脚儿踢"的语义所指却大不相同。"一脚儿踹",指摩托车。如俗谚"要想死得快,就买一脚儿踹"。而"一脚儿踢",却比喻把货物一次性全部卖掉。如:"一手钱一手货,卖给我,一脚儿踢,怎么样?"另外,"一脚儿踢"还指办理离职手续,单位一次性发给职工一笔钱,让他自谋生路。如:"单位给五万买断,其实就是一脚儿踢。"

天津话喜欢用人体器官作量词。例如:一脑门子官司,形容看什么都不顺眼,怨愤可随时发作。一鼻子,指一种(理由或原因)。如:"这是喜事,你哭的是哪一鼻子?"一膀子,代指"一身"。如:"好小伙子!还真有一膀子力气!"一屁股两肋账,形容债台高筑,账主子踢破门槛。上述的"脑门子""鼻子""膀子""腿""屁股"和"肋(条)"等人体部位或器官,在句子里都临时充任量词。

天津话"三字语"趣谈

相声表演老前辈王文玉先生曾撰文《天津特色方言"三字语"》,写道:"津人讲话之风趣、爽朗尽人皆知。""三字语"即为天津人在过去极爱使用的一种特色语言。所谓"三字语"其实是一句四字语,不过只说三个字,最后一个字不说,而不说的那个字才是言者之真意。如说"水",只说"嗓子眼冒烟儿,你老先给我来碗九龙治(水)",实指来碗水。"三字语"囊括范围很广,民谚、俗语、书文、戏曲等皆可使用。抽烟缺火柴,可说"麻烦你老给我来个俏皮小(火)""我在家倒是挺省心,我那位四郎探(母)跟秋胡戏(妻),娘儿俩处得极好"。

"三字语"在天津曾盛行一时,在市民阶层使用广泛。其内容丰富,涉及面广,形式新颖,妙趣横生。

首先,表现在姓氏上。常见的姓"张、王、李、赵,遍地刘",用"三字语"就说成"出口成、四海龙、知书达、完璧归、三教九"。再如"曹、尚、严、黄、朱"这五个姓,用"三字语"就说成"击鼓骂、高高在、有口难、信口雌、二龙戏"等。

其次,表现在亲属称谓上。如问对方家里几口人,对方回答,户主是"嫌贫爱"和"劈山救",还有一个"笑语欢",一个"甜哥蜜",一个"谈天说",在老家还有一位"罄竹难"——分别说的是:

父、母、哥、姐、弟和叔。

再次,表现在属相上。例如十二生肖,用"三字语"分别说成"胆小如、气壮如、生龙活、守株待、叶公好、打草惊、指鹿为、顺手牵、杀鸡吓、呆若木、偷鸡摸、拱门肥"等,省略了所要表达的子鼠、丑牛、寅虎、卯兔、辰龙、巳蛇、午马、未羊、申猴、酉鸡、戌狗、亥猪。

用"三字语"还能指物品。例如:咱每天离不开柴米油盐、"大禹治(水)";劳驾,我借个"隔岸观(火)";今天歇班,买了几条"吉庆有(鱼)";扛来一袋"改头换(面)";打了一壶"天长地(酒)";开来一辆"学富五(车)";夜个儿下了"趋之若(雾)";今儿个一早是"程门立(雪)"——这种言语表达形式,充分体现了天津人挠直为曲的诙谐,猜谜般的趣味和现挂抓哏的聪颖。

"三字语"形式灵活,组合多样。表达同一个字的"三字语",呈现形式却多样化,例如某人姓赵,可以说"吉星高、完璧归、肝胆相";某人姓"何",可以说"气壮山、心平气、不谋而";某人姓周,可以说"木已成、破釜沉"等。在语言交际中,"三字语"往往是即兴发挥,随用随想,脱口而出。但这种表述,受语境的严格制约,即与社交对象的文化积淀、知识储备、情志合拍、灵活应变等语言能力相关。"三字语"大约产生于清末民初。当时的天津文人扎堆,客商云集,文化多元,雅俗共赏。在社交应酬和雅集娱乐中,往往借助文字游戏佐觞助兴、烘托气氛。"三字语"即产生于觥筹交错的文人雅集场合,这种诙谐启智的言语表达形式,在天津便逐渐流行开来。

另外,天津人说话追求简略,语速偏快,口语表达的四字格成语常被吃掉最后一个字,这又形成了另一种类型的"三字语"

形式,例如:

您今天看上去是"容光焕、满面红、精神抖、老当益"!

这算什么啊!咱哥儿们不过是"小试牛",要是拿出真本事,他们还不"全军覆"。

他们说您"不学无、醉生梦、无可救、胡言乱"。

我这是"明修栈、暗度陈、声东击、得陇望、兵不厌、瞒天过",你再瞧瞧他们的炒作,纯属"故弄玄、南辕北、黔驴技、缘木求"。

他们"嫉贤妒",对我"恶语相";我这"略施小",他们就"一塌糊、一败涂"了。

想看我"丑态百",不可能!咱就"将计就、顺水推",给他来个"瓮中捉、一网打、聚而歼"。

您别看我"声色俱、不苟言",其实咱"心地善、助人为、行侠仗",全都占全了。

这种"三字语"也只说前三个字,将最后一个字省略,但所要表达的是整个四字格成语的语义,形成别具一格的诙谐意味。

当初"三字语"的使用人群毕竟有限。进入二十世纪五十年代后,使用范围逐渐减少。正如文人擅长的顶针续麻、飞花令、诗钟等文字游戏,最后演变为独特的言语交流方式,故而鲜为人知。

天津话词缀

　　词根和词缀是词汇学中一对重要的术语。一般定义是,在词中表达实在意义的部分是词根;而意义虚化、在词中起某种附加作用或语法作用的部分是词缀。词根语素可以是自由的、不定位的;而词缀只能是附着的、定位的。词缀三要素:第一,意义完全虚化的不成词语素——概念定性;第二,黏附在词根上,表达语法意义或色彩意义——功能定性;第三,位置是固定的——结构定性。

　　天津话词缀,绝大多数是后缀。为适应天津话词汇具象化和俚俗化的特点,含词缀的天津话词语多用于口语表达,不仅数量多,摹状表义形式多样,而且组合方式比较灵活,具有较强的能产性。

　　词缀"呲",附着在单音节动词性词根之后,构成"A呲"式,如"翻呲、搞呲、抠呲、扤呲、爬呲、跑呲、扑呲、剜呲、咬呲"等。具体说,翻呲:翻脸争吵。搞呲:为澄清事实或消除误会而解释。抠呲:专心费力钻研某事。扤呲:瘙痒。爬呲:匆匆起床。跑呲:替人奔走效力。扑呲:乱说。剜呲,刻意寻求。咬呲:揭发同伙,互相攻讦。这些词为动词性质,多为贬义;有的可重叠为"A呲A呲"式,如"拔呲拔呲、搞呲搞呲"等。

　　词缀"乎",附着在单音节动词性词根之后,构成"A乎"式,如"咋呼、就乎、搅乎、堆乎、撬乎、煽乎、遮乎"等,多为贬义动词。少数词语可重叠,其重叠形式为"AA 乎乎",如"咋咋呼呼、就就乎乎"等。

词缀"咕",附着在单音节动词性词根之后,形成"A 咕"式,如"叨咕、捏咕、嘀咕、挤咕、拐咕、踩咕、绕咕、打咕、撮咕(修饰打扮)、掖咕(随手放置)、崴咕(乱摆弄)"等。这些词多为动词,呈贬义;前面可加"瞎、乱、穷"等贬义形容词以强化否定色彩,如"瞎叨咕、乱捏咕、穷打咕"等。少数为形容词性,可重叠为"AA 咕咕"式,如"叨叨咕咕、嘀嘀咕咕"等。

词缀"不叽儿",附着在单音节形容词性词根之后,构成"A 不叽儿"式,表示"有点儿"的意思,形容比较好闻或好吃的。例如"酸不叽儿、甜不叽儿、红不叽儿、美不叽儿、坏不叽儿、愣不叽儿、蔫不叽儿、苦不叽儿、辣不叽儿"等。

叠音词缀"烘烘",附着在形容词性词根之后,构成"A 烘烘"或"AB 烘烘"式,如"乱哄哄、臭烘烘、热烘烘,臭气烘烘、臊气烘烘、膻气烘烘"等。其中"A 烘烘"可重叠为"AA 烘烘"式,如"乱乱烘烘、臭臭烘烘、热热烘烘"等。这些词属形容词性质,多为贬义。

三音节词缀"呲忽拉",附着在单音节词根后,构成"A 呲忽拉"式,如"血呲忽拉、黏呲忽拉、咸呲忽拉、白呲忽拉、腥呲忽拉"等。这些词属于形容词性质,含贬义。

最后总结天津话词缀的特点:一、后缀占绝大多数;二、由词根和词缀组成的方言词语,多用于口语表达,俚俗明快,褒贬色彩鲜明;三、绝大多数读为轻声;四、部分词缀写于书面后产生多种词形(如"了吧唧、了咯叽、了呱叽"等);五、能产性强,使用灵活而富于变化。

减字、增字和嵌字

天津方言词语在口语表达中,其词形结构富于变化,在一定的语境中可以减字、增字或嵌字。

首先说词语减字。天津话把连二桌说成"连二";把偏带女便鞋说成"偏带儿";把黄花鱼说成"黄花儿";把西葫芦说成"西葫";把爆三样儿说成"爆三";把太阳穴说成"太阳";把无轨电车说成"无轨"。以上词语都将偏正结构的名词或名词性短语的中心词省略,只保留起修饰或限定作用的定语成分。

至于动词的减字省略,数量更多,例如:"这几年,他算是发了,狗熊穿大褂——人啦!别看在家门口子没人认,他现在上台讲话就是一通转,可底下又是拍又是刷的。但他早晚得崴,你信不信?这么缺的人,能不栽吗?我心说:你小子就作吧,有你现的那一天。"这段话有十个单音节动词,都是对双音节合成词的省略,例如发财说成"发";认同说成"认";转文说成"转";拍马说成"拍";刷色说成"刷";崴泥说成"崴";缺德说成"缺";栽面说成"栽";作祸说成"作";现眼说成"现"等。

词语增字。例如天津人把盐,说成"咸盐";把属龙,说成"属大龙";把一块儿,说成"一块堆儿";把豆绿,说成"豆瓣儿绿";把半傻,说成"半傻不茶";把废物,说成"废物点心"或"废物鸡";把干脆,说成"干巴利落脆";把脑袋,说成"脑袋瓜子";把费劲,说成"费劲巴拉"等。

天津方言的词语增字,在语义上是为了加以强调,在结构上是为了凑足音节,形成均衡的语音格局。例如:没倒没正——长幼颠倒,本末倒置;没根没叶——没根基,没背景;没完没散——绵绵无期,难以了结;没心没肺——形容大大咧咧,什么事都不往心里去,多用于自身;藏着掖着——隐藏,隐瞒;好里好面——指讲求情面;连骂带卷——指连续痛骂。其中的没倒没正,重在"没正";没根没叶,重在"没根";没完没散,重在"没完";没心没肺,重在"没心";藏着掖着,重在"藏着";连骂带卷,重在"骂",而"卷"只是配搭;好里好面,重点是"面儿",而"里儿"由"面儿"衍生,以形成骈偶语。为什么俩字就可说明白,还要再添上另外俩字呢?一是利用修辞加以语义强调,另外就是凑成四字格,易读易记。

天津方言词语"难受北受",其中"难受"谐音为"南受",再加上"北受"作为"难受"的配搭,凑成四字格。再如:人五人六——指趾高气扬,装模作样。"人五"是"人物"谐音,添加"人六",为凑足音节,并无实义。人物山水儿——以"人物""山水画"相调侃,特指重要人物。其添加的"山水",只为凑足音节,并无实义。叮当五六——形容干脆麻利快。好歹二三——形容敷衍了事。零碎八五——形容细碎琐碎的事物。上述词语,"叮当""好歹""零碎"是表义重心之所在,而"五六""二三""八五",在结构语义上虽属配角,但其修辞作用却不可小觑,首先,形成四字格的均衡格局;其次,平仄对应协调;再次,增强了感情色彩和描写效果。

最后说词语嵌字,指在口语表达词语中嵌入"了""个""大"

等字,例如:看了不上——没看中;认了真——信以为真;傻了眼——因突发意外而目瞪口呆;卖个傻——佯装不懂;悬大乎——形容不牢靠,或有后患。在动补短语"看不上"和"认真""傻眼""卖傻""悬乎"等离合词中,分别嵌入"了""个""大"等字,词语表义总体不变,但由于语气舒缓,造成节奏迂缓,同样增强了表达效果。

天津人的"半截子话"

在天津话的口语表达中，宾语省略很为普遍。例一："怎么样，给大伙儿来段儿?"例二："今儿晚咱哥儿几个喝点儿?"例三："给咱写一首?"例四："告诉你小子，我可有了。"例五："刚怀上俩月就掉了。"例六："我承认，前些年是曾经有过。"

例一，来段儿(节目或笑话);例二，喝点儿(酒);例三，写一首(诗);例四，我有(身孕)了;例五，掉了(指自然流产);例六，曾经有过(外遇)。由于有特定的言语对象和语境，这些省略了宾语的话，不会造成对方的不解、误解或歧解。

天津方言口语表达爱说的"半截子话"，可分为两种类型。第一类，只说出俗语、谚语、俏皮话的前半截儿，后半截儿不言自明。例如天津人在一定的语境中，说某事是"日本船"，实际是结果判断"满完"。在某种情境下，天津人在开车途中说"大殡"，实际是说行驶路线"绕一圈";说某人妻子是"秋后蚊子"，言外之意"死盯"，即对丈夫举动高度警觉，毫不懈怠。再如:磨坊的驴(听喝)、脚底下的泡(自己走的)、此地无银(三百两)、剃头挑子(一头热)、秋后蚂蚱(没几天蹦跶)、老太太出殡(后边跟着)、二小放鸽子(又回来了)等。这种言语表述方式挠直为曲，化庄为谐，诙谐有趣。但其前提是，只用于天津本地朋友或熟人间的言语交际。而对外地人，尤其是南方人来说，是"蛤蟆跳井"（不懂）。

第二类"半截子话"，就是话语本身涵盖着言外之意。例如天津朋友交际，常用"拿你的""用你的""走你的"等话语，其实在这些话语的背后隐含着"没说的，不成问题，没有申说的必要；小事一桩，不足挂齿"的意思。但对于外地人来说，往往难以理解。例如某天津籍大学女生在教室自习，一位南方籍女同学对她说："借我笔使一下。"她头也没抬，答道："用你的！"弄得那位同学很尴尬。事后借笔女生对别的同学转述说："太小气了！找她借笔，她竟然说'用你的'！"

为什么天津人的豪爽大方，却被误认为自私吝啬呢？这就是"半截子话"造成的误解。天津人说的"用你的"，言外之意是"没问题，随便用；同窗之间，谁跟谁呀！"可是，南方女同学缺乏对这种方言深层义的了解，只能从字面义和表层义理解，从而产生误会。

天津话"吃字儿"

　　天津人说话嗓门大，语速快，因此"吃字儿"现象很明显。在说话的语流中，天津话的一些多音节词语，其中的某些字就被"吃"没了。例如派出所，天津人说成"派所"；习艺所，天津人说成"习所"；合作社，天津人说成"合社"；劝业场，天津人说成"劝场"；黄家花园，天津人说成"黄花园"；百货公司，天津人说成"百公司"等。

　　在天津人嘴里，"豆腐"成了"豆—f"，"腐"没了，变成了几乎听不出来的促音—f。"冰激凌""冰搅凌"中间的"激"和"搅"，在说话时被"吃"进去，说出来就剩下"冰—凌"；咸菜"疙瘩头"就成了"疙—头"。"豆腐脑儿"说成"豆—脑儿"，"豆腐皮儿"说成"豆—皮儿"，"豆腐丝儿"说成"豆—丝儿"，"豆腐渣儿"说成"豆—渣儿"。再如"可惜了儿"的"惜"常被吃去，变成"可—了儿"；"吃着谁向着谁"变成"吃—谁向—谁"；"蹬鼻子上脸"变成"蹬鼻—上脸"；"鸡蛋里挑骨头"变成"鸡蛋—挑骨头"等。

　　"吃字儿"进一步发展，使某些词语读音发生习惯性的变化，例如"您老"到了天津人嘴里，变成"您了"。其实，这个"您了"是"您老"方言俗读发生的音变，也属于天津方言的"吃字儿"现象，发音时省去了韵母。例如"大早晨的就生气，您了这是跟谁啊？"

电视连续剧《杨光的快乐生活》(第一部)片头曲"跟您了说说,我的快乐生活",其中的"您了"也是尊称,在表意上等同"您老"。

天津小贩叫卖吆喝,素以简洁著称。例如小贩称柿子为"糖罐儿",夸张兼比喻,颇有修辞含量!"喝糖罐儿去吧"吆喝出来是"喝罐儿哟"。冰糖葫芦被称为"糖堆儿",吆喝出来是"卖堆儿哟"。有人甚至干脆吆喝成一两个字:"罐儿哟""堆儿哟"。

天津人把"别这样"说成"别介","别介"的"介"读轻声。天津话说"别介",就是"不要这样"的意思,一般用于规劝和阻止。例如:"咱是好朋友,您了别介啊!"再如:"您了别介,这小事儿一段儿,可别往心里去啊!""别介"的"介",一般学者认为是语助词,没有实际意义。其实,天津话里的"介"属于代词,就是"这样"的意思。天津话把指示代词"这"读为 jiè。普通话"这样"在天津被读成 jiè yang,其中的"样"被儿化,再加上读轻声,就只剩下"介"字后边带点尾音的 a。所以,天津话"这样"的发音,听起来和"介"大体相同。

汉语"不用"二字连读为"甭";"不好"二字连读为"孬";"不可"二字连读为"叵";"机灵"二字连读为"精";"窟窿"二字连读为"孔",这些被称为合音字。其实,天津话"别介"中的"介",并不是没有意义的语助词,而是"这样"二字连读的合音字。天津话"别介",是表禁止或劝阻的副词"别",与合音字"这样"合成的特殊变音的方言词,表达"不要这样"之意。

天津话的儿化

"儿化"属于北方方言特有的语言现象。词语后缀"儿"形成卷舌韵母，例如"心眼儿、鞋带儿、烟卷儿、针眼儿、白干儿、果仁儿、肉冻儿、抓阄儿"等。儿化后，语言成分的理性意义不变，但却增加或改变了附加意义，如"妞儿、茸毛儿、玩意儿、牙签儿"等，增加了"小巧"义，派生了"喜爱"义。再如"好玩儿、小曲儿、慢慢儿、踢毽儿"等，更具浓郁的口语色彩。我们称呼年轻同事"小王儿、小张儿、小胡儿、小徐儿"等，可读儿化；但称呼"大王、大张、老胡、老徐"等，就不宜儿化了。

请看三段天津话——第一：嘛叫刺儿头？刺烘烘地让人纳闷儿，嘟噜脸子阴阳怪气儿，办事饿碴儿带斗气儿，张嘴说话带钩儿带刺儿。第二：胳膊如麻杆儿，肋条像挫板儿。第三：大爷蹬三轮儿，二哥卖小鱼儿，三姨卖凉皮儿，老舅卖果仁儿。以上口语色彩浓重的词语都读儿化，如"刺儿头、纳闷儿、阴阳怪气儿、饿碴儿、斗气儿、带钩儿带刺儿、麻杆儿、挫板儿、三轮儿、凉皮儿、果仁儿"等。再如"大腕儿、胡同儿、区片儿、虾段儿、鱼片儿、屁股蹲儿、豆腐脑儿、疙瘩襻儿"等，也应读儿化，否则说着拗口，听着别扭。

天津方言口语词读儿化的比重很大，如"挨边儿"，指接近实情或谜底。"挨个儿",按次序(排队)。"挨肩儿",同胞兄弟姊妹排行相邻,年岁相差不大。"挨斥儿",遭斥责,受批评。"爱好儿",(多指少女)讲究衣着,注重修饰。"爱人儿",招人喜欢。"熬夜儿",(因工作、娱乐或照看病人等)夜间不睡。"把角儿",街巷拐角处,或指一个角落。"掉点儿",落下雨点儿,指开始下雨。有些词语必须读儿化,如把"份儿饭"读成份饭,那可就闹笑话了!

借用儿化,可把现成的词变成另一个词,如:"头"指脑袋,儿化后的"头儿"却指头目、领导;"眼"指眼睛,儿化后的"眼儿"却指小洞、窟窿;"过节"指节日庆祝等活动,而"过节儿"却指嫌隙、积怨;动词"点"指在沸水中加入少许冷水,而儿化后的"点儿"源自骨牌游戏,特指人的穷达顺逆,好的叫"点儿高",差的叫"点儿低",长期不顺叫"点儿背"。动词"主",指主宰,支配,例如"这事儿我主了";但儿化的"主儿"却成了名词,指某种类型的人,如"他可是个吃主儿";也指女子出嫁的对象。例如"闺女不小了,有主儿了吗?"动词"掐",指争吵,打架,例如"怎么了,跟我姐夫掐起来啦?"但儿化后的"掐儿",却变成了量词,指拇指与食指相握的空间数量,例如"这一掐儿香菜有二两吗?"

"儿化"还可使词性发生变化。例如动词"垫、盖、罩"等,儿化为"(椅)垫儿、(瓶)盖儿、(灯)罩儿"等,就变成了名词。再如形容词"短、好、鲜、热闹、破烂"等,儿化为"(护)短儿、(买)好儿、(尝)鲜儿、(看)热闹儿、(卖)破烂儿"等,也变成了名词。再如"他火了"和"他火儿了",意思完全不同。"火了",指红了,兴旺了,出名了;而"火儿了",却指愤怒、生气。

在阅读和聆听时,我们靠儿化与非儿化来区别词义。例如动词"蹿",第一,指明显长个儿,如"到了中学,是孩子蹿个儿的时候"；第二，指喷射，如"鼻子蹿血，止不住"。而"蹿儿"却指冒火、愤怒、争吵，如"昨天，他又话里话外甩闲话，我跟他蹿儿了"。"打眼"指没看出毛病而上了当；"打眼儿"指在车轮下放置砖石等，以使车辆停稳。"打脸"指击打面部；"打脸儿"指演员面部化妆。"大头"，即"冤大头"的省称，指吃亏上当的人；而"大头儿"却指民国初期印有袁世凯头像的银圆。"带手"是旧时厨师和跑堂的搭在肩头的抹布；"带手儿"指顺便，如"小王请了两天假，他的活儿我带手儿就做了"。

天津话的轻声

　　天津话词语的音节都有一个固定的声调，可是某些音节在词和句子中失去了它原有的声调，读成一种轻、短、模糊的调，这就是轻声。轻声音节一般位于双音节词语后一个音节，如"厚道、稀罕、豆腐、马虎、糊涂、唠叨、哆嗦"等皆是。

　　在言语交际中，区别轻声和非轻声相当重要。请看以下三个词：第一，肉头(yòu tóu)，形容人行动迟缓，胆小怕事，软弱无能。如"老王蔫了吧唧的，三天也说不了两句话，单位有名的肉头"。第二，肉头(yòu tou)，指人体或物体丰满而柔软的样子。如"这孩子的小手多肉头啊"。第三，肉头儿(yòu tóur)，零碎肉。如"买几斤肉头儿回去炖一锅"。例一的肉头(yòu tóu)，名词，指人；例二的肉头(yòu tou)，为形容词；例三的肉头儿(yòu tóur)，名词，指食材。

　　再如"老娘(lǎo niáng)"，或指母亲，或为已婚中老年妇女的自称(含自负意)；而"老娘(lǎo niang)"，旧称接生婆，也作"老娘婆"。天津话"蛋子"读轻声，是对球形物的通称，例如生瓜蛋子、屁股蛋子等；而天津话"蛋子儿"却是睾丸的俗称，从中可以看出区别儿化和轻声的重要性。

　　有些词语，靠轻声与非轻声来区别词义和词性。如"兄弟"指哥哥和弟弟,而把"弟"读轻声的"兄弟",却单指弟弟。"言语"指所说的话,而把"语"读轻声的"言语",却指开口、招呼。"运气"指武术气功的一种炼身方法,而把"气"读轻声的"运气",却指幸运。"老子"指古代与庄子并列的哲学家,而把"子"读轻声的"老子",却指父亲或成年男子的自称(含自负意)。"庄子"指古代哲学家庄周,而把"子"读轻声的"庄子",却指村庄。

表时间的"过去",与"现在""将来"相对应,而把"去"读轻声的"过去",却指离开这个地点,去向另一地点。表方向的"东西"与"南北"相对,而把"西"读轻声的"东西",却指物件,如"东西当铺当东西"。"本事"指作品主题所根据的故事情节,而把"事"读轻声的"本事"却指本领。"大发"指二十世纪末期天津生产的小型面包车,而"发"读轻声的"大发",却指数量过多、超量,例如"装修就别太讲究了,要不花钱就大发了"。

天津方言"嘎嘣脆"

　　天津人说话,干脆利索,不拖泥带水,不吭哧憋嘟,不冗长拖沓。在天津话里,单音节动词很多,简直可以车载斗量,譬如"拿了、崴了、蔫了、震了、盖了、掰了、裂了、砸了、黄了、叠了、闷了、尿了"等。

　　请看带提手旁,表示动作行为的天津方言单音节动词。扯:第一,撕,撕下,特指买布料,如:"我们姐儿俩去百货大楼扯块布。"第二,指某女性思想开放,说话不含蓄,口无遮拦;办事不拘谨,动作失态,与众不同,如:"这姑娘哪儿都好,就是有点儿扯。"抡:胡说,如:"他一时兴起,口若悬河地抡开了。"拃:用力拉,如:"做独面筋儿不用刀切,得用手拃。"抹:第一,(脸色)突然改变,如:"这小子把脸儿一抹,来个六亲不认。"第二,罢官,免职,例如:"这回可算是把他的官儿给抹了。"拃:(对比较疏远且不合作的人)以迂回而温和态度对待,逐渐拉近距离,达到安抚或笼络的目的,如:"将来有用得上他的时候,拃着他点儿!"抽:第一,挥掌猛打,如:"干这缺德事儿,就是找抽。"第二,收缩,如:"运动衣一下水就抽了。"撤:第一,用手掌打对方脸部,如:"再说瞎话,我撤你嘴巴子。"第二,离开,如:"我有点儿事儿,先撤了!"搪:抵挡,应付,如:"天大的事儿,我自个儿搪。"掫:第一,扶持,拉拽,如:"老太太上车,劳驾您了撖一把。"第二,托举,抬起,如:"帮我把麻袋撖到肩膀上。"第三,掀翻,如:"一桌饭菜让他给撖了。"擩:第一,悄悄塞给,如:"每次见到舅舅,都擩给我十块八块的。"第二,不经心随意放,如:"数码相机的电池,不知让他擩到哪儿去了?"第三,放入、插入,如:"一只脚擩到泥里了。"

为求简洁明快,天津话往往把动宾结构双音节动词略去宾语,只保留前面的动词。例如,认:"认同"的省略,如:"他的煎饼好,虽然价有点高,人们还是认。"发:"发财"的省略,如:"扎彩铺隔三岔五接一些大活儿,就能小发一笔。"作:"作祸"的省略,如:"你小子就作吧,离倒霉不远了!"拍:"拍马"的省略,如:"这一通拍,谁听了不舒服?"搭:"搭罐儿"的省略,指淘汰出局或中途退出,如:"下的嘛臭棋,快搭走,换一个。"碰:"碰瓷"的省略,如:"这两个无赖就是以碰为生的。"缺:"缺德"的省略,如:"你这事儿办得太缺了!"刷:"刷色"的省略,如:"这通毫不婉转地猛刷,引来会场上一片暗笑。"捅:"捅钱"的省略,如:"为了给儿子找工作,他没给局长少捅。"现:"现眼"的省略,即出丑、丢人,如:"就你这两下子,就别现了。"栽:"栽面儿"的省略,因失败、失误而出丑,如:"这回能耐梗可要栽了。"崴:"崴泥"的省略,比喻陷入困境或事情难于处理,如:"他感到这回是真崴了。"

名词用作动词。猴:逮捕,关押,如:"那小子作恶多端,让公安局猴儿起来了。"杠:指抬杠、顶撞,如:"姐儿俩都跟嗷嘴驴赛的(似的),差点就杠起来了。"腿:步行,如:"最后,没辙了,只好扔下车子腿回家去。"庹:成人两臂平伸,两手间的距离,约合五尺,如:"有没尺没关系,用手一庹,就知道多长了。"

形容词用作动词。贫:说话絮絮叨叨,令人讨厌,如:"这小子太贫,净耍嘴皮子。"秃:光头男子不戴帽子,裸露头顶,如:"大冬天你秃着脑袋,不嫌凉啊!"淡:不理睬,使之尴尬,如:"多好的一个媳妇,愣让你小子给淡走了!"

震了·盖了·没治了

"震了""盖了""没治了"，在天津话里都表示很好、很出色的意思。

"震了"是赞扬某人出类拔萃，使人震惊、令对手折服的意思。二十世纪七十年代前半段，京津地区的年轻人在形容出色的人或事时，喜欢说"震了"。例如："她毕业后，分配到南方一所中学，在试讲时，那一口标准的普通话，把整个学校都震了。"再如："你这手绝活，简直是震了！"但是到了1976年7月28日唐山大地震之后，人们因语言禁忌，"震了"这个词很快就销声匿迹了。地震刚过去，人们惊魂未定，好容易暂时忘却了，你却因高兴为某事大声喝彩："震了！震了！"多吓人啊！

地震后，家家户户搭盖临建棚。天津熟人在街上见面互致问候："哥儿们，怎么样？家里没事吧？""嗐！房子震塌了，盖了两间临建。你家盖了吗？""盖了，盖了。"后来，"盖了"这个词就取代了"震了"——这就是"先震后盖"，也符合事物的因果规律。

所谓"盖了"，是"盖了帽儿了"的简称，就是压倒对手，占上风的意思。"盖帽儿"本为篮球术语，就是在对手投篮的瞬间，把球拨出去或闷回去；后用"盖帽儿"比喻很好、出色的意思。例如："你要是在段子里加几句秦腔，那就盖了帽儿了！""这套八卦拳打的,简直是盖了帽儿了!"天津人说话追求简洁,更多用"盖了"这个词。例如:"这身西服配上这条领带,盖了!"

还有一个词"没治了",就是无与伦比的意思。例如:"你这二胡拉的,胜过专业科班的,简直是没治了!""老赵画画,老钱书法,老李治印,老哥仨配合,那是没治了!"

一个懂中文的外国老师在天津大街上买西瓜,他问卖瓜小贩:"这西瓜怎么样?"小贩回答:"震了!"外国人听不懂,就问:"什么叫震了?"小贩回答:"就是盖了!"外国人还是不明白,又问:"什么是盖了?"小贩回答:"盖了就是没治了!"外国人又问:"什么是没治了?"小贩回答:"没治了,就是好极了的意思。"外国人说:"你早说好极了,我不就懂了?你说话太费劲了!"

"震了""盖了""没治了"都是二十世纪七八十年代流传于年轻人口中的天津土语。但是好景不长,这些词很快又被"毙了""酷了""酷毙了"等新词语所取代。这类市井土语虽红极一时,但毕竟难登大雅之堂,所以在《现代汉语词典》里是查不着的。

蔫坏损·锛铰褒

　　汉语由三个单音节词并列组成的短语，如"斗批改""假大空"等，自有其组合规律。天津话的这类短语更有独特的个性，仅以"蔫坏损"和"锛铰褒"为例阐发之。

　　"蔫"，本指花木、水果、蔬菜等因失去水分而萎软；也指精神不振，或指性格内向的人。天津人管慢性子、不合群的人叫"蔫蛆"；把做事不声张，蔫了吧唧地暗使劲儿，叫"蔫拱"；把对基层领导有意见，不声不响地往上边反映，叫"蔫捅"；把每逢开会就"凉锅贴饼子——溜了"，叫"蔫溜儿"。天津俗语："蔫萝卜辣死人！"天津人说："有嘛话就直说，别跟我玩蔫的！"这个"蔫"，就是玩阴的，指所有言行都在暗中进行。

　　"损"，指说刻薄话，办恶毒事。对说损话、办损事的人，天津人评价，一说"缺德"，二说"不够"。所谓"大德祥改祥记——缺了大德了"，就是说这种人好话说尽，坏事干绝。所谓"不够"，就是对人品在道德水准之下的评价。旧时的大家族都以堂号相称，如"积德堂""立德堂"之类。天津人痛斥道德沦丧的人："你们家就是开损德堂的！"

　　天津人说某人"蔫损"，就是说此人干坏事是不声不响，暗中进行的。"蔫坏""蔫土匪"都是这个意思。马三立相声塑造的人物

"马善人"有段对话:"我脖子上有个臭虫,伸手捉住了,怎么办?""捻死。""我是善人,不杀生。""那您怎么办?""找个胖子——把它放在他衣服领子里。""您可是够损的!"这就是"蔫损"。

天津人在"蔫损"中间加个字,就是"蔫坏损",由三个单音节形容词构成。《红楼梦》贾琏的小厮兴儿,在向尤二姐介绍王熙凤时,有段精彩评述:"嘴甜心苦,两面三刀;上边笑着,下边使绊子;明是一团火,暗里一把刀——她都占全了!"这就是典型的"蔫坏损"。

过去,天津娃娃在游戏决定排序或赌输赢分高下时,乐于采用"锛铰裹"的形式。所谓"锛铰裹",就是竞争双方先将右手放在背后,高声齐呼"锛—铰—裹",右手随着三个节拍下顿三次,然后迅速伸出右手,或以拳头做锤子状,或伸出食指和中指做剪子状,或摊开手掌做布状。锤子胜剪子,剪子胜布,布胜锤子。这种游戏形式,后来被称为"锤子剪子布"。天津人对此很熟悉,不论男女老少,每人都有这种经历。但为什么把它称之为"锛铰裹",落到书面上究竟是哪三个字,恐怕多数人就不知道了。

锤子的功能是"锛"。动词"锛"就是用锤子削平木料的意思,也指刀锋被坚硬物品硌坏,如菜刀锛了刃。剪子的功能是"铰"。动词"铰"就是裁剪,即用剪刀使东西断开,如"剪纸""剪指甲"等。布的功能就是包裹,如"裹脚""裹足"等。"锤子剪子布"是三个名词的组合,而"锛铰裹"却是三个动词的组合。"锛铰裹"突出了循环相克相生的三种工具(物品)的功能,即锤子锛剪子,剪子铰布,布包锤子。

呼喊"锛—铰—裹",带有夸耀克敌制胜之手段的意味,且只用三个音节,简洁明快,故为游戏者所喜用。"锛铰裹"第一字

"锛"由一声读为四声,第三字"裹"保留读三声,而第二字"铰"读音短促,并发生音变,被读为"巧"的轻声。于是"锛铰裹",就读为"锛巧裹"了。

出生并成长于天津马场道的著名语言学家、中国社会科学院学部委员侯精一先生在为《天津方言词典》做学术鉴定时指出:"京津相距很近,但'锛铰裹'这个词语就体现出天津文化的生命力,这是它的文化根基,也是老百姓的语言。如果我们不做深层的反映,不将这些词语记录、保存下来,甚至拍摄下来,我们就对不起天津人。"

天津话高频词:嘛

疑问代词"嘛",是流行于京津一带的方言词,意思是"什么",使用频率极高！但北京话读成 má,如广告词"牙好胃口就好,吃嘛嘛香",而天津话却读成 mà,如歇后语"半夜下馆——有嘛是嘛"。相声大师马三立的相声《练气功》中,有一段用天津话描述张二伯的经典台词,可以说把这个"嘛"字用活了:"打外面一进胡同,二伯在胡同口等着呢。'小孩儿拿的嘛？''二伯。''问你拿的嘛？''冰棍。''冰棍？嘛的？''奶油的。''倒霉孩子买奶油的干嘛。'……这头又来个孩子,拿一个头号红香蕉,舍不得吃。打胡同往里一进口儿,得,二伯正待这儿呢。'小孩儿。''欻。''拿的嘛？''二伯,苹果。'这孩子不敢让他看,藏后面。'我看,嘛样的苹果？我尝尝,我尝尝。'"这段内容,张二伯用了六个"嘛",虽都表示"什么"的意思,但大师表演得活灵活现,将一个简单的"嘛"字表达出询问、质问、探问和责问的不同语气和含义。

在《现代汉语词典》里,"嘛"字并没有表示"什么"的义项,而表示"什么"这个义项的却是"吗(má)"字。《现代汉语词典》中"嘛"的词条只有一个轻声读音 ma,标明为助词,列出三个义项:一、表示道理显而易见,如:"他自己要去嘛,我有什么办法？"二、表示期望、劝阻,如:"不让你去,就不去嘛。"三、用在句中停顿处,唤起听话人的注意,如:"科学嘛,就得讲究实事求是。"由此可知,这个读轻声的"嘛"和天津话的"嘛",根本就不是一码事。

在天津话里,疑问代词"嘛"表示"什么"的含义最多。例如:"你姓嘛叫嘛,想干嘛?""要嘛有嘛,想嘛来嘛。""说嘛不听嘛,给嘛不吃嘛。"

"嘛"在天津话里,可组成四个常用短语:一、"嘛事儿",表示"什么事情",如:"嘛事儿您了?"二、"嘛玩儿",表示"什么意思",如:"嘛玩儿?你让我拿孙猴儿去?孙猴儿这么厉害,我打得过他吗?"三、"嘛玩意儿",表示"什么东西""怎么回事"或为责骂语。其中又分三种说法:第一种说法,"嘛"读降调,属于询问语气——什么东西,如:"你盒里装的嘛玩意儿?拿出来让咱瞧瞧。"第二种说法,"嘛"读升调,属于疑问语——怎么回事,如:"嘛玩意儿?你说这事是我挑的?拿出证据来!"第三种说法,重音在"意儿",属于责骂语气,如:"过河拆桥,这人是个嘛玩意儿啊!"四、"嘛对嘛",对突如其来的反常现象,百思不解而发出的质疑,与"哪儿对哪儿"同义,如"胡同里那个不靠谱的小子,一夜之间成了革委会的副主任,趾高气扬的,这都是嘛对嘛呀?"

"嘛"和"吗"虽都属于疑问代词,但在语言使用时,语义大相径庭,语气大异其趣。例如几位朋友到一家餐馆吃饭,大家落座后,东道主说:"哥儿几个,咱吃嘛?"意思是让大家随意点菜,语气肯定,态度坚决,热情大方。但在同样语境下,如果东道主来句:"哥儿几个,咱吃吗?"这语义就完全变了,或临时变卦,或改天再聚,或对这家餐馆不满意,打算另换一家。语气犹豫不决,态度动摇不定,那几位客人又该如何看这位做东的呢?

著名词作家阎肃曾写过一首《天津话"嘛"字歌》:"每一串音

符哆来咪发，讲究好听是咱天津话。透着那个俏，显得那个嘎；那么机灵，那么潇洒；幽默直爽，豪放泼辣！就是这个'嘛'，学问就挺大。有时是疑问，有时是惊讶；有时是否定，有时是打镲；有时它就是可呀可劲地夸。别看这个'嘛'，学问就挺大。或许是亲切，或许是吵架；或许是不待见，或许是圆滑；或许它就是打呀打哈哈。您啦，您啦，您说那是'嘛'？嘛嘛嘛嘛，'嘛'它就是'嘛'。"阎肃先生对天津话"嘛"进行条分缕析的解剖，其幽默情怀不言而喻。

一个口头常用的"嘛"，对天津人来说，耳熟能详，滚瓜烂熟，但对其中所蕴涵的语义、语气、语法、语境和语用，进行中肯的类别分析，进而加以规律性的推导和总结，却不是轻而易举的事。这正是"看似寻常最奇崛，成如容易却艰辛"。

天津话里的"秃噜"

天津话"秃噜",是动词,有四个义项。

第一,表示被迫说出实情的意思。例如:"别看这小子平时七个不含糊八个不在乎的,一进公安局,立马全秃噜了。"这个"秃噜",是坦白交代罪过的意思。

第二,表示说话不算数的意思。例如:"君子一言,驷马难追。你今儿个说的算数不算数?到时候可别秃噜!"这个"秃噜"是变卦,自食其言的意思。

第三,表示脱口失言,就是不假思索,无意中说出了不应该说的话,常用"说秃噜了"或"说秃噜嘴了"来表示。例如苏文茂的一段相声里,写一位男子当着成年儿女的面,描述当年与妻子热恋时的细节场景。捧哏演员提醒:"您这个岁数还是沉稳一些为妥。"苏文茂说:"我那天不是说秃噜了吗?"这个"说秃噜了",是指情急泄密或酒后失言,把本不该说出去的事情却不小心说出来了。

第四,表示无意中发生口误的意思。例如:"报幕员说秃噜嘴了,把笛子独奏说成了'独子笛奏'。"这个"说秃噜嘴了",是指急于说话,或说话前没在大脑里好好过一遍,结果说出的话张冠李戴,驴唇不对马嘴。

这第四种"说秃噜嘴",属于无伤大雅的口误,却具有喜剧效果。自室内情景喜剧《我爱我家》之后,电视剧常将拍摄中"说秃噜"的笑料作为花絮播放,搞笑效果极佳!

下面来段花絮,讲个笑话:一对夫妇,儿子十五六岁了,但说话总是颠三倒四的。一天,儿子风风火火跑回家高喊:"不好了,不好了!咱家井掉牛里边了!"他爹给了他一巴掌,骂道:"倒霉孩子,都这么大了,说都不会话,我真想一门槛子踢你到脚外头去!"他娘就过来劝:"他爹,别生气了,孩子得慢慢教,哪能一胖子吃成个口啊!"您瞧,这一家子都说秃噜嘴了,这别是遗传吧?

天津话 s ú n 到底是嘛字

天津话中有"sún样"一词，用来贬称各种负面的形象，如丑陋、寒酸、呆傻、衣着难看等。由于天津话中很多情况下平翘舌属于自由变体，所以 sún 也可读为 shún。

sún 的本字虽经多位学者查考猜度，但无一得到普遍认同。笔者在《天津方言词典》前言中说："多年来天津学者不断对此进行探索，并先后提出以下三种有代表性的说法。罗澍伟先生主张将 shún 写成鬡。他指出鬡为古字，音 shún，披头散发、丑陋难看的意思。孙学培先生主张将 shún 写成逊。他认为在表达差劲儿、比不上、不够好这层意思上，读音相近、贴切的当属"逊"字。李世瑜先生自造一个上下结构的会意字'面+丑'来代替'shún'。"笔者将 sún 记作狲，因为猢狲与相貌丑陋有些联系，但坦言这是不得已而求其次的权宜之计，"盼待方家学者钩沉究原，确实考证出 sún 的本字，使这个多年难以处理的问题得到妥善解决。"看来 sún 的来源，是困扰天津学者多年的一个方言之谜，已成"哥德巴赫猜想"。

南开大学杨琳教授《俗语词本字考释二则》(刊于《南开语言学刊》2017 年第 1 期)指出："sún 样"的说法并不是天津话特有的，在东北官话、冀鲁官话等方言中也这样说，但一般写作"损样"。

天津话中还有一个詈词叫"sún 鸟",指相貌丑陋的人或衣着怪异的人或给人带来不幸和灾难的人等,"朘鸟"应该是同义连文。这也可印证 sún 本字为"朘"的看法。杨琳先生最后得出结论:从词义、音变、系统性三方面来看,"sún 样"就是"朘样"。

截至目前,按时间先后,对方言词 sún(或 shún)的书面词形至少提出了六种主张:损(东北官话、冀鲁官话),会意字"面+丑"(李世瑜),鬈(罗澍伟),逊(孙学培),狲(谭汝为),朘(杨琳)。

杨琳先生主张,查考本字需要三个基本条件:一要弄清古今语音的演变规律;二要熟悉古代文献记载,尤其是小学类的典籍;三要具备系统观念,不能孤立冥想。虽然有了这三个条件不能保证一定会找到可靠的本字,但脱离这三个条件,那就只能是连猜带蒙了。杨琳先生的考证切实而细腻,尤其是研究方法,令人耳目一新,但这个结论是否能得到普遍认同,还有待于时间的检验。希望方言研究方家学者继续进一步深入探研,彻底解决困扰天津学者多年的方言之谜,破解这个"哥德巴赫猜想"。

"刺花"还是"呲花"

　　曾在央视热播的五集人文纪录片《过年的画》,其片头曲《杨柳青年画》和片尾曲《给我一张杨柳青年画》,具有浓郁的天津风味,作为流行曲调广为传唱。其片尾曲的歌词:"我小时候肥不嘟噜,是一个胖娃娃。我妈说我长得特别像那张杨柳青年画。过年的时候,穿着新衣裳,嘴里吃着糖瓜。小红炮总是舍不得放,掰开了玩刺花……"一些观众看到字幕上的"刺花",认为错了,应写为"呲花"。究竟何以为是呢?

　　"刺"字有两个读音,读为 cì,多为动词,如"刺绣、刺激、刺杀"等;读为 cī,则为拟声词,形容撕裂声、摩擦声等,例如"刺花",指一种可以手持的微型烟花,一点燃即散发耀眼的火花,很快就烧尽熄灭。读为 cì 的"刺花",即请人用针在身上刺出文字或图案,涂以青色,使永久不去。古代刺花者多为士兵、市井少年、江湖豪杰之属,以示其彪悍勇健。这种风俗源自古代南方越族文身之俗及罪人以墨黥面之刑。而一般人都认为这种烟花应写为"呲花"。"呲"字也有两个读音,读为 cī 的"呲",作动词有斥责的意思,例如"挨呲儿";读为 zī 的"呲",有露出的意思,如"呲牙咧嘴",一般写成"龇牙咧嘴"。按语言文字规范,写为"刺花"是正确的,从这个细微之处,可见纪录片创作团队用字之严谨,工作之精细。

以前天津人过年,从除夕到灯节,孩子们都在街巷的炮屑堆里拣拾未燃的花炮,把炮筒一撅两半,点燃后看火花向外喷;或把炮筒撅成 V 状,在断口露火药处再放上一个小炮仗,点燃折断炮筒的引信儿,使火药刺出火花,再引响另一个炮仗——俗称"刺花带炮"。

片尾曲"小红炮总是舍不得放,掰开了玩刺花",就是当年天津娃娃春节年俗生活的艺术再现。这个典型的叙事细节,一下子就触动了天津人的乡情、乡愁,引起对往昔无限的遐思。正如天津摇滚歌手李亮节所言:"从平淡的生活画面里,发现我们生活的这座城市的美。"

这些天津话，说的都是嘛

关于"皮不擦清"

有人写为"琵琶插青"，不妥。应写为"皮不擦清"，指没弄清事情的真相，或办事有头无尾。例如："那件事皮不擦清，乌七八黑的就算完了。""这件事干了大半截，皮不擦清，就甩到一边去了。"

关于"树倒凿一木"

有人写作"树倒糟一木"，意思是倒了一棵树，就糟（腐烂）了一根木头。应写为"树倒凿一木"，即面对众多目标，只盯住一个发力。李燃犀的长篇小说《津门艳迹》第 270 页写道："众位，全别管我们的事。我们事有事在，俗话说，冤有头债有主，我是树倒凿一木，绝不拉扯别人。"这里的意思是：此事与旁人无关，只盯住一个冤家算账。

关于"寒食干"

有人写作"韩十干"，不妥。应写为"寒食干"。第一义项：形容贫寒简陋。例如："屋里没一件像样的家具,挺寒食干的。"第二义项:形容穷酸的样子。例如："当年阔少威风抖,于今落魄寒食干。"第三义项:希望落空。例如:"怎么样?这下儿寒食干了吧?""寒食",指寒食节,亦称禁烟节、冷节。"干",有受慢待,困窘的意思。因为寒食节这天禁烟火,只吃冷食,故"寒食干"蕴含生活简陋、困窘之意。

关于"杆儿拉"

"拉胯"指行走时一条腿拖在后边,引申为累垮了,抬不起个儿来。"麻杆儿"比喻又高又瘦、没力气的人。"杆儿拉"指瘦小孱弱、没能力、不中用的人。肖克凡的长篇小说《浮桥》写道:"你还真有力气啊,我还以为你是个杆儿拉呢。"

关于"撩撩缸,卖鲜姜"

"撩撩缸"比喻一连串纠缠不清的麻烦事。"撩撩缸,卖鲜姜"为顺口溜性质,"卖鲜姜"是为凑成偶句而添加的,与"撩撩缸"除押韵外,并无语义关联。正如天津俗修"嗝儿屁着凉,卖拔糖"或北京俗修"嗝儿屁着凉,一个大海棠","嗝儿屁"之外的内容,都是为押韵而添加的。

关于"顸矢得未,细矢得卯"

天津俗语有"顸食得味,细食得母"的说法。天津人调侃某人春风得意,则曰:"行啊,你现在是顸食得味呀!"被调侃者则答曰:"哪里哪里,我是细食得母。"笔者编写《天津方言词典》时解说道,"顸食得味"也可写为"憨食",即猛吃猛喝。"得味"就是吃着对口。"憨食得味"就是大快朵颐、自得其乐的意思。但"细食得母",意义不详,难以解说。

有一位天津青年学者对上述说法做出回应。他说"顸食得味""细食得母"这两个四字俗语的词义是对应的,"顸"与"细"、"味"与"母"系反义相对。在"顸""细"后面的"食"应是同音的"矢"字——"顸矢""细矢"即射出粗箭或细箭,可猎得体量不同的猎物。与"母"字音近的是地支"卯",对应兔子。前一俗语的"味"可能是地支"未",对应羊。所谓"顸矢得未",是说用强弓重箭可猎得大羊,可喜可贺;所谓"细矢得卯",则为自谦,表示不过用细弓小箭射中一只小兔,无足挂齿。此说另辟蹊径,且言之成理,持之有故,可聊备一说也。

地名探源

地名既是地理环境的标志，也是历史变迁的记录；既是社会生活的写照，也是语言发展的产物。天津市共有各类地名约四万个，其中城市街巷名约占 40%。街名是城市凝固的自传，一个个串起的街名，构成了城市的过去和现在。这些具有生命力的历史，就附丽在街名上，使我们在这座历史文化名城中，依然可以触摸到那隐隐跳动的古今文化绵延承续的脉搏。天津地名里有东南西北，有"上边儿""下边儿"，有河海沽淀，有街巷乡村，有时空变迁，但其中所沉积的历史记忆、文化积淀、乡情乡愁、民心向往，都血脉相通地融合于我们的心灵。众多豪婉兼擅、雅俗相间的天津地名，似乎在无声地述说着历史沧桑，激发我们对城市历史的认同、喟叹与自豪。

天津得名的由来

天津，作为地名，其来源历来有多种说法：一是"星河"说，二是"缘河"说，三是"关口"说，四是"桥梁"说，五是"赐名"说；其中"赐名"说流行最广。李东阳《天津卫城修造记》载："天津及左右三卫，其地曰直沽，文皇下沧州始立兹卫，名曰天津，象车驾所渡处也。"明嘉靖《重修天津三官庙记》载："我朝成祖文皇帝，入靖内难，圣驾尝由此渡沧州，因赐名曰天津。"《天津卫志·序》载："明永乐（朱棣）渡此，因赐嘉名。"于是，"天津"的由来，通常被认为是明太宗朱棣所赐，"天津"则以"天子经由之渡口"为名。

民政部地名研究所科研基地首席专家彭雪开教授曾发表长篇论文《天津地名源流考》（刊于《中国地名》2019年第10期），对天津"赐名"说，提出商榷。其主要理由是：

首先，朱棣率军在直沽渡河南下夺取皇权时，他的身份是"燕王"，而非"天子"，"天子津渡"之说站不住脚。燕王渡直沽，历经四年之后才称"天子"。在起兵"靖难"之时，燕王与建文帝仍是君臣关系，在"渡直沽"后，燕王即把直沽浮桥命名为"天子津渡"，则犯大忌，因而绝无此举。即便朱棣"即皇帝位"之后，也不可能亲自用"天子津渡"之意来命名"天津"，恐为后人诟病。

其次，据《明史·本纪第五·成祖一》载，建文二年（1400）冬十月,燕王率部在直沽渡河,在一鼓作气攻陷德州后,即将直沽浮桥拆除,并将"直沽之舟"移至长芦河上架浮桥。在燕军渡河后,又将其拆除,遂将攻破沧州城的军用物资,用船运至北平(今北京市)。由此推知,所谓"直沽浮桥",在燕王看来,不过就是临时架设的一座军事舟桥而已,并无特别之处,也不会亲自为其命名为"天子津渡"。

至于天津得名,彭雪开先生认为,与主持建造天津卫城的朝廷命臣、漕运总兵官陈瑄有密切的关系。《明史·列传第四十一·陈瑄》载:"永乐元年命(陈)瑄充总兵官,总督海运,输粟四十九万余石,饷北京及辽东,遂建百万仓于直沽,城天津卫。"另据《因明宣宗章皇帝实录·卷之一百六》等史籍所载,陈瑄(1365—1433),历任洪武、建文、永乐、洪熙、宣德五朝,自永乐元年(1403)起任漕运总兵官,主持南北漕运事务三十年。对与漕运密切相关的"天津河"的古今状况,十分了解。陈瑄在直沽筑建国家级粮仓——百万仓;转年(1404)为保卫京师粮仓及漕运,上报朝廷于直沽筹划筑城,借原有"天津河"之名,命为"天津",当属就地取材的移借地名。

据《金史·河渠志》载,金章宗泰和六年(1206),设通济河、天津河巡河官,为七品级衔,通管漕河闸岸。其管理的河段就在今天津武清县内。直至永乐元年(1403)十一月,天津河才废弃不用。古代天文学认为,天上星空区域与地上州府是互相对应的,这称为"分野"。战国时期成书的天文学专著《甘石星经》云:"天津九星,在虚北河中,主津渎津梁,知穷危、通济度之官。"大意是:天津九星,坐落在虚宿以北的银河上,是主管地上河道和桥梁的星官。他知晓地上河道的走向和危险之处,以保佑河运和摆渡的平安畅通。这段文字与《金史》关于天津河、通济河的记载遥相呼应。

永乐二年（1404）十一月，明成祖朱棣听从平江伯陈瑄的建议，决定设置"天津卫"，并始终关心天津卫在"军卫屯守""置仓储粮""转运北京"等方面的动态。直至次年（1405），天津卫城才告建成。从这个侧面分析，天津命名方案系由全国漕运总管并主持卫城建设的陈瑄提出的，而朱棣只是决策的批准人，而非"赐名"者。

地名"天津"，其文化源于《楚辞·离骚》："朝发轫于天津兮，夕余至乎西极。"这是伟大的浪漫主义诗人屈原驰骋于神奇想象，为探求真理而在九天之上遨游，意为：我早晨从东方的银河出发，傍晚就抵达西方的尽头。楚辞注曰："天津，东极箕斗之间汉津也。"意为，天津是天界东边箕星和斗星之间的天河，又名银河。由此可知，天津得名理据，即天河渡口。"天津河"与"天津卫"这两个历史地名，都与《楚辞·离骚》存有密切的文化渊源。

综上所述，天津得名的文化地理之根，源自《楚辞·离骚》。明永乐元年（1403），由漕运总兵官、平江伯陈瑄，借原有"天津河"之名，将直沽旧地命名为"天津"。

永乐二年（1404）十一月，由永乐皇帝朱棣议定为天津卫，并同意筑"天津卫城"。永乐三年（1405）建成天津卫及天津左卫；永乐四年（1406）又置天津右卫。自此后，历有"道""州""府""县""特别市""市""中央直辖市"等行政区划名称，但"天津"之名，始定即终不改也。

彭雪开教授上述观点，与天津学者吴裕成"别把天津的名称来源单一化"的主张基本一致。吴裕成先生曾明确指出："今人更何必落旧时窠臼，不妨放眼，立体多维地看待天津名称的由来。就说紫微垣与天津九星传说，以人间情状命名星宇的一段故事，又反馈于大地，成为给天津地名带来璀璨星光的美谈，甚至还隐含着京津间方位关系，是何等奇妙。"

天津常见别称系列

明建文二年(1400),燕王朱棣以"靖难"之名,与其侄朱允炆争夺皇位,率兵从直沽渡河南下,偷袭沧州,攻下南京。建文四年(1402),明成祖朱棣夺权登基,翌年改"永乐"。永乐二年十一月二十一日(1404年12月23日)在直沽设卫,并赐名"天津",意为"天子车驾渡河之处"。"天津"有多个别称,最常见的有以下几个。

三 沽

在天津"七十二沽"中,较早形成繁华聚落的是"丁沽""西沽"和"直沽",合称"三沽",由此"三沽"成为天津代称。从战国、秦汉至辽宋金元,直至清雍正年间,"三沽"都隶属武清版图。清雍正八年,包括"三沽"在内的武清东南部142个村落划归新建的天津县。至此,"三沽"地区正式归入天津辖区,成为天津代称之一。清代诗人朱彝尊有"千里三沽使,倾筐异味传";陈元龙有"乘兴三沽路,秋帆下白波";张霆有"风雨三沽水,轮蹄十丈尘"等诗句。

三　津

明初天津置"三卫",即天津卫、天津左卫、天津右卫,后三卫合一。天津州府建制皆源于天津三卫,故别称"三津"。另一种说法,北运河(亦称潞河、白河)、南运河(亦称卫河、御河)与海河在三岔河口汇聚,三条河合称"三津"。"三津"亦为天津之别称。例如清代诗人张有光有"万井风高飞木叶,三津水冷送归桡";程可式有"三津檐景空蒙外,何处青山卷幔看";李符清有"三津风物似南天,徙倚高楼思渺然";崔旭有"水患年来多难民,纷纷蒙袂聚三津"。另,天后宫有"佑卫三津"和"三津福主"的匾额,南门外大街有老地名"三津磨坊同业公会""三津胡同"等。可见此称由来已久。

直　沽

"直沽"与天津有密不可分的渊源。首先,它是天津没出现前就有的古名之一,宋金时称"直沽寨",元朝改称"海津镇",明初又改直沽。其次,"直沽"是天津城市最早的聚落,还是海河、运河尾闾的代称。《中国古今地名大辞典》收录词条有:"直沽,在直隶天津县城北,有大小直沽,即海河也。""海河即为直沽,在直隶天津县,其上曰三会海口,俗名三岔口。"海河两岸,都可以称为直沽。《明一统志》中记载:天津三卫"俱在静海县小直沽,永乐二年筑城"。清顾祖禹《读史方舆纪要》载:"大直沽在(天津)县东南十里。小直沽受群川之流,大直沽又在其东南,地势平衍,群流涨溢,茫无涯涘,故有大直沽之名。"通过历史记载,得知天津卫城池所在地叫直沽,直沽有大小之分。元人咏直沽的诗作有:成始终《发桃花口直沽舟中述怀》、臧梦解《直沽谣》、袁桷《直沽口》、傅若金《直沽口》、王懋德《直沽》、张翥《代祀天妃庙次直沽作》等。明人咏直沽的诗作有：宋讷《直沽舟中》、瞿祐《次直沽》、李东阳《舟次直沽与宝庆谢太守》、徐石麟《夜发静海抵直沽》、王洪《过直沽城》等。——可见直沽是使用最频繁的天津古名之一。

津　沽

源于天津七十二沽。天津地区为退海之地，九河下梢，苇塘遍地，傍水而居是天津历史传统。所谓"津"就是渡口，所谓"沽"就是傍水之聚落。天津历来有七十二沽之名，实只二十一沽。余则在宝坻、宁河两县境内。如西沽、东沽、葛沽、咸水沽、丁字沽、大直沽、三岔沽等。其实"七十二"并非确数，只是泛称而已。天津历史曾名"直沽"，海河又称"沽水"，傍水而居的"沽"众多，"津"与"沽"密不可分，可见"津沽"并称，顺理成章。"津沽"是"三津"与"沽上"的合称。例如清代诗人华长卿作《津沽竹枝词》、王维珍有《津沽杂咏》；二十世纪四五十年代，天津有津沽大学，后来天津师范大学曾有下属的二级学院——津沽学院等。

海　津

源自天津卫设立之前的"海津镇"。元延祐三年（1316），元政府在三岔河口地区设"海津镇"，取代金朝设立的直沽寨，并正式驻军，命副都指挥使伯颜镇守。"海津"之名在天津一直叫得响，例如海津大桥、海津讲坛、海津花园、海津大厦、海津大酒店、海津书画院等。

海 门

民谚"九河下梢天津卫",华北平原成扇面状的海河水系汇集到三岔河口,被海河收纳,流向渤海。《津门杂记》载:"大沽海口,距城百二十里,河流入海处也。两岸壁陡,一域中横,土人谓之海门,又曰拦港。按:潮汐所至,北抵杨村,南抵程官屯,西北至王庆坨,二百余里皆淡水也。盖咸潮抵海门而止,无岔入者,若天设之以限内外,斯亦奇矣。"海门,指海河入海处。明代诗人李东阳"海门晴雪浸金鳌,百道沽来涌暗涛",邱浚"潞河澄澈卫河浑,二水交流下海门";清代诗人沈一揆:"宛洛分泥栽芍药,海门引水种芙蕖",董元度"一夜西风鸣蟋蟀,海门容易是惊秋",均有"海门"一词。清代天津诗人张霔《望津门晚烟》:"家在海门住,不知海门烟。远归望海门,海门烟中悬。"天津学者孙丕荣先生曾抄写《海门诗话》(作者失考)。"津门""海门"皆为"天津"的代称。另外,明代天津八景有"海门月夜",天后宫匾额题词为"海门慈筏"。"海门"即指天津,而在老百姓的心目中,妈祖就是天津城的保护神。

津 门

常用别称,有人认为源于"海门"之说,众水汇聚,逶迤至津,由此汇入大海。清代重臣陈廷敬认为,"津门"之名,系由"海门"演化而来。他在《海门盐坨平浪元侯庙碑记》中写道:"海门者,海水之所出入也……津门者,众流之所汇聚也……河海会流,三汊深邃,更名津门。"从自然地理角度诠释:九河下梢,众水汇聚,濒临渤海,河海会流,故名"津门"。从政治军事角度注解:津京相距不过100多千米,天津系海防重镇,以护卫京师为功能,向有"天子津渡""畿辅门户"之称,故名"津门"。天津毗邻首都北京,外国使节要想觐见中国皇帝,须先步入天津这座"大门",然后在三岔河口换乘车马,由陆路进京。古人还有在渡口设置关卡的习惯,渡过河津,叩开关门。"津"为渡口,"门"为关隘,还有守卫、拱卫京城之意。有将"津门""海门"并用者,如清代诗人符曾《天津城西观水》:"七旬忧潦成秋潦,百里津门接海门。"但"津门"已成天津使用最多的别称,例如清代孔尚:"津门极望气蒙蒙,泛地浮天海势东。"邓显鹤:"远帆历历津门树,平渚昏昏海国秋。"另如清代诗人朱岷《初到津门》、杨映昶《津门夜泊》、张焘《津门杂记》、华鼎元《津门文钞》、梅成栋《津门诗抄》以及《津门征献诗》和《津门征迹诗》、汪沆《津门杂事诗》、崔旭《津门百咏》、周宝善《津门竹枝词》、李燃犀《津门艳迹》等。

沽　水

"沽河"既指北运河的上游,又是海河别名,也是天津别称。清代诗人蒋诗于嘉庆年间所作专咏天津风物的竹枝词百首,结集付梓,书名即为《沽河杂咏》。海河是天津的风景轴线,从市中心蜿蜒流过,全长74千米。海河也称"沽水",横穿繁华的天津市区,始于三岔口,止于大光明桥。"沽水"亦为天津别称,现代学者戴愚庵有《沽水旧闻》、侯福志有《沽水旧闻录》等。

沽　上

此别称源于"直沽"，天津文人在诗文书画的结尾，习惯性署名"沽上某某"。津门十景之一的"沽水流霞"，是对海河风光的艺术概括。"沽上"，即海河之滨，泛指海河两岸广大地区。清代天津诗人王维珍有《沽上竹枝词》、潘逢元有《沽上送别》。现代学人戴愚庵有《沽上英雄谱》、贾长华主编有《沽上寻踪》等。

瀛　津

突出天津临近渤海的地理特征。乾隆皇帝在驻跸天津柳墅行宫时，为之题写匾额，东面牌楼曰"柳墅"，西面牌楼曰"瀛津"。清康熙年间，津门文人张霖有一首描写天津夜色的五律，诗题即为《瀛津晚烟》。清嘉庆年间，天津诗人梅成栋《明费宫人故里歌》云："青史模糊考未真，人言故里在瀛津；门楣想象今何在？委巷犹标姓氏新。"可见"瀛津"亦为天津别称之一。

文人好古说"章武"

章武,曾是古黄河的入海处。据史载,古黄河曾三次改道,都在天津及附近地区入海:第一次是商周时期(约公元前3000年),在天津东北的宁河县附近入海;第二次是西汉时期,在天津南章武县(今黄骅县境内岐口)入海;第三次是北宋和南宋时期,在天津南郊泥沽海口入海。《中国古今地名大辞典》中记载:"章武县,汉侯国,北齐废。故城在今直隶沧县东北八十里。""章武郡,晋置章武国,后魏为郡,隋废,今直隶大城县治。"

章武,最初是西汉分封的侯国,汉高祖五年(前202)设置,故治在今河北省黄骅市常郭镇故县村,属渤海郡领之。汉献帝建安十年(205),曹操在渤海郡中划出部分县设立章武郡,属冀州刺史部,章武县为郡治所。魏黄初元年(220)魏国建立后,章武郡治迁至东平舒(今廊坊大城县境内)。公元556年,北齐将章武县撤销并入高城县。后该县县城在靖难之役中被毁。历史上的章武县或章武郡,其地域所在是今沧州、大城、黄骅一带,都位于今天津西南部临近渤海湾。

清朝雍正九年(1731),天津升州为府,辖天津、静海、青县、南皮、盐山、庆云、沧州六县一州。而章武故地基本在天津府的辖区内。《中国古今地名大辞典》中记载:"天津县,汉章武县及泉州县地。元为静海县地,置海滨镇(应为海津镇)。明永乐年间置天津卫、天津左右卫于此,清初因之。"旧时天津文人题写书画、牌匾、楹联,下款有署名"章武某某"者。其实,称天津为"章武",和称北京为"幽州"、称杭州为"钱塘"、称"武清"为"泉州"一样,系文人好古而雅化风气使然。

析津：天津与星宿的渊源

　　"析木"为十二星次之一。古人对星辰怀有自然崇拜之情，以冬至日开头，由西向东的方向将星辰划分为十二个等份。其中的"析木"为幽燕地界的分野，也成为幽燕地域的代称。清代诗人樊彬《调寄望江南》："津门好，渤海重名区。三辅星躔分析木，九河潮信溯丁沽。孔道近皇都。"原注《星经》："析木谓之天津，丁字沽即徒骇河。"作为"十二星次"之一的"析木"，也是天津代称之一。

　　析津府，辽开泰元年（1012）改幽都府置，建为燕京。治所在析津、宛平（今北京城西南），辖境相当今河北省南拒马河、大清河、海河以北，遵化、丰南、天津、宁河以西，紫荆关以东，内长城以南地。入宋后曾一度改名燕山府广阳郡，至金朝仍称燕京析津府。金贞元元年（1153）海陵王迁都于此，建号中都，改名大兴府。《中国古今地名大辞典》中记载："析津府，辽置南京析津府，以燕分野为析木之津，故名。宋改曰燕山府广阳郡。金仍曰燕京析津府，寻改为大兴府，即今京兆。"

　　析津县，辽开泰元年（1012）改蓟北县置，与宛平县同治今北京城西南，为燕京析津府治所。金贞元二年（1154）改名大兴。《中国古今地名大辞典》中记载，"析津县"列两义项："一、本汉蓟县。辽初曰蓟北，寻改名析津，为南京析津府治。金改大兴，即今京兆大兴县。二、天津县曰析津。"

　　用"析津"作为天津的别称,源自星象分野之说,即天上析木之津,对应地域的小直沽。清代诗人管干珍诗作《析津晚泊忆旧》,诗题的"析津"即指天津;梅成栋《明费宫人故里歌》有"析津之水东南流,逆之则刚顺之柔"。所谓"析津之水",指天津的河水。

津沽地名与水文化

从文化生态学角度观察分析,自然环境、人的素质、社会经济和社会结构,是制约地域文化的四个要素。天津的自然环境,是长期由河流淤积而形成的沿海平原,水是我们这座城市生成和发展的原动力。贯穿天津的海河,将北运河、南运河、子牙河、大清河、永定河与渤海沟通起来,直接影响着天津的城市风貌和风土人情,因而天津人把海河视为母亲河。

"水"是天津地域文化的第一要义。水文化的流动性,催生了天津都市文化的开放性、包容性和多元性。天津从村落开始,就借助与水密切相关的鱼盐之利而发展;隋炀帝开通大运河之后,天津又和黄河、长江水系相连,南粮北运以及盐业的发展,使天津成为河海交织的航运码头,从而促进了漕运、商业、贸易的发展。

水汽弥漫的天津地名

天津早期的名称有直沽寨、海津镇和天津卫。不管地名怎样演变,"沽""海""津"三字都是"水"偏旁。全市区县里,有近十个区县名中有带"水"偏旁的字。这些水汽弥漫的地名反映了天津地势低洼、潮湿多水的特点。天津全市共有包括月牙河、西减河、东减河、洪泥河、卫津河等人工河渠在内的大小河流300余条，坑、塘、洼、淀星罗棋布。这种独特的地形地貌特点在天津地名中确有典型反映。

天津有七十二沽之说，凡带"沽"字的村镇地名，几乎都坐落在海河水系地区，如塘沽、大沽、汉沽、葛沽、西沽、后沽、大直沽、小直沽、咸水沽、丁字沽、东泥沽、三叉沽等。另外，天津别称"津沽、沽上"；海河又称"沽水"，是天津市的风景轴线，"沽水流霞"已成为令人陶醉的都市景观了。除了"沽"之外，以港、泊、洼、淀、沟、塘、湾、滩等为通名的地名亦为多见，如大港、双港、官港；杨家泊、团泊洼、青泊洼、贾口洼、唐家洼、卫南洼；南淀、北淮淀、三角淀、陈家沟、九道沟、南清沟；北塘、西双塘、白塘口；赵家湾、唐家湾、西大湾子；柳滩、大滩等。如此之多的带"水"偏旁字的地名，不正是天津低洼多水的地理特点的生动写照吗？

不仅如此，以与河流有关的"口"(河口)、"嘴"(河湾)、"圈"(周边被水围起的地方)、"堤"(堤岸)、"桥"(桥梁)、"闸"(水闸)、"码头""渡口""水库"等命名的地名也不少见，如：口——三岔口、唐家口、北塘口、老河口等；嘴——陈嘴、芦嘴、梁家嘴、霍家嘴、吴家嘴等；圈——上河圈、下河圈、西湖圈、陈家圈、黄家圈等；堤——王顶堤、西横堤、千里堤、桃花堤、段堤等；桥——双桥、于桥、引河桥、聂公桥、北洋桥等。闸——耳闸、双闸、北闸口、二道闸、新港船闸等；码头——万家码头、崔家码头、南洋码头等；渡口——大光明渡口、炮台渡口、教场渡口、柳滩渡口、杨庄子渡口等；水库——双港水库、于桥水库、鸭淀水库、永金水库等。

另外，天津以"台"(高地)、"坨"(土堆)、"头"(河岸的末梢)

等为地名的更为多见,例如:台——芦台、侯台、冯台、白台、兰台、八里台、六里台、李家台、姚家台、沈家台等;坨——王庆坨、西塘坨、洛里坨、白公坨、田庄坨、青坨子等;头——梁头、东河头、西堤头、上河头、东滩头等。"台""坨""头"等字的字形虽不直接从水,但作为地名用字的词义却与"水"密切关联。如此众多的与水结缘的"台""坨""头"等地名,从一个侧面说明了天津地势低洼,人们只能择高台而居的历史状况。

天津水业地名

置卫建城之前,天津地区居民基本依河而居,几百年来都是凭借河塘解决饮水和生活用水问题。在距河塘较远的地方,人们就只能依靠井水生活了,但老城里没有井。天津地区以"井"为名的聚落为数不少,但都在距离市中心较远的地方,例如洋井胡同(河北区)、小井子胡同(北辰区)、甜水井(滨海新区大港)、满井子(静海区)、东洋井(北辰区)、姜家井(西青区)、沙井子(滨海新区大港)、水井村(滨海新区塘沽)等。

老城里没河没井,当时居民须出北门或东门到海河挑水运水,因而在北大关附近和东门外,各有一个挑水口。东门外的水阁大街建于元代,就是挑水人流的必经之路。后在这条街上建了一座过街楼阁,供奉保佑观音菩萨。因是运水路上建的"阁",故称为"水阁"。另外,在南运河流经红桥区的地域,有两条"挑水胡同"。一条北起铃铛阁大街西段,南至永明寺大街;另一条南起南运河北路,北至同丰茶局东胡同。因当地居民到南运河挑水分别必经此处,故名。后者因重名,1982年更名为"担水胡同"。

老天津卫有一句俏皮话："挑水的看大河——净是钱啦！"说的就是以供水为业的人。随着人口增加和城市规模扩大，天津出现了以挑水出卖为生的行业——水铺。后运水到户的工具逐步变化：从最初的一根扁担两个水桶，变为独轮车、双轮车；后又从人力车，变为牲畜拉木制水箱车；有的水铺还增添了供应开水的业务。天津民俗歇后语"水铺的锅盖——两拿着"，就道出了当年水铺炉灶烧锯末用大铁锅烧水的情状。仅在红桥、南开两区就保存了不少以"水铺"命名的巷名，如水铺胡同、谢家水铺胡同、张家水铺胡同、杨家水铺前胡同、郭家水铺胡同、单家水铺胡同等。

自来水进入天津始于1898年。英商仁记洋行于是年开办了天津第一家自来水公司，水厂设在巴克斯道（今保定道）和达文波道（今建设路）拐角处。从宝顺道（今太原道）东口由海河取水，后改为凿深井取水，在洛阳道和潼关道分别设立了两家分厂，但供水范围只限于英、法租界。1904年由英商瑞记洋行创办、中外合资成立了济安自来水公司，水厂设在南运河南岸的芥园。在城厢西北角建起一座水塔，成为当时天津的制高点。后各家水商逐渐将大河挑水改为经营自来水。这家济安自来水公司，在天津经营了将近半个世纪，始终居于自来水供应之首。1948年，仅济安自来水公司下属的水铺达620余家之多。南开区西马路北段东侧有一条名叫"自来水后"的胡同，因位于济安自来水公司后身而得名。

津门水文化景观

自古及今，对天津典型景观的总体概括，有"明八景""清八景""津门十景""津门新十景"以及"海河十二景"之说。这些古今景观令人瞩目的共性特点,就是与"水"的历史交融。

所谓天津"明八景",是指明代著名诗人李东阳(1447—1516)在天津游览时所写的吟咏天津风物的八首诗,总题为《直沽八景》。李东阳登上天津城楼观览,诗兴勃发,口占七律四首,分别抒写以四座城门为视角的所见所感——《拱北遥岑》(北门)、《镇东晴旭》(东门)、《安西烟村》(西门)、《定南禾风》(南门)。后依旧时咏景抒怀必凑为八之惯例(左思《咏史八首》、杜甫《秋兴八首》即为其例),他又吟咏了——《天骥连营》(养马军营)、《百沽潮平》(津沽水乡)、《吴粳万艘》(三岔河口)、《海门月夜》(海河入海)。八诗总称"明代天津八景"。其中"吴粳万艘、百沽潮平、海门月夜"三景,分别写漕运、水乡与海河,皆与"水"结缘。

清代乾隆五年(1740),天津知县张志奇拟定"津门八景",并为景观分别配撰七绝。其景依次为——三水中分(三岔河口)、七台环向(绕城炮台)、溟波浴日(大沽海口)、洋艘骈津(漕运海船)、浮梁驰渡(海河浮桥)、广厦舟屯(皇船坞)、南原樵影(南郊风景)、西淀渔歌(西郊物华)。这八景诗被收入《天津县志》,称为"清代天津八景"。其中"三水中分、溟波浴日、洋艘骈津、浮梁驰渡、广厦舟屯、西淀渔歌"六景,仅从字面上就感受到在水汽弥漫的笼罩下,跃动着的城市生命之脉搏。

"津门十景"是1989年由群众和专家共同评定的——天塔旋云(广播电视塔)、蓟北雄关(蓟州区黄崖关长城)、三盘暮雨(蓟州区盘山)、古刹晨钟(蓟州区独乐寺)、海门古塞(大沽口炮台)、沽水流霞(海河风景线)、故里寻踪(古文化街)、双城醉月

(南市食品街、南市旅馆街)、龙潭浮翠(水上公园)、中环彩练(中环线)。

2003年，津门新十景评选活动结束，将金街、"五河"、谦德庄危改新区、泰丰公园、鼓楼商贸区、五大道风情区、平津战役纪念馆、杨柳青景区、中上元古界保护区、天津博物馆等十个景点，用《临江仙·津门新十景》巧妙连缀起来——"商贸金街昌万象，五河流碧飞虹。谦德广厦沐春风，泰丰浮海日，盛事鼓楼钟。欧韵风情环五道，平津战史铭功。御河杨柳画图中，中上元古界，天鹅欲腾空。"原十景中的"沽水流霞、海门古塞、龙潭浮翠"和新十景中的"五河流碧、泰丰浮海、御河杨柳"，相映生辉地凸显出津沽水城勃发而灵动的生命力。

近年来，天津旅游业将在海河两岸启动建设以"近代中国看天津"为主题，以海河"龙型"旅游为主轴线的12个各具特色的风情区或观光带——从塘沽海河入海口的"大沽烟云"溯流而上，分别有"小站练兵""洋务溯源""莱茵小城""欧陆风韵""东方巴黎""金融名街""意奥风情""扶桑市井""老城津韵""津卫摇篮""杨柳古镇"。正如《今晚报》新闻标题的概括——一条河，聚百年风云事；十二景，展古今沧桑图。

天津地理词语

天津方言有一些比较特殊的表示方位的地理词语,例如"海下"("下"读轻声),旧指海河下游地区,即今津南、塘沽一带。"海椰头",旧指由渤海湾来市里运鱼的海船。这种船的船头高,后梢也较高,而中间却凹下去,船的中部高竖一根桅杆,从远处看船型就像一把椰头,故称"海椰头";后转指天津海河下游地区的渔民。"海椰头调儿",旧指天津海河下游地区居民的方言。那里是海河与渤海的交汇处,口音与静海相近,加之渔民说话方音重,故称。

清末民初,天津行政区划除九国租界地之外,由中国地方政府管辖的区域,称为"华界"。旧时天津以老城区为上,城南为下。天津城里人对城南方向的日、法、英、德租界地以及这四国租界以南的谦德庄、小刘庄、挂甲寺、下瓦房等地域,均称为"下边儿"。因其地理位置居南加之地势低洼,故名。旧时天津市中心区域的方位,以老城南为界,南马路往南因地势低洼称"下边儿",反之,南马路以北则为"上边儿"。"西头"("头"读轻声),旧时指西门外地界,位于西马路以西,旧墙子河以东,南运河以南,西关街、西营门外大街以北一带。

民俗以北为上,南为下。旧时天津与北京之间的各县,去北京称"上京",去天津则称"下卫"。由津东沿海河各村镇来天津,说"上来"；反之，说"下去"；由霸州市、武清、静海，以及西郊、北郊一带居民到天津市区去，旧称"下卫"；反之，如去西郊杨柳青或北郊杨村，则说"上杨柳青"或"上杨村"。北辰区宜兴埠南有一条"下卫道"，北起宜白路，南至北环铁路，是北郊通往市区的一条道路。

天津有一种方位词加"开"字的地名，如"南开""北开""老西开""西广开""东开"等，这在国内城镇地名中是极为少见的。另外，"天津卫城及四座门""天津壕城及十四座门""天津城防及十五座门"皆属于天津不同时期的地理词语。

明永乐二年(1404)，明成祖命工部尚书黄福、平江伯陈瑄等筑天津卫城，初为土城。弘治年间用砖包砌。城为长方形，周长九里十三步，城高三丈五，顶宽二丈五，设四个城门。东、西、南、北四座门，东北角、东南角、西南角、西北角四个城角，成为区分地理方位的地名。光绪二十六年(1900)八国联军占领天津后，城墙被拆除，护城河被填平，建成东、南、西、北四条马路。

清咸丰十年(1860)为抵御英法联军，僧格林沁挖壕筑土城为天津之外城，周长三十六里，先后设十四座城门。迄今保留的有北营门、营门东、大营门、小营门、西营门、南营门等区片地名。

1947年，政府为加强天津防御，建起环城碉堡和护城河，河宽10米，深约4米多，土围高6米，墙内碉堡间距30米。护城河外遍布数以万计的地雷，河内有环城电网，为进出市区设立了15个军事卡口，号称15座城门。作为一般地名保存迄今的，只有建国门(平山道与紫金山路交会处)、复兴门(大沽南路与微山路交会处)、中山门(津塘路与东兴路交会处)、民权门(金钟河大街与红星路交会处)和大同门(西于庄后大道与大新街交会处)。

天津地名的语言特点

天津的城市建设，很有特点。在市区，除了老城里周围的道路及其延伸线路之外，几乎找不到一条正南正北的大道。究其原因，一是地处九河下梢，河道不曲水不流，老城之外的建筑及街道皆沿河修建，因而弯路斜街比比皆是；二是当初九国租界各行其是，各修自家路，休管他人行，因而天津多数街道呈七扭八歪状，等到最后，不得不把相邻的路连缀，才发现居然出现这么多的斜街岔道。

天津街道通名，普遍采用南北向以"路"、东西向以"道"命名。但这只是规范的初衷抑或大体而言，实际上满不是那么回事——两条原本平行的路，最后居然交叉成路口；沿着某条街向前走，却走到相反的方向去。因而天津的丁字路口、五岔路口，乃至六岔、七岔路口相当多。例如：原九十中学、天和医院附近地区，贵州路和西康路两条路竟然交叉，在其交会处又与常德道、大理道相交，形成六岔路口；佟楼附近，围堤道与马场道两条道竟然交叉，在其交会处附近又与吴家窑大街、平山北道、宾馆路相交，也形成了六岔路口；音乐厅、凯旋门大厦附近地区，南京路分别与浙江路、徐州道、江西路、合肥道、南昌道、马场道、建设路等七条道路相交叉，犹如盘陀路，恰似八卦阵。但凡土生土长的天津娃娃，几乎都缺乏严密的方向感。在表示方向概念时，习惯用"前、后、左、右"为坐标，却很少用"东、西、南、北"来指位表述。表现在天津地名上，就是带"前、后"方位词的街巷名特别多，主要体现在"对称地名"上。

所谓"对称地名"就是在原生地名的基础上产生与之配对的新地名。例如：和平区前明德里和后明德里；河北区前王家胡同和后王家胡同；河西区前大道和后大道、前尖山和后尖山、前庄大街和后庄大街；河东区前街和后街、前五段和后五段；红桥区前河沿和后河沿、双庙前街和双庙后街、荣华前里和荣华后里、礼堂前胡同和礼堂后胡同、土地庙前胡同和土地庙后胡同等。这成对街巷的具体朝向姑且不论，以"前""后"命名，表意明确又干脆。

另一类型就是派生地名，例如红桥区原先有两个居委会都叫"寺前"，一在春德街，另一在西沽。另如红桥老地名：黄姑庵前、龙王庙前、白寺后、会所后、民丰后、药王庙后、如意庵后、胡家大楼后、黄家大墙后等。因为原生地名实体建筑的方位原本就不端正，再细分派生地名的东西南北，也是瞎掰。干脆以实体建筑的大门为视角基点，只能以坐落或前或后来派生地名。

地名中有取境内两个地名的首字为名的传统方法，如"福建省"取境内"福州"和"建安"的首字为名；"安徽省"取境内"安庆"和"徽州"的首字为名等。天津以此法命名的地名亦为多见，如红桥区沧德庄，1946年建，因沧州、德州籍的铁路员工在此建房定居而得名；北辰区天穆镇，1950年由穆家庄和天齐庙村合并，取二村名的首字命名，后置镇；津南区双林农牧场因东邻双港，北邻柳林而得名；横贯北辰、河北两区的宜白路，东起宜兴埠，西至白庙工业区,取起讫点首字命名;横跨红桥、西青两区的西青道,东起西站前街,西至杨柳青镇,取起讫点首字命名;河西区宾水道,东端有天津宾馆,西端可通水上公园,故名;河东区万东小马路,连通万新庄和东局子,故以两地名的首字为名。天津西北半环快速路的青云立交桥,位于西青道和密云路交界处,故以两路名的第二个字为名。

天津地名多派生

随着人口的繁衍和城乡建设的开拓，人们的活动范围总是由此及彼，由近及远，不断扩大。新聚落一旦形成，其命名最简便实惠的方法，就是在老地名的基础上派生新地名。凡成双配对的地名多属派生，如天津的"北仓—南仓、北马集—南马集、东于庄—西于庄、北竹林—南竹林、东孙台—西孙台、北横街—南横街、东箭道—西箭道、北小道子—南小道子、北公署大街—南公署大街"等。其派生地名不必另起炉灶，简洁明了，易于接受。另外，凡方位词置后的地名，几乎都是派生地名，例如天津的"天拖南、旱桥南、体院北、体院东、南门西、营门东、东门里、南门外、大寺前、同庆后"等。在原生地名后加方位词即可，不仅简便易行，而且指位性很强。地名在原生和派生之间，最常见的演化关系，就是对称地名和联称地名。

所谓"对称地名"，就是在原生地名基础上产生出与之配对的新地名。自然实体的对称地名很为多见，如大小兴安岭、大小金门岛、大小孤山、大小凉山等。聚落对称地名的形成多为历史演变使然，例如刘家庄，随着人口增多和地域扩展，逐渐分化为两个聚落，于是"老刘庄—新刘庄、上刘庄—下刘庄、刘东庄—刘西庄、大刘庄—小刘庄"等对称地名即顺势而生。

所谓"联称地名"，就是从有联系的两个原生地名中各抽取一字合成新地名。例如天津西北半环快速路的青云立交桥，位于西青道和密云路交界处，故以两路名的第二个字为名。另外还有西密桥(西青道与密云路交叉桥)、南珠桥(解放南路与珠江道交叉桥)、津昆桥(津滨大道与昆仑路交叉桥)、卫昆桥(卫国道与昆仑路交叉桥)、芥云桥(芥园西道与密云路交叉桥)、云河桥(密云路与黄河道交叉桥)等。位于泰安道风貌区的天津第一饭店，原名泰莱饭店，始建于二十世纪二十年代，由英国人泰莱悌和莱德劳共同出资兴建，遂以二人名字的首字命名。位于路口的商家或楼盘，多以两条交叉街道的路名缩合为名，例如著名的西餐馆成桂餐厅，原址位于成都道和桂林路交口，故名。位于西康路和岳阳道交会处的康岳大厦，就是从两条路名中各取一字命名的。

里巷也有采用这种联称命名的，仅以和平区里巷为例，芷岳里(芷江路与岳阳道交口)、云成里(云南路与成都道交口)、多宁里(多伦道与宁夏路交口)、河新里(河北路与新华路之间)、兴康里(临近新兴路与西康路)、洛华里(洛阳道与新华路交口)、昆营里(昆明路与营口道交口)、昆岳里(昆明路与岳阳道交口)、成康里(成都道与西康路交口)、同卫里(同安道与卫津路交口)等。沙市道中段有四达里，原里巷东侧称"四维里"，西侧称"达安里"，后各取首字合称"四达里"。使用这种联称式命名法，简便易行，产生的新地名结构简明、表意明了，故为人所习用。

从二十世纪初到今天，天津的派生地名越来越多，这也从一个侧面反映了天津城市面貌变化之大，发展之快。

天津地名店铺俗语

以地名为内容的俗语，在天津话里别具一格。天津人喜欢创造新俗语，例如："你走你的阳关道，我走我的独木桥"这句话，到了天津就说成"你走你的中山路（大经路），我钻我的耳朵眼儿"。中山路（初名大经路）建于 1903 年，宽 30 多米，当时是全市最宽的马路；耳朵眼儿胡同最窄处不到 2 米，是全市最窄的小胡同。

天津人埋怨某机构或某人管事过宽过滥，就说："南门外的警察——还代管八里台的事儿。"当年，天津人出南门，到了海光寺一带，就是连绵的稻田了。再往南走，六里台、八里台一带，那是一片开洼荒原。所以南门外警察公署的辖区一直延伸到八里台一带。

天津人逛街时迷路，找不着北了，就说："我是'出南门奔西沽——转向'了！"西沽在老城厢北部，出了北门还得往北边走四五里路。要是出了南门奔西沽，可不是南辕北辙，转了向吗？

梁家嘴又名梁嘴子，历史悠久，是天津市区较早形成的聚落之一，当年曾是繁华的小商业区。老天津卫俗语"梁嘴子过河——赵场（照常）办事"，就道出了当年赵家场（也称赵场）和梁家嘴隔着南运河遥遥相望的地理方位。老天津人到赵家场去办事，必须从梁家嘴过河。俗语的真正意思是"照常办事"，潜台词是：甭听他瞎咋呼，咱按既定方针，该怎么办就怎么办！

老天津卫是商业都市，以买卖家店铺为内容的俗语俯拾皆是。例如"刷子马勺韦陀庙，鸡毛掸子南头窑"——其实是购物指南：买刷子马勺，去韦陀庙；买鸡毛掸子，去南头窑。当年，西门外韦陀庙一带，卖刷子马勺等炊具杂品的店铺多集于此；而南头窑一带，有多家卤鸡酱鸭作坊，经营鸡鸭羽毛制品的商号也设在此处。

当年天津年轻女子常用"德行"这个词儿表达轻蔑或不满。天津人用俏皮话拐个弯儿说："宫北大街的帽铺——德兴（行）。"因为在娘娘宫的宫北大街原有一家帽子专营店——德兴帽铺。天津人把"差不多""差不离儿"，说成"大概其"。俏皮话"近视眼念天益斋——大盖（概）齐（其）"。店名"天益斋"和"大盖齐"，繁体字形酷似。这句俏皮话是说：待人接物宜厚道，别斤斤计较，不近不离儿，大概其就得了！

旧时天后宫专卖儿童玩具的小摊儿很多，人们称它们为"耍货摊"。所谓"耍货"，是指供小孩玩耍的各种小玩意儿。天津俗语"娘娘宫的小玩意儿——耍货儿"，批评工作不扎实、办事耍乎的年轻人。例如："这小子是'娘娘宫的小玩意儿——耍货儿'，关键时刻准给你掉链子！"

在天津店铺俗语里，流传最广的就是"大德祥改祥记——缺了大德了"。天津人眼里不揉沙子，心里有杆道德之秤，对那些办事伤天害理的人，进行道德评判和无情抨击。天津地名店铺俗语，平实而诙谐，是商埠文化和幽默情怀的典型体现。

天津地名民谣

　　明清时期,漕运的兴盛和经济的繁荣,使南运河两岸呈现出繁华竞逐的兴旺景象。运河沿岸一个接一个的村落码头,犹如银线上贯穿着颗颗明珠,在运河水色和千帆疾驶的背景上熠熠发光。例如从杨柳青到天津市区,沿运河南岸的村落,由西向东一字排开:马庄、谢庄、李楼、祁庄、大蒋庄、小蒋庄、雷庄、西北斜、中北斜、东北斜、邢庄子和王庄子。为了帮助人们熟记这些沿途地名,旧时民谣:"马谢楼祁大小蒋,雷北三村邢汪庄。"其中的"楼"指"李楼","北三村"指"西北斜、中北斜、东北斜"三个带"北"字的姊妹村落。

　　北运河北辰区段长 20.5 千米,沿岸有 39 座村庄,各村相距大约 2 公里。旧时有歌谣道:"王秦庄,买块糖,再走几步董新房;董新房,打花棍儿,再走几步桃花寺儿(村);桃花寺儿买大葱,再走几步到寺东(回龙寺);在寺东玩儿一玩儿,再走几步到刘园儿;在刘园儿买菜瓜,再走几步到王庄(读抓儿);在王庄,喝口水,再走几步到吴嘴儿……"

　　旧时东郊区也曾流传着一首地名歌谣:"吃不穷的范庄子,打不破的贯庄子,腥气烘烘于庄子,脏脏呵呵朱庄子,灯笼罩的赵庄子,哩哩啦啦的荒草坨子。"歌谣的前五个村名都用谐音:

"范"庄子谐音"饭",有饭自然吃不穷;"贯"庄子谐音"罐",铁罐坚固,自然打不破;"于"庄子谐音"鱼",自然腥气烘烘;"朱"庄子谐音"猪",言其卫生条件差;"赵"庄子谐音"罩",恰巧村里有几户人家制售煤油灯罩,也算名实相符;至于"哩哩啦啦的荒草坨子"是说该村农户居住得分散,哩哩啦啦地如同羊拉屎。这都是七八十年前的状况,现今已成高楼林立的华明镇,可谓旧貌换新颜了。

天津老地名蕴含的历史故事

　　天津地名里蕴含着一些历史故事、民间传说。例如，与唐太宗李世民东征有关的地名就为数不少，河西区的挂甲寺和蓟州区、宝坻区一些地名的来源都和李世民有关联。

　　据民间传说，蓟州区地名中的"擂鼓台"是李世民东征时筑台擂鼓点将之处；"东二营""西二营"是李世民东征时于此地驻扎兵马的两个营盘；"大安宅""小安宅"是李世民曾于此安营扎寨，初名大安寨、小安寨，后改今名；"验甲宫"是李世民东征途中晾甲的地方；"邦均镇"原名"商君店"，因传说战国商鞅曾在此宿店，故名，后唐太宗东征至此，因地名谐音"伤军"犯忌，故改名"邦军店"，后民间演化为"邦均镇"；"马伸桥"是李世民东征路过此地，御马劳乏伸腰，故村名"马伸腰"，后演化为"马伸桥"。

　　据民间传说，宝坻区石桥镇有两个相邻的村子——大小"黑豆窝"，传说当地盛产黑豆，唐王征东回师路过此处时曾用黑豆喂马，故名"黑豆窝"。石桥镇还有一个叫"歇马台"的村落，传说李世民东征时曾在此地高台歇马，故名。"账房衢"是李世民东征途中设账房之处。

　　在历史上，宋朝和辽国相隔大清河、拒马河南北对峙，辽国曾多次越过界河与宋军杨延昭部（即俗称"杨家将"）激战。今静海区与河北省交界一带，就是两军驰骋交战之处。传说静海区南部的古城洼（今子牙河与南运河之间的堤外洼地）一带，就是杨延昭军队的大营。其辕门就设在古城洼的北部，后形成村落，初名"辕门口"，元朝时更名为"元蒙口"。为侦察搜集辽军情报，杨延昭派出两个侦察机构，一处设在辕门以北，后形成聚落，初名"探马庄"，后演化为今名"谭庄子"。另一处设在辕门以西的寺庙内，由杨五郎弟子（僧人）刺探敌情，人称"禅房"，后形成聚落，现已发展为"东禅房""当禅房""西禅房"三个村落了。

静海区子牙镇所在地名王二庄，原名望儿庄，传说每当杨延昭临阵与辽兵交战，其母佘太君常于此眺望观战，故名。距王二庄一里多远有"宗保村"，传说是杨延昭之子杨宗保领兵驻扎之处。附近还有"孟庄子"和"焦庄子"，传说是杨延昭部将孟良、焦赞的驻地。宁河区"潘庄"因是宋将潘仁美的封地而得名。据民间传说，武清区"牛镇"是杨六郎当年抵御辽兵大摆牛阵的地方。最具浪漫色彩的地名是宝坻区的"南仁浮"，相传杨六郎在此与大刀王怀女交战被俘，被迫与王怀女成婚，故名"男人服"，后演化为今名。

作为宋辽战争的另一方，关于辽国和萧太后的故事在天津地名中亦有反映。宝坻区有打扮庄，相传辽国萧太后督军南下，与宋兵交战，曾在此筑梳妆楼，梳洗打扮，故名。另外，武清区有黄花店乡，始建于辽代会同年间（938—947），据《畿辅通志》转引《东安县志》载："省抑宫在安次南，辽会同中建。以禁嫔妃之有犯者。元时屡迁废后于其地。今属武清县，俗名皇后店。"此地原属安次县，明初划入武清县。今称"黄花店"，系由皇后店（软禁失宠遭贬后妃的冷宫）谐音演化而来。与之对应的地名是泗村店乡的

"太子务",辽代成村。传说辽太子曾前往皇后店,探视被罢黜的母亲,途中在此留宿,故村落得名太子府,后演化为太子务。

青翠盎然的津沽老地名

3月12日是植树节。植树节的主题就是植树造林,绿化家园。由植树造林,联想到天津老地名中以树林、树木为名的村巷很多。

位于河北区南部的"小树林",原指小树林大街一带。后来随着时间推移,小树林的范围逐渐扩大,一般泛指小树林大街、娘娘庙前街、陈家沟子大街以及胜利路(原货场大街)东北部这一地域,属于光复道街道办事处。

在清朝光绪年间,这里地处天津旧城东北郊,此地有一片繁茂的树林,是当时天津旧城东北郊野一带人们进城途中休息的地方,人们称之为"小树林",渐渐成为地名。昔日,小树林北部紧靠金钟河南岸,成为来往船只停泊的码头,岸边区域也就形成集市,商旅云集,店铺酒馆旅店相继建立,逐渐形成街巷,走向繁华。建成居民区后,人们仍习称"小树林"。小树林大街、小树林胡同皆由其派生。

"柳林"是天津市区内著名的风景区。柳林公园北傍海河,南接柳林路北端;东至双林引水桥,与津南区隔河相望;西至航道处宿舍。在园林设计上,人工与自然相融;在主体风格上,柳趣与野味相生。柳林路西起灰堆五一新村路,东转南至大沽南路,全长 1367 米，1953 年修筑，因海河西岸柳树成林，故名。还有柳林东里、柳林大楼、柳林医院等。今天的柳林绿化风景区，以欧洲古典园林为主体功能，凸显河畔滨水绿化体系绿荫缭绕的景色，充满艺术个性和青春活力以及色彩斑斓的动感。濒临海河沿岸的大片公共绿地，为居民提供休闲、娱乐、享受自然环境的城市功能。

天津古镇杨柳青已有 2000 多年历史，此地原为海滩沼泽，后黄河经此入海，沉淤泥沙渐成陆地。宋代之前，杨柳青东北隅是三角淀（东淀），为子牙河、大清河的入海处，曾名"流口"，意为河流入海之口。后因子牙河、大清河两岸广植杨柳，又谐音为"柳口"。到元末明初，"柳口"这个地名逐渐被"杨柳青"所取代。明万历蒋一葵《长安客话》载："杨柳青地近丁字沽，因四面多种杨柳，故名。"杨柳青，这个地名就引人遐想，它得天独厚，本身就是珍贵的非物质文化遗产！

天津以"大树"为名的地名，有大树胡同、大树李胡同、北大树胡同、大树赵家胡同、贾家大树胡同、四棵树胡同等。另有村落名十棵树、双杨树、双树乡、四棵树等，都是以大树作为标志物来命名聚落的。

以树种为名的天津村巷，"松""柳""桃"数量为多。"松"居首位，例如松树里、松树胡同、松树庄等。以"松"字打头的地名，还有松江路、松乐里、松茂里、松月村、松柏巷、松杉路、松盛里、松筠里、松风里、松林里、松善里、松寿里、松涛里、松阳里、松竹里、松楠楼、松青胡同、松盛胡同等。"柳"仅次于"松"排名第二，例如柳树峪、柳树洼、柳庄、柳滩、南柳木、北柳子、双柳村、柳林路、沙柳路、柳园里、柳河里、柳江里、柳琴胡同、柳莺胡同、柳安新村等。排名第三的是"桃",例如桃花口、桃花堤、桃花园、桃园、桃园洞、桃源沽、桃李园、桃花寺、桃江里、桃园村、桃林胡同、桃源胡同等。"槐""杨""桑"等也占一定数量,如槐树庄、槐兴里、十槐村、三槐里、树槐里、槐树胡同、北槐树胡同、槐树根胡同;绿杨村、东杨台、白杨树村、杨树胡同;东桑园村、后桑园村、桑园等。其他以树种为名的村巷较为少见,例如椿树里、黑枣树泉、椴树峪、栗树沟、榆林路、梨园头、杏花村、樱春里、翠柏村、红杉巷、核桃园等。

如许之多青翠盎然的树木村巷名,昭示出天津人浓厚的环保意识,以及美化绿化聚落家园的历史追求。

天津特殊的地名通名

"堼"字地名

"堼",原指高处,后指高出地面的土冈,是天津地区地名系列中特殊的通名。东丽顺口溜"排地占地五百亩,南北分别到大堼",是说排地南边是南大堼,北边是北大堼,现已不存在。东堼属军粮城镇,傅家堼属赤土镇。西青区杨柳青有王家堼、杜家堼。汉沽有大堼、小堼、堼头子。武清区聂庄子乡有单堼,梅厂镇有六指堼,原名碌碡堼,后讹变成今名。静海区有邢家堼。蓟州区有大堼上乡。宝坻区三岔口乡有萧家堼;尔王庄镇有于家堼;大口屯镇有东堼头和西堼头,当地方言把斜坡土冈顶部称为"堼头";霍各庄镇有高八堼村,相传元代中叶附近有八个高冈,分别建成村落,"高八堼"就是这八个小村落的统称。

"鄷"字地名

地名"鄷""圈"通用,因而部分"鄷"被"圈"取代。宝坻区城关镇箭杆河西岸有鄷羊口,大口屯镇有村名东鄷和西鄷,林亭口镇箭杆河东岸有前鄷和后鄷。八门城乡箭杆河西岸有东于鄷和西于鄷,原名"鱼圈",后演化为"于鄷"。糙甸乡老庄子排干渠北侧有账房鄷,传说唐王李世民东征时,大军路过此地,曾在此设账房,故称。

"疙瘩"地名

村落以疙瘩为名,或比喻村落较小,或描摹道路不平。西青区中北镇原有村名疙瘩,相传清初此地有两座高土台,形似土疙瘩,故名,后因不雅,改名北四新庄。杨柳青有韩家疙瘩、金家疙瘩、乔家疙瘩等里巷,都是明末清初形成的聚落。静海二堡乡有村名沈家疙瘩,西翟庄镇贺新村原名贺家疙瘩。陈官屯镇袁村、曹村、潘村、谭村,曾名袁家疙瘩、曹家疙瘩、潘家疙瘩、谭家疙瘩,因村名欠雅,遂改名。

"浮房"地名

浮房是房产交易术语,没有土地所有证的房屋,就是浮房。如和平区新兴路有南浮房大街,原为地势稍高的土埂坟地,1939年天津水灾,灾民在此建房形成聚落,派生出南浮房一条至四条和浮平里等系列地名。南开区炮台庄有浮房子胡同。

"务"字地名

务,原指旧时收税的关卡,用于地名,如武清区河西务,原是北运河岸边收税关所,辽代建村,因位于今北运河西岸,故名。元代成为漕运要冲,到明代已成为京津之间重要商镇。杨村附近还有周家务、枭粮务等。

"间"字地名

古代二十五家为一间,因而"间"又指里巷、邻里。间里指乡里;间巷指小街道;间阎指平民居住区。河东区复兴庄北街有宏德间,李家台大街有宏德西间,均为 1911 年前后成巷,取大展宏图、仁德为本之意。贵德间在华昌大街,1912 年前后建房成巷,取以德为贵之意。从新开路到华昌大街有十条以武德间为名的街巷,1915 年前后建房成巷,取房主家匾额"武彰其德"中"武德"为巷名。红桥区铃铛阁大街有宝安间,约 1936 年成巷,取吉祥平安之意命名。

"坊"字地名

坊,指里巷,多用于街巷名。仰止坊在山西路,1927 年因与鸭子房毗邻,遂取其谐音命名,含高山仰止之意,变俗为雅。益友坊在哈尔滨道,1929 年建房成巷,巷名含良师益友之意。育文坊在重庆道,1939 年由庄育文建房成巷,以其字号为名。建德坊在贵阳路,1939 年建房成巷,取《老子》"建德"这个词为巷名。武清区北蔡村有刘羊坊、张羊坊、苏羊坊、肖羊坊、韩羊坊、翁羊坊等村落。明朝永乐年间移民迁徙至此,因世代以养羊为业,故以"姓氏+羊坊"为村名。

大小相对的区片地名

大唐口和小唐口

在河东区地名中，"唐家口"形成了庞大的系列，包括区片、街道、里巷、地道、学校、公园、新村、泵站等，皆以"唐家口"或"唐口"为专名。其实，"唐家口"只是一个粗略的泛称，如细加区分又有"老唐口""新唐口""大唐口""小唐口"之别。

唐家口在河东区北部，位于十一经路与程林庄路交会处西侧。可是它的原址却在今六纬路与九经路交口一带，就是今公安河东分局、大王庄粮库一带。相传清代中叶形成村落，民间传说一次闹洪灾，洪水将庙里一口大钟冲到此处，斜躺在家门口。村民认为吉兆，称此聚落为"躺家口"，后谐音称为"唐家口"。

1900 年，八国联军侵占天津后，唐家口沦为俄租界，当地居民被迫迁往现址定居。现址初称"新唐口"，但人们因怀念故地仍以原名(唐家口)称之。而原本的唐家口被称为"老唐口"。另外，在河东区唐家口街道办事处河东区职大、唐家口派出所附近，还有几条名为"小唐口""大唐口"的里巷。小唐口在张贵庄路西北段西南侧，大唐口一条至三条在新开路东南段西南侧，1913 年因俄军火烧老唐口(今六纬路与九经路交口一带)，居民被迫迁此建房成巷。1920 年,因占地和人口对比而以"大唐口""小唐口"区别之。

大伙巷和小伙巷

红桥区的大伙巷和小伙巷,是闻名遐迩的老街。大伙巷北起大丰路,南至太平街,现长 290 米,宽 6.6 米。1953 年其北段先春园大街至大丰桥段并入大丰路。小伙巷东北起南运河南路,西南至大丰路,长 550 米,宽 4 米。明永乐二年(1404)天津筑城后,城内居民不断向城外西北方向扩展,同时形成了两条街巷,以规模大小分别命名为"大伙巷"和"小伙巷"。这里的"伙"就是共同、联合的意思,例如"伙同"就是合在一起做事;"伙房"就是集体的厨房;"伙耕"就是共同耕种;顾名思义,"伙巷"就是合在一起形成的里巷。

大直沽和小直沽

大直沽西临海河,位于津塘路与十五经路交会处一带。元朝时,这里成为南粮北运的转运中心。其得名理据《中国古今地名大辞典》载:"在河北天津县东南十里,居白河(今海河)北岸,地势平衍,群流涨溢,茫无涯涘,故有大直沽之名。"小直沽位于三岔河口东南、海河西岸、张自忠路北端,是天津城区最早聚落的发源地。古文化街的牌楼题为"津门故里",就昭示出小直沽就是天津的发祥地。此处原为荒芜旷野之地,金迁都中都(北京)后,在此屯兵设寨,称直沽寨,为军事重镇,这是"直沽"地名的开端。

此后,三岔沽(即三岔河口)、大直沽等聚落相继出现。为了与大直沽相区别,就把直沽寨称为小直沽了。明永乐初年,筑城建卫后,命名天津,小直沽之名才逐渐被湮没。

大营门和小营门

小营门、大营门,二者是分属和平、河西两区而又相毗邻的区片名。所谓营门,属于军事防御设施,清咸丰十年(1861),统兵大臣僧格林沁下令修建天津城防。当时在距城里五六里的地方挖壕筑墙,以增强天津城的军事守卫设施。所筑的围墙,俗称“墙子”,围墙中间设十四个“营门”。

小营门正名厚德门,俗称小南门、小营门,在今南京路与音乐厅、建设路交会处。大营门正名凝晖门,俗称梁园营门、梁园门,在今河西区南京路和大沽南路交会处附近。两门相距不远,既然厚德门俗称小营门,为了加以区分,就称凝晖门为大营门了。其实,两门规格并无差别,只是后者为通往海大道(大沽路)出入口,故以“大营门”称之。

作为区片的小营门在当年曾沦为法租界地,现在是和平区小白楼商业区的中心地带。大沽北路南端东侧有“小营市场”。作为区片名的大营门,泛指南京路和大沽南路交会处及附近地区,1900年八国联军入侵天津后沦为德租界地,现为河西区政治中心和繁华商业区。

大稍直口和小稍直口

西青区稍直口有大小之分。小稍直口在杨柳青镇东 10 千米，位于南运河南岸，属西营门乡。由小稍直口往西 4 千米就是大稍直口了。大稍直口属中北斜乡，也在南运河南岸。相传元朝末年在此屯驻蒙古族军队，设立一个渡口，村民贬称为"骚子口"；明初建村时，谐音为稍直口。后因两村重名，故以"大""小"稍直口加以区别。

大园和小园

南开区向阳路街道办事处的"大园""小园"是相邻的两个区片名。1403 年形成村落，初名大郎庄、二郎庄。庄子附近原为杨氏墓地，杨姓以园田为业，为当地大姓。后因杨姓家族人丁不旺，迷信为"狼（郎）啮羊（杨）亡"所致。清道光二十六年（1846），更名为大园村、小园村。后逐渐建房，成为人口密集的居住区，"大园""小园"遂为区片名。

大王庄和小王庄

大王庄位于河东区六经路与海河东岸交会处以东，九经路以西，大王庄街道办事处西部一带。清道光十二年（1832）前后形成聚落，以庄头王姓为名。当初村址在今六纬路和六经路交口，即今天津卷烟厂附近。

小王庄位于河北区北部，泛指民安街、津浦南路东南侧，天泰路(原小王庄大街)东西两侧一带。当初此地为荒郊洼地,清末始有人家,辟为菜园。1910 年以后,有王姓在此养鸭,后形成聚落,遂称"小王庄"。后附近新建街巷、商店、学校也以"小王庄"命名。

以上所述皆为区片名,至于"大""小"相对的乡镇、街巷名,诸如大南河—小南河、大刘庄—小刘庄、大口胡同—小口胡同、大经堂胡同—小经堂胡同、大南里—小南里、大福寿里—小福寿里、大翠柏村—小翠柏村等,兹不赘列。

先有"沽"后有"卫"

　　天津别名"津沽""沽上",海河别名"沽河""沽水",天津号称"七十二沽"。带"沽"字的地名数量多,老区名有塘沽、汉沽,市区街道办事处、郊县镇一级地名,就有大沽、大直沽、西沽、丁字沽、咸水沽、葛沽等。但"七十二沽"的"七十二",强调数量很多,并非精确的数字统计。

　　天津地区为退海平原,地势低洼,遍地沼泽,河流密集,水灾频发,外地迁来谋生的居民只能三家五户择高地而居。天津城市文化学者尹树鹏先生近年提出"沽是河道演变过程中形成的环水高地"的新观点,是符合天津地区历史地理实际的。天津以"沽"为通名的居住地,皆位于海河水系沿岸,是蜿蜒河道中泥沙淤积而逐渐形成的环水高地,历史悠久,成为天津地区最早的聚落。如北运河沿岸的丁字沽、西沽,海河沿岸的小直沽、大直沽、咸水沽、盘沽、葛沽、郝家沽、邓善沽、西大沽、大沽、东沽等。

　　小直沽,位于三岔河口东南,海河西岸,是天津城区最早聚落的发源地。此处原为荒芜旷野,金迁都中都(北京)后,在此屯兵设寨,称"直沽寨",为军事重镇,是"直沽"地名的开端。此后,三岔沽(即三岔河口)、大直沽等聚落相继出现。为与大直沽相区别,就把直沽寨改称小直沽了。大直沽,西临海河,早在元朝时即为南粮北运的转运中心。《中国古今地名大辞典》载:"大直沽,在河北天津县东南十里,居白河(今海河)北岸,地势平衍,群流涨溢,茫无涯涘,故有大直沽之名。"西沽,相传明初建村,北运河时称"沽河",因其地处于沽河之西,故名。与西沽毗邻的丁字沽,因坑塘水域纵横呈丁字形而得名。

回顾天津城市发展史,最初以"沽"为聚落,后立"寨"设"镇"建"卫",在建卫二百多年后,由"卫"升"州"设"府"。天津几个著名的大型沽地,已成天津地理标记,政府行政管理沿革也循此而行。小直沽初名直沽寨,为金代军事要地。1214年前,在此一带派驻正副都统以护卫漕粮中转枢纽和进京关口。当时这里水势浩大,三条干流汇聚于此,又称三岔河口。大直沽早在元代即成天津最初的城市锚地,1236年在此设汉沽盐运使司。西沽地靠北运河,明万历十六年(1588),天津兵备道造渡船,在西沽等地设渡口。明崇祯十二年(1639),在西沽始建炮台。清康熙三十三年(1694),皇帝前往西沽巡视。此后,乾隆也多次巡幸,游赏桃花堤等处,并有诗作《西沽两首》传世。清道光二十六年(1846)印的《津门保甲图说》,已将西沽纳入天津西北城角。近代以来,设立西沽武库、建成虹桥、创办华昌火柴公司、迁入北洋大学堂等,遂使西沽地区极盛一时。

沽是天津地区最早的正式地名,是最初的社会聚落,也是各个周边区域发展的原生点。正如尹树鹏先生指出的,大直沽是现天津河西、河东地区发展的原点;小直沽和东沽(窑洼地区)是现天津河北地区发展的原点;而西沽则是现红桥区一带发展的原点,成为天津地区最先形成的社会文明和文化繁荣的风水宝地。以上史实,从历史地理和行政建制两个方面,都有力地证明了先有某某"沽"后有"天津卫"的说法。

天津的"洼"

洼,指陆地表面局部低陷的地方,一般规模较小,底部常积水而成为湖泊或沼泽。天津地区大小洼淀星罗棋布,市区周边名气较大的有卫南洼、青泊洼、团泊洼等。

卫南洼,泛指天津卫南面大片洼地,地域范围很广。明清两代,走出天津老城厢的南门,就是一望无际的旷野洼地,那里池沼交错,洼淀星罗,芦苇丛生,野禽翔集。出南门往南行,便是海光寺、六里台、八里台。历史上卫南洼的区域定位,就从这儿开始。由八里台向南,有东大洼、西大洼、跑水洼、黄花洼、大波洼、青泊洼,再往南还有团泊洼。历史上的卫南洼,就是天津城外南部诸洼之总称。

卫南诸洼基本在今西青区境内,只有团泊洼在静海区。这一带原有多处烧制砖瓦的窑场,因大量采土,又形成了新的坑塘洼淀。历史上对卫南洼地域较大规模的开发,撮其要者有四:一是海光寺的建造及周边大片稻田垦种,二是南开大学的修建,三是水上公园的建设,四是北洋大学迁此。1963 年建立卫南洼农场,其四至范围东临卫津河,西至大沽排污河,南至大芦北口,北抵王兰庄,面积约 14 平方千米,被誉为"鱼米之乡"。但卫南洼农场只是广义卫南洼的一个小局部而已。

青泊洼,地处西青区东南部,位于大寺乡青凝侯村以南,王稳庄乡大泊村以北,西至独流减河,东至津港运河与大沽排污河的三角地带,面积约 6 平方千米。青泊洼地势低洼易涝,形成盐碱滩,因介于青凝侯和大泊村之间,故名"青泊洼"。

团泊洼,位于静海区东部,在南运河东侧,独流减河南侧,马厂减河北侧,是三条河流围成的封闭的沥水洼地,总面积达 755 平方千米,因洼内有团泊村得名。著名诗人郭小川曾在这里生活,写下脍炙人口的《团泊洼的秋天》(《郭小川诗选》,人民文学出版社1979 年版)。从此,团泊洼与文坛结缘载入中国近代文学史。

天津郊县洼淀多为渤海湾在历史变迁中因淤积泥沙封闭而形成的潟湖。黄庄洼位于潮白新河下游,在宝坻和宁河两区境内,总面积 339 平方千米。大黄堡洼位于宝坻、武清、宁河三区境内,东临青龙湾减河,西近黄沙河和北京排污河,总面积 277 平方千米。文安洼和贾口洼皆位于天津市和河北省境内,在天津市境内面积分别为 60 平方千米和 402 平方千米,全部在静海区境内。另外,静海区还有八虎洼、唐家洼、金叵洼、万军套洼、杨庄洼和古城洼等;宝坻区有大钟庄洼、里自沽洼、尔王庄洼和裤裆洼等;蓟州区有青甸洼;原大港区有东水洼、河北李家洼和何家洼等。为数众多的历史洼淀,因自然淤塞或经人工改造,已逐步化为沃土平畴。如武清区的夹道洼、庞艾洼、甘桥洼、牛角洼、高场洼和泗村店洼等,这些洼淀几已平洼还田,名存实亡。蓟州区东南部的太河洼,常年积水,后经改造变为良田。

以洼为村落通名的很多见,皆因地势低洼而得名,如津南区八里台镇大沽排污河北侧有团洼,东丽区军粮城镇有塘洼。武清区的东蒲洼和西蒲洼,因建村时洼地满眼野生香蒲得名;柳河干渠西侧还有黄家洼等。

"堤"与"头"

堤，沿江河湖海用土石等修筑的挡水建筑物。天津濒海而立，依河而兴，河流成网，洼淀星罗。城区内除海河之外，还有南运河、北运河、子牙河、卫津河、新开河等，流淌在城市各方位，构成多彩的河网水韵。天津河多水多，反映在地名上，就是带"堤"字的街区名称很多，如王顶堤、围堤道、千里堤、桃花堤等。

王顶堤原属西青区，1984 年划归南开区。《天津市地名志》载："(此处)原为一片荒洼，从八里台往西有一条小河(今复康河原迹)，河西段南岸有块高地俗称'小堤子'。明永乐年间有外来移民王某，于小堤子上定居，拾柴为业，逝后，家人尊嘱葬其于堤上，故得名'王堤''王连堤''王顶堤'。后来李、徐、房、陈、张等姓氏陆续来此落户，开荒务农形成村落，遂以堤名作村名。"

河北区有河堤街，在八马路中段南侧，东北起辰纬路，西南至月纬路。1924 年天津周围地区发生水灾，周边郊县灾民遂挈妇将雏逃难来津，在新开河堤岸建房定居成巷，初名河堤，后改称河堤街。

围堤道位于河西区中部偏西，属于中环线，长 2740 米，建于1952 年。此处原为防洪而建造的围堤，故名。

千里堤建于清乾隆年间，堤长 2500 米，宽约 7 米，高 2.8

米,是为了防子牙河、北运河汛期泛滥,护卫津城而建造的一条围堤,在当时属于重大工程。传说围堤建成后,乾隆皇帝亲临视察,望着势如巨龙的长堤说:"金堤千里,吾其赖之!"故名。

桃花堤在北运河畔,因堤上遍栽桃树而得名。每至仲春,这里桃花烂漫,柳絮翻飞,旖旎春色吸引无数游客前来观赏。清代康熙、乾隆二帝分别于此地留下了吟咏桃花的诗作。桃花堤大道位于红桥区东北隅,西南起丁字沽南大街,西北至桃花园,长约200米,建于1980年。

静海区王口镇子牙河西岸有段堤村,明永乐年间建村于子牙河岸,初名凤凰庄,后因子牙河改道,在此地留下一段旧堤,故改称今名。

所谓堤头,即堤岸的尽头,多为两水交汇之处,是外来迁徙户栖身、定居、渐成聚落的首选地域。天津以"堤头"为名的地域,有堤头、东堤头、西堤头等。

红桥区堤头,与西沽隔北运河相对。明永乐年间有人于此定居,至清中叶逐渐繁华,地处漕粮船只必经之处,一些养船大户人家多聚居于此。清末,北洋警务学堂等在堤头相继建立,促进了这片地域融入城市的进程。堤头的发展历程与西沽近似,但因地理位置比较偏僻,故社区的整体发展落后于西沽。至民国期间,这里才大体完成融入天津城区的步伐。

东堤头和西堤头皆为村名,位于北辰区丰产河南岸,明永乐年间移民在古海岸贝壳堤东头建村,冠以方位,以"堤头"为村名。

天津还有河头、洼头、桥头、塘头、沟头、滩头等地名。静海区梁头乡有东河头村,因位于黑龙港河东支流尽头而得名。静海区王口镇子牙河东岸有大瓦头村,明初,此地常年积水,渔民多在水边建房定居,渐成聚落,故名大洼头,后谐音为今名。宝坻区城关镇有桥头村,位于鲍丘河南岸。赵各庄乡有塘头村,位于北干渠西侧,庞塘渠南侧,明代建村,因村临苇塘而得名。

天津的"沟"

沟,指田间水道、各种排水水道和壕沟。南开区老城里就有几条水沟街巷。所谓水沟,就是城里将污水雨水排泄到护城河的水道,其功能相当于今之地下排污管道。但历史上地面排污的水沟,往往造成对周边环境的污染,老舍的《龙须沟》就是典型的艺术再现。这些始建于明清两代的排污水沟早已被填平,或砌石筑路,或建房成巷,但城市早期的历史风貌,却被这些土得掉渣儿的水沟地名折射映现出来。

大水沟街,北起西门里大街,南至南马路,清朝年间这里是为老城里向城外排泄污水的一条水道。1901年旧城拆除后,水沟被填平修成街道,故名。旧时在西门内大街附近有两条排污水沟,西门内大街以南的是南大水沟,西门内大街以北的是北大水沟。清道光年间填平水沟渐成胡同,仍以南大水沟和北大水沟命名。旧城区内还有两条排污水沟,后填沟建房形成里巷,就是东南角的头道沟胡同和二道沟胡同。和平区的官沟大街就是护城河旧址,1901年填河筑路,遂以"官沟"为街名。

红桥区也有几条"沟"字街巷。流水沟河沿,西起放生院小马路南端,东折西南至太平街,原为南运河河沿,由于太平街东高西低,雨水经过此地流入南运河,日久渐成排水沟渠,人称"流水沟"。1918年前后，在南运河截弯取直之后，此地建房成巷，因临近河沿而命名。在流水沟河沿附近还有另一条流水沟胡同。芥园道附近有南流水沟胡同，此地原为一条自北向南流向的水沟，1902年填沟建巷，遂以水沟命名。西关外大街附近有沟头胡同，约于1910年形成，因位于水沟尽头而得名。红桥区金华园大街附近有里巷名大沟头，此地原为水沟，1901年填平水沟建房成巷，习称今名。邻近大沟头还有一条沟头里胡同。金华桥附近有一条下市沟胡同，北起南运河南路，南至侯家后，于清同治年间成巷。这条胡同是居住在南运河沿岸的人们到估衣街赶集（时称"下市"）的必经之地，沿路有一条水沟，故名下市沟胡同。

河北区有陈家沟子大街和中街。传说元末明初时，陈姓人家在此挖土烧砖，形成沟渠，俗称"陈家沟子"。清乾隆十年为排泄天津城东郊一带积水，沿陈家沟子开凿引河，将积水排至塌河淀。这条人工开凿的河，就叫"陈家沟子引河"。后来，这一带成为渔业买卖兴旺地区。清光绪初年，陈家沟子引河淤塞成路，早先分成几个路段分别命名，后统称"陈家沟子大街"。

北辰区汉沟位于北运河东岸，清末曾为水旱码头。宝坻区最大的村落——赵各庄乡武河南岸的沟头村，相传于宋朝建村，因位于南北向大沟的北端而得名。蓟州区下营镇沟河西岸有石炮沟，小港乡有太平沟等。

沟还指为农业灌溉而挖设的引水渠。津南区小站镇有头趟沟、头道沟、二道沟、三道沟、四道沟、南头道沟、北南头道沟、南沟、西沟、九道沟、西小沟等；咸水沽镇马厂减河南岸有九道沟，幸福河西岸有刘家沟。东丽区小东庄海河北岸有头道沟、二道沟、三道沟、四道沟、拐子沟等。这些沟渠，皆为水稻垦区的水利灌溉设施。

"港"与"湾"

　　港的本义为与江河湖泊相通的小河道,用于河流名,如浙江省的江山港、常山港等,引申指泊船停靠在海湾或河岸的码头。天津地区"港"字地名可分三类:一指码头港口,二指积水洼淀,三指与大片水域相通的小河道或江河的支流。第一类的"港"多读为 gǎng,而第二、三类天津方言多读为 jiǎng。

　　第一类的港,属于码头港口,如天津新港。天津濒临渤海湾的渔港较多,如北塘渔港、东沽渔港、蔡家堡渔港、大神堂渔港、马棚口渔港、唐家河渔港等。

　　第二类的港,多为积水洼淀。例如北大港,东濒渤海,原泛指天津东南部一带滨海大片洼地,盐碱荒滩,坑塘相连,苇草丛生。1972 年北大港水库建成后,此地渐为鱼米之乡,现为重要的石油化工基地。大港,位于原大港区中偏北部,是大港地区"七十二港"中最大的一个,与渤海湾相通,积水洼淀面积 53 平方千米,水深达 3 米。北大港水库建成后,大港被水库蓄水淹没,洼淀原貌不复存在。当地人把大港读为"大 jiǎng"。原大港东北部有官港,面积 21 平方千米,稻田纵横,盛产鱼虾水禽,中有湖泊,当地人称之"jiǎng"。此地曾先后设立小站养殖场和八一农场,近期建成中心森林公园,成为天津森林绿化基地之一。宝坻区北潭乡蓟运河南岸有车辋港(jiǎng),村落地势较高,街道布局像半边车辋形状,村西为大片洼地常年积水,故名。宝坻区黑狼口乡潮白新河东岸、导流河西岸有八台港(jiǎng)。明末这里形成聚落时,四周低洼,每遇洪水泛滥,周边即为一片汪洋,只有村落孤零零地露出头来,故名扒头港(jiǎng)。后来的居民分住八个高台之上,遂改今名。

第三类的港,指与大片水域相通的小河道。津南区老海河西岸有双港,因老海河与赤龙河在此汇合,于村东南形成河汊,故称双港(jiǎng)。在历史上,双港地处宋辽交兵的分界线。武清区永定河中弘故道南岸有汊沽港(jiǎng),地处三角淀北缘,上游诸水在此汇入洼淀,因河汊交错而得名。

北辰区原处三角淀东南部地域,有三个河道港口,皆明永乐年间建村,初名分别是双沟港、安沽港、青沽港。清顺治年间三角淀东南部淤废,三个小河港功能皆废,后村名分别演变为双口、安光和青光。

湾,指舟船停泊的水曲处,引申指江河湖海弯曲的地方,如河湾、海湾、港湾等,多作地名,如渤海湾。湾内西北隅建有中国最大的人工港——天津港。

南开区北部长虹公园一带地域,历史上俗称"湾兜"。清咸丰九年(1859)僧格林沁环天津城筑造壕墙,墙外挖掘深沟,即为墙子河。该河在这一带河道弯曲呈兜囊状,其地遂名湾兜。由此派生出湾兜公园(今长虹公园)、湾兜中学等。

红桥区界内有西大湾子和唐家湾。在1917年截弯取直之前,南运河的河湾——西大湾子,派生出西湾大街和西大湾子后街等地名。北运河南岸的河湾——唐家湾,派生出唐家湾大道和唐家湾一条至五条等系列地名。北辰区北运河北岸河湾处有张湾,初名白马湾,曾用名马蹄湾子。

静海区北肖楼乡有李家湾子,因李姓人家建村于子牙河拐弯处而得名;大庄子乡有西湾河村,因地处弯曲河道的西侧而得名。蓟州区潵溜乡有龙湾子,因村中有龙寿庵,村落四周被弯曲河水环绕而得名。宝坻区城关镇青龙河北岸有庞家湾,因明初庞姓人家建村于辽运粮河(今绣针河)拐弯处而得名。宁河区在北京排污河东侧有大龙湾,在引滦入津明渠东侧有赵家湾。

"口"与"嘴"

用作地名专名的"口",概分水陆两类,属水类的,如海口、湖口、河口、港口、闸口、渡口等;属陆类的,如山口、关口、峰口等。天津"口"字地名数量很多,多属与"水"结缘的地名。

南北运河汇流于海河处有三岔口,又名三会河口。塘沽东部海河入海口,有大沽口。塘沽东北部,蓟运河、永定新河入海口,名北塘口。大港东南部,子牙新河入海口,名子牙新河河口。唐家口在河东区北部,位于十一经路与程林庄路交会处西侧。和平区西北部有闸口街,原为护城河南岸,1901年修筑土路,因东临水闸口,故名。贺家口在河西区东北部,明代成村,位于废墙子河入海河处,此处原有一道河闸,人们习称"河闸口",后谐音讹为今名。红桥区北临南运河有茶店口,清康熙年间建,原为正兴德茶庄装卸茶叶专用口岸,三北地区所需茶叶多由此发运。

天津各区县都有"口"字地名,如北辰区北仓镇有桃口;西青区有稍直口、上辛口;津南区有北闸口、白塘口;武清区有崔黄口;宝坻区有林亭口、杨家口、曹家口、孙家口、江洼口、艾家口、高家口、西河口、黑狼口、西老鸦口等。

静海区王口镇,位于子牙河西岸。南运河西岸有大口子门村,黑龙港河东岸有东贾口和西贾口。元蒙口,位于黑龙港河东岸,传说此处原为北宋驻军的辕门口,后谐音演化为今名。四党口,位于马厂减河北岸,明永乐年间四户农民建村于洼淀进水口旁侧,初名四当口,后谐音演化为今名。陈嘴乡永定河中弘故道南侧有鱼坝口村。

嘴,指突出像嘴的东西,如山嘴;特指呈U形、弯曲状如鱼嘴的河道。天津以"嘴"字为名的聚落,都处于河流弯道的岸边,村落的自然地形呈嘴状。

梁家嘴,又名梁嘴子,位于红桥区南部,是天津市区较早形成的聚落之一。作为区片名,梁家嘴泛指梁家嘴大街和姜家河堤以北,民丰后大街以南,复兴路以东,放生院小马路以西一带地区,属芥园街道办事处。此地原为南运河河湾,弯状如嘴,昔时是南北漕运必经之处。传说早年有彦、赵两姓漕运船工在此建窝棚以避风雨,后遂安家落户,渐成村落。初名"两家村",后为突出地形特点更名"两家嘴",因方言读音讹变为"梁家嘴"。

当年梁家嘴南运河两岸有码头、渡口,还有由码头经济而派生的繁华商业区。1920年前后,南运河截弯取直,河道北移,梁家嘴一带的河道、河湾遂废。码头商业随之萧条,此处成为单纯的居民区。但西湾大街、西大湾子后街、姜家河堤、梁家嘴大街、梁家嘴一条至四条胡同等地名,还隐约诉说着历史的沧桑。

天津有两个吴嘴。一在东丽区程林庄,明永乐年间,吴姓人家由山东无棣县迁此定居,渐成聚落。因海河与月牙河交汇于此,转弯处呈U形,河水常年冲击北岸形成尖嘴状故名。另一吴嘴,在北辰区天穆镇北运河东岸,明初五户移民于此定居。因地处北运河河湾处,状如嘴形,初名五家嘴,后谐音为吴家嘴,1959年简称为今名。北辰区天穆镇另有霍嘴,明永乐年间,霍姓人家由浙江迁此定居。因村中南北运河河湾呈嘴形,故名霍家嘴,后简称为"霍嘴"。以这种方式取名的地名,还有原塘沽区海河南岸的芦嘴,北辰区的李嘴、庞嘴、杨嘴,津南区的田嘴、东嘴(原名东泥沽嘴),武清区杨村镇永定河畔的敖嘴、陈嘴等。

天津的"淀"

淀,指浅水湖泊。北魏郦道元《水经注》载:"雍奴,东极于海,谓之雍奴薮。其泽野有九十九淀,枝流条分,往往径通。"雍奴是武清县汉朝时的旧名。雍奴薮地域广阔,包括武盉淀、清淀等九十九个淀。这些水草丛生的浅湖互相连通,形成大片湿地沼泽,是今日天津所在地域洼淀的前身。天津人对"淀"字地名并不陌生,著名作家孙犁的《白洋淀纪事》《荷花淀》,都是广为传颂的现代名作。

北辰区小淀镇,淀南引河由西而东横贯,周边是永金引河、新引河和丰产河。相传明嘉靖年间江南解姓人家于塌河淀旁侧土台上落户,渐成村落后以小淀命名。北辰区塌河淀,面积约800平方千米。三角淀在武清区和北辰区境内,位于永定河下游,面积48平方千米。以上诸淀现渐淤成陆,成为耕地河渠或厂房道路。沧海桑田,旧迹无存。

原汉沽区茶淀镇,是著名的葡萄产地,位于原汉沽城区西南部,东、北两界濒临蓟运河,西与北京清河农场接壤,南邻塘沽,北至宁河区七里海和芦台镇。全镇辖二十个行政村,村落沿河呈块状分布。宁河区芦台镇潮白河西岸有北淮淀、南淮淀、老安淀;潮白新河东岸有躲军淀;曾口河南岸有兴隆淀;尔王庄水库东南侧有黄花淀;尔王庄洼南缘有程四淀。

七里海位于宁河区西南部,又名七里淀。因南北宽约 7 里,潮白河洪水泛滥汇流于此,常年积水如海,故名。清光绪六年《宁河县志》载:"七里海水本无源,地势洼下,行潦归焉。当夏秋雨多水汇,沧波浩渺,极目无涯,汪洋如海,故以海名。每逢雨多水汇,则渺弥涉漫,极目无涯;旱则诸淀皆枯,唯七里海南有宁车沽一道,下通北塘潮汐,水常不竭。"据《津门考古》载,七里海南岸乐善村曾出土巨大的鳁鲸骨,证明远古时大型海洋生物曾游憩至此,可见当时七里海水域的浩渺,以及其与深海相连的状况。1958 年修七里海水库,1973 年进一步治理潮白新河,使七里海面积大大缩小。

西青区有鸭淀水库。东丽区有南淀,地处金钟河南岸,又名李明庄苇地,面积 7 平方千米,后因修路占地和辟田植稻,淀区几乎被垫平。大港地区也有白洋淀,又名小白洋淀,位于北大港水库西北,何家洼北侧,面积不大,因水清如镜得名,后并入北大港水库,原貌消失。武清区王庆坨镇有王二淀,因地势低洼而得名。东淀位于天津市与河北省境内,处在大清河两侧,在天津市境内面积 100 平方千米,分属静海和西青两区,是永定河冲积扇和滹沱河冲积扇之间大片的低洼地带。大清河和中亭河在东淀汇合,多水环境孕育了胜芳古镇,并形成了土质肥沃的可耕地 11 万亩。莲花淀跨西青、静海两区地域,处在独流减河西段两侧,是子牙河与南运河之间的堤外洼地,旧称"北淀",因淀内广植莲藕,故又名莲花淀,面积近 39 平方千米。旧时常年积水,1968 年根治海河后,沥涝解除,这里形成盛产小麦的万亩腴田沃土。

"泊""汀""滩"

泊的本义是浅水,因浅水便于舟船靠岸,又表示停船靠岸的意思;用作动词时读为 bó,用作地名时读为 pō,指湖泊。

西青区王稳庄乡独流减河北岸有大泊北村和小泊村。二村相邻,原为四周皆为水泊的一块高地,野草黄花丛生。初名黄花大泊、黄花小泊,后简称今名。西青区青泊洼,因界于大寺乡青凝侯村和王稳庄乡大泊村之间而得名。静海区有团泊乡,西北与团泊洼水库相邻,东南与团泊洼相连,东北隔独流减河与西青区相望。团泊村位于独流减河南侧,明永乐年间建村,因村落四周低洼积水,船只在村边聚集停泊,故名"团泊"。原汉沽区和东丽区各有一村落名为杨家泊,皆因临近水泊或周围低洼多水而得名。

汀,指水边平地、小洲,即江河内由泥沙沉积而形成的洲渚。津南区有村落名为上小汀,明永乐年间成村,位于老海河东北岸,东临洪泥河,南侧双白排河与白塘口相望,北部不远处是海河,与东丽区相望。因老海河在此拐弯,村落四面环水,故称"小汀"。因下游约 900 米处有另一村落,处在海河、洪泥河、双白排河和秃尾巴河之间,也叫"小汀",故以"上""下"区分之。宁河区大辛乡有洛波汀村,位于蓟运河西侧,在江洼口东南部,在明代是军粮漕运的士兵水手中途歇息的地方。

《说文》云："滩，水濡而干也。从水，难声。"清人段玉裁《说文解字注》认为，"滩濑"的"滩"是后起字，是"湍"的音转。滩，即能听到水击打岸边声音的地方，后引申为江河中水流急、沙石多的地方；也指河海湖边淤积成的平地，如河滩、海滩、湖滩等。

天津近郊有两个柳滩，一在北辰区天穆镇，另一在西青区杨柳青镇。位于天穆镇的柳滩，坐落于北运河东岸，民居沿河修建，村落呈带状，因地处河滩多柳而得名。附近有历史悠久的柳滩渡口。清代诗人康尧衢五律《柳滩》云："村落小河旁，人家阡陌连。野桃开向水，垂柳舞寒烟。地接津门近，人从曲径穿。来时迷渡口，隔浦问渔船。"律诗描绘出水乡如画的景致。位于杨柳青镇西北的大柳滩，南临中亭河、子牙河。相传清嘉庆年间，护林佃户在老浑河旁大片柳林遮掩的河滩上建房定居，渐成村落，故名"大柳滩"。

另外，西青区子牙河北岸有白滩寺村。津南区辛庄乡有下河滩村，地处老海河下游，位于秃尾巴河西侧；葛沽镇有大滩村、小河滩村。静海区黑龙港河与港团引河交汇处有东滩头村，因建村于河岸沙滩东侧而得名；王口镇排干河南岸有西滩头村。宁河区黑龙河西岸有当滩头村，因村落建于河畔沙滩处而得名。静海城关东北侧南运河西岸有大河滩村和下河滩村，两村都因地处河滩修建而得名。

"圈""套""窝"

作为地名的圈,多指河湾旁的土地和村落。南开区东部偏北有西湖村,相传明代中叶,徐姓某人在此圈地栽种水稻,后徐、胡两姓人家迁来此地,在东部高台落户。后迁居者逐渐增多,形成聚落,遂以徐、胡二姓为村名,曰"徐胡圈",1954年谐音改名为"西湖村"。地名学家王翁如先生曾撰文指出,徐胡圈传说是明代科学家徐光启(1562—1633)的遗迹。1933年版《最新天津市详图》将其标为"徐胡圈",1952年版《两用天津新地图》标为"徐湖圈",其后出版的地图就标为"西湖村"了。

河西区有上河圈、下河圈,位于海河河口与城防河相汇处的两个夹角处,形成自然河湾。明天启年间形成聚落,初名何家圈,后谐音为"河圈"。据清道光二十六年(1846)《津门保甲图说》(《津门保甲图说》为清道光年间刊印的关于天津的地图集,详细记述有庙、桥、街、巷及住户情况)载,河流到此形成环形圈状。两个聚落地分南北,依所处上下游位置,分别命名为上河圈与下河圈。传说这两个河圈,就是神话英雄哪吒留下的两个风火轮。北辰区上河头乡有赵家圈;东丽区有曹家圈、焦家圈、孟家圈、老圈、邢家圈、袁家圈;津南区大沽排污河北侧有阎家圈;原塘沽区有陈家圈、黄家圈;原汉沽区有平沽圈。静海区北肖楼乡有村名下圈,因地处南运河东岸转弯处,地势低洼而得名;大张屯乡南运河西岸转弯处有翟家圈。

套,指河流或山势弯曲的地方,如山套、河套等。宝坻区高家庄乡有丁家套村,百里河环绕村北、东、南三面流过,相传明初丁姓人家于河套内建村,故名。位于宝坻尔王庄洼南部、阎东排干渠北侧有盛产芦苇的潘套;石桥乡潮白新河北岸有东大套村,原为宽阔的河套,辽代立村,名为"大河套";后析出两村:东大套和西大套;马家店乡潮白新河南岸有小套村,据传辽代三姓人家于河套内建村,初名"小河套",后改今名。蓟州区于桥水库南侧有柳河套,明代临河建村,因环村河岸弯曲且柳树成荫,故名。

窝,本义为栖身地穴,引申为人居之地。天津郊县以"窝"为通名的村落皆地处河岸,亦可视为亲水地名。宝坻区潮白新河西岸有狼尔窝,青龙河北岸有树尔窝,护城河西岸有沙窝,龙尾屯渠北侧有江石窝,箭杆河南岸有白丝窝,窝头河南岸有黑豆窝,蓟运河南岸有南燕窝、走线窝等。另外,宁河区蓟运河东岸有大沙窝,蓟运河西岸有孟旧窝等。

"台""坨""塂"

台,本指供人登临游观的方形土筑高而平的建筑物,后引申泛指高而平的地方。天津地处退海平原、九河下梢,以"台"为通名的聚落十分多见,约有两百多个。如许之多的"台"字地名,字面似与水无关,却显示出天津地势低洼,人们只能择高台而居的水乡特点。天津"台"字地名的命名理据有以下四种类型。

一、以方位命名。如西青区的东台子、津南区的西台、河东区的西台大街、南开区的南台子、津南区的北台等。河东区李公楼附近有前台和后台,1928年有人在四面环水的高处搭窝铺、建房,渐成聚落,以方位分别命名。另外,河东区大直沽附近也有前台、中台和后台,并派生出后台胡同、后台西路、后台一号至五号路等街巷地名。

二、以姓氏命名。在全市范围内,王家台、李家台、陈家台、赵家台、刘家台等各有十来个。

三、以方位加姓氏命名。如南开区东王家台、西王家台,河西区北赵家台,河东区西孙台、南翟台、东杨台,北辰区张家西台等。

四、个性化命名。如宁河区芦台镇位于蓟运河南岸,相传战国时就有人定居于高台上,因四周芦苇丛生,故名芦台。静海区大清河北岸有台头镇,元代建村于河畔高台之上,故名。市区八里台、七里台、六里台等也是著名的区片名。这类地名有雅俗之别，典雅的如河东区万辛庄的新建台、南开区的聚宝台、东丽区的流芳台、北辰区的喜逢台、武清区杨村镇的忠辛台等。

坨，指成堆成块的东西或露天的盐堆；用作地名，指大土堆或高地。河北区有盐坨村、盐坨桥。以"坨"为通名的天津地名多位于郊县，例如津南区小站镇有坨子地，因地势高得名。武清区王庆坨镇，相传辽金时始成聚落，有名王庆者定居于土坨之上，故名。东丽区有南坨、北坨、欢坨、荒草坨、长坨子。津南区有高家坨子、坨子地。西青区有牛坨子、牛家坨、西兰坨。原大港区有大张坨。原汉沽区有东庄坨、萝卜坨、洒金坨、前大坨。原塘沽区北塘口北岸有青坨子。武清区豆张庄乡永定河北岸有青坨村。静海区生产河东岸有白公坨。宝坻区大口屯镇绣针河东岸有白水坨村。宁河区卫星河北岸有东棘坨、西棘坨；小新河西岸有前棘坨、后棘坨；潮白新河西岸有东塘坨、西塘坨；蓟运河南岸有田庄坨；曾口河北岸有洛里坨；七里海水库南侧有大八亩坨。

堼，原指高处，后指高出地面的土冈。西青区有杜家堼、王家堼。东丽区军粮城镇有东堼。津南区咸水沽镇有李家堼和张家堼。武清区机场排河北岸有单堼。静海区有邢家堼，在马厂减河北岸。宝坻区三岔口乡有萧家堼，位于鲍丘河北岸，相传宋末萧姓人家为免遭水患，移居高冈居住而得名；大口屯乡有东堼头和西堼头，当地方言把斜坡土冈的顶部称为"堼头"；霍各庄乡临近引滦入津明渠有高八堼村，聚落民居沿鲍丘河两岸分布。相传元代中叶这附近有八个高冈，分别于冈上建成村落，高八堼系这八个小村落的统称。蓟州区大堼上乡位于大河洼北部，辽代成村，原名大堼庄，因地处土冈上，故名大堼上。

地名文化

　　百年前的天津城市历史空间和地名格局，明显分为三大板块——传统城区、原租界街区和河北新区。对天津历史地名进行宏观分析，传统城区的历史地名风格古朴俚俗，虽然缺乏系统性，但其内涵却是传统文化原汁原味的再现。原租界街区的地名，风格新颖多样，是外来文化的典型呈现。河北新区的地名，却体现出精心规划的前瞻性和科学布局的系列化，体现出中西合璧的先进理念。近些年来，天津地名的历史文化价值逐渐受到社会重视，地名文化的研究、保护与传承成为城市文化研究的一个不可或缺的内容。"地名文化"一辑，对天津地名的特点，对其中隐含的历史故事，以及地名与津沽文化的关系所进行的解释和分析，对读者可能有所启示。

"哪吒"在哪儿"闹海"

天津民间流传着武将李靖驻守陈塘庄和哪吒在三岔河口闹海的故事。这个民间传说，以《封神演义》为本。该书第十二回《陈塘关哪吒出世》说哪吒是陈塘关总兵李靖之子，生而灵异，然后用两回文字叙说他的神通。

在中国民间传说中，关于"哪吒闹海"的具体地方有多种不同的说法。《封神演义》在描写陈塘关哪吒出世时写道："不知这河是九湾河，乃东海口上。"天津处在九河下梢，海河水路弯曲迂回，与书中关于"九湾河"的描写相近；哪吒因天气炎热而去九湾河洗澡与龙王太子遭遇，这种气候特点也与天津类似。

"哪吒闹海"是一个美丽的民间传说，因世代相传而浸入天津人的心头。一提哪吒，天津人就认为他是咱天津卫的老乡，因为他父亲李靖镇守陈塘关，而陈塘关就是河西区的陈塘庄。天津人喜爱哪吒，原因有四，一是他嫉恶如仇，二是他神通广大，三是他敢作敢当，四是他英武飒爽。杨柳青年画里那个抱鲤鱼的胖娃娃，就投射着婴儿哪吒的身影。传说陈塘庄街在历史上曾有一座哪吒行宫，后被拆除。天津民间花会有以"哪吒闹海"为主题的一道花会；天津市举办世界体操锦标赛的会徽就是哪吒的形象。天津相声名家刘文亨在相声《杂谈地方戏》中，用天津话塑造了托塔天王李靖。他回答玉帝："嘛玩儿您啦，您让我拿孙猴儿，他本事这么大，我打得过他吗？您了这不是拿我打镲吗！"刘文亨不动声色地把李靖、哪吒爷儿俩的老家归到天津了。天津干部俱乐部燕园里立着手持火尖枪、威武迎敌的汉白玉哪吒雕塑，背景是大型瓷砖壁画——哪吒闹海。海河狮子林桥边立着哪吒骑龙的铜雕，他脚踏风火轮、手持乾坤圈，威风凛凛地骑在蛟龙背上。由此可见，天津人对哪吒有着特殊的情感。

历史上的李靖（571—649），初唐名将、开国元勋，在唐太宗时期历任兵部尚书（相当今国防部长）、尚书右仆射（宰相之一）等要职，封卫国公。李靖原籍陕西，从未当过陈塘关总兵，但《封神演义》把他写成商末周初人，愣往前提了1600多年，让其成为统领天兵天将、镇守天庭的托塔天王。哪吒本为印度神话人物，但在中国神魔小说中，他却成为托塔天王李靖的三儿子——打破时空的超凡构思和巧妙安排，充溢着大胆想象和艺术创造精神。

俗语曰："真三国，假封神，说起西游哄死人。"《封神演义》和《西游记》属于神话小说，尽管其中某些人物在历史上确实存在，但经过艺术虚构与神化变形，其与原型人物已完全相异，如姜子牙、李靖、玄奘等。至于神话人物，如哪吒、孙悟空等，不过是借助印度神话原型的外壳，其内在性格及其神奇的故事仍是中国传统文化想象的产物，属于浪漫主义作家的艺术创造。

说李靖镇守陈塘关，咱天津恰巧就有陈塘庄；说哪吒闹海，咱天津就有河海相通的地理环境。把李靖父子和天津地界挂钩，绝非八竿子打不上！话说回来，哪吒本身就是民间传说的少年英雄，追究他在现实社会里是哪儿的人，在哪儿闹海，问题本身就是无根据的,怎能要求答案板上钉钉地坐实呢?神话传说或民间故事,只要沾上边儿能自圆其说就会广为流传,不胫而走。

听说全国有多个城市以"哪吒闹海"申遗。仅从地理状况分析,说哪吒闹海在浙江钱塘、山东蓬莱还都靠谱,要说在河南开封、四川成都、山西长治或广西桂林,那就自相抵牾了,因为那儿没海可闹!

话说"直沽"

　　直沽与天津有密不可分的渊源。首先,它是天津没出现前就有的古名之一,宋金时称"直沽寨",元朝改称"海津镇",明初又改称"直沽"。其次,直沽是天津城市最早的聚落,还是海河、运河尾闾的代称。《中国古今地名大辞典》载:"直沽,在直隶天津县城北,有大小直沽,即海河也。""海河即为直沽,在直隶天津县,其上曰三会海口,俗名三岔口。"海河两岸,都可以称为直沽。

　　天津本是退海之地,据明嘉靖汪来《天津整饬副使毛公德政碑》载:"盖天津近东海,故荒石芦荻处。"《天津卫志》也说天津卫属"荒旷斥卤之地,初无所隶焉"。历史上,黄河曾三次经天津入渤海,其携带的大量泥沙不断积累,造就了天津平原,最终形成潞河卫水交汇,集二水为海河的稳定形制。其交汇之处即三岔河口。由于三岔口特殊的地理位置,金时起开始在这里设寨置戍。据《金史·完颜佐传》载:"以佐为都统,咬住副之,戍直沽寨。"以后,史籍中记载"直沽"的文字便逐渐增多。明朝文人李东阳在《天津卫城修造记》中说:"天津及左右三卫,其地曰直沽。"这里指天津卫城所在地就叫直沽。而《大元海运记》云:"至元十九年,钦奉圣旨,创开海运……至杨村马头交御。""马头"即码头。海漕交御之地,历来都在直沽,如按此说,则杨村马头(码头)也属直沽,那储存军粮的军粮城,南仓、北仓自然也属直沽了。这样一来,直沽可就不止三岔河口一带,从军粮城到杨村马头(码头)百余里的范围都应叫直沽了。

直沽分为大直沽和小直沽。因元代的接运厅及运粮万户府皆设在大直沽,海漕运粮船须至大直沽交御签单、卸船交储。漕运的兴盛使大直沽成为沿河重镇之一。明以后,罢海漕,南粮北运实行河漕,即走京杭大运河到三岔口处督粮厅交御卸粮。于是,三岔河口附近的小直沽就兴盛起来。《长芦盐法志》载:"天后宫在天津东门外小直沽,元泰定三年八月,作天后宫于海津镇即此。"这不仅指出小直沽的地理位置,还特别指出历史上的海津镇就坐落在小直沽。

元人咏直沽的诗作有:成始终《发桃花口直沽舟中述怀》、傅若金《直沽口》、张翥《代祀天妃庙次直沽作》等。明人咏直沽的诗作有:宋讷《直沽舟中》、瞿祐《次直沽》、李东阳《舟次直沽与宝庆谢太守》等。以上诗题的"直沽口"就指三岔河口,原在今河北区望海楼、狮子林桥附近,为南运河、北运河与海河交汇处,金代直沽寨即设于此。二十世纪初,南北运河裁弯取直,三岔河口西移至今金钢桥附近。而所谓的直沽城,即指天津城。直沽是历来使用最频繁的天津古名之一。

漂榆邑·角飞城·军粮城

清代天津文人常在诗文中用"漂榆邑""角飞城""漂渝津"作为天津城的代称。例如蒋诗《沽河杂咏》："桃为迎銮花特甚，枝枝红映漂榆津。"查礼《雪后丁字沽待渡》："角飞城外雪正飞，丁字沽边人渡稀。"汪沆《津门杂事诗》："试问熬波人在否，鸣禽啼上角飞城。"董元度《天津杂诗》："角飞城外木兰舟，丁字沽边掩画楼。"

漂榆邑，古城名，西汉时属渔阳郡。西汉皇帝设漂榆邑，并将其封为皇后、公主的采邑。东汉末年写成的《水经》就记载着"漂榆邑"这一地名。北魏郦道元考察这座古邑后写道："清河（今南运河）又东经漂榆邑故城南，俗谓之角飞城。"到了魏晋时期，坐落在泉州渠与泒水汇合处的港口城镇——漂榆邑兴盛起来。此处战略地位重要，制盐业也很发达。唐宋之前，漂榆邑以东的陆地尚未形成，当时的漂榆邑处在泒河尾入海处的北岸。

漂榆邑俗称角飞城，是地处昔日泉州渠南端的军粮城的前身。军粮城的历史可上溯至汉晋时期，是天津城市发展史上第一个出现的海港城镇。

漂渝津，古渡口名。《晋书·石季龙载记上》云："季龙以桃豹为横海将军，王华为渡辽将军，统舟师十万出漂渝津。"《中国古今地名大词典》载:"漂渝津,在直隶天津县北,晋咸康四年,石虎遣其将桃豹、王华帅舟师十万出漂渝津,即此。《水经注》:清河东经漂渝邑故城南,俗谓之角飞城。《赵记》中记载:石勒使王述煮盐于角飞城。"

对于古漂榆邑的地理位置,郦道元《水经注》载:"渤海郡高城县(故城在今河北省盐山县东南 10 千米处)东北一百里,北尽漂榆,东临巨海,民咸煮海水,籍盐为业。"这段叙述与今天津东郊军粮城的地理位置基本相符。

漂榆邑、角飞城、漂榆津均为天津军粮城的古名,其位置大约在今军粮城镇西南墅和小东庄镇务本二、三村之间。

长芦盐业与天津地名

与长芦盐业有关的地名，在天津地名中所占比重很大。例如原汉沽区地名总数为 823 条，而盐滩名就有 417 条，约占二分之一。

天津市区有几十条以"盐坨"命名的街巷。所谓盐坨，就是露天堆放官盐的场地。在历史上，河北区曾有两处盐坨：早先一处位于北宁公园后门以北至新开河以东一带，就是盐坨村，时称"北坨"。后贮盐的场所迁移到距盐关较近的海河东岸，就是今光复道街道办事处界内的海河东路一带。1900 年，八国联军侵入天津，侵占了海河，海河东岸的盐坨一部分迁移到挂甲寺，被称为"南坨"；另一部分又迁回盐坨村。

盐坨村位于河北区北部，泛指今北宁公园后门迤北至新开河南岸一带，在明清两代此处为贮存贡盐之地。清末渐成村落，不断建房筑舍，后发展成里巷纵横、人口众多的聚落，并出现了以"盐坨"命名的地名群——"盐坨胡同"及"盐坨东胡同""盐坨西胡同""盐坨后胡同"；"盐坨东一条"至"盐坨东十二条"，"盐坨西横一条"至"盐坨西横七条"，"盐坨西一条"至"盐坨西十三条"等。1982 年地名普查时，以盐坨村为主地名，其余加方位与序数形成派生地名系列，总计有 37 条之多。横跨新开河，长 643 米的盐坨桥,建于 1986 年,以临近盐坨村得名,是贯通中环线的重要桥梁之一。

系统的盐业管理机构在天津地名中亦有典型的反映。如河北区盐关厅大街,北起金家窑大街,南至狮子林大街,此处原为清代水师营故址,1900 年改为盐官厅, 盐船在此泊岸验税。后来,附近逐渐形成街道,名为盐官厅大街,后演变为盐关厅大街。由此又派生出 "盐关厅胡同""盐关厅东胡同" 和 "盐关厅西胡同"。河北区天纬路中段有盐讯胡同,就是清代军队专门稽查盐运的驻防之地。河西区黑牛城道附近有"盐务楼"。和平区赤峰道东段北侧有一座建于 1926 年的国家级近代优秀建筑,就是著名的盐业银行大楼。

天津市区还有几条以"盐店"命名的街巷。盐店街位于红桥区西沽公园南侧,东起西沽大街,西至红桥北大街,长 160 米,宽 2 至 4 米,相传始建于 1790 年前后,已有两百年的历史。这条以盐店命名的街道贯穿了公所、药王庙和龙王庙等重要的区域,形成西沽的商业中心,使西沽地区从以河为生的码头经济,开始向商业服务性经济转变。

南开区西门内大街南侧有盐店胡同,始建于清光绪年间,因巷口东侧有瑞昌号盐店而得名。河北区狮子林大街中段南侧有"小盐店""小盐店胡同"和"小盐店北胡同"三个里巷名,因清光绪初年附近有一个官办盐店,习称"小盐店"。

至于天津四郊带"盐"字的地名,更为多见。如北辰天穆镇北运河东岸有阎街,明初为官盐集散地,俗称"盐街",后盐市废,有阎姓人家最早来此定居,故名"阎街"。宜兴埠宫后街有盐巡胡同,建于清光绪末年,因当年有盐巡长官居此,故名。塘沽盐河里,因系塘沽盐场职工宿舍,且临近海河,故名。另外塘沽还有"盐业里""塘盐公路"等,汉沽有"小盐河""盐王店"等,在此不一一介绍。

谈谈赵各庄的"各"

在京津冀地区，有些带"各"字的老村名，如天津市蓟州区的赵各庄、孙各庄、杨各庄、陈各庄，宝坻区的邢各庄、贾各庄、庞各庄、霍各庄，武清区的石各庄、梁各庄、寺各庄、蔡各庄等。这些村名的头一个字是姓氏，表明聚落的由来及本村的大姓；第二个字"各"，其实就是"家"。所谓的赵各庄、孙各庄、杨各庄、陈各庄，就是赵家庄、孙家庄、杨家庄、陈家庄。

为什么把"家"变成"各"呢？这是汉语语音发展演变形成的。从东晋到宋金时期，再到近现代，"家"字的读音经历了 gā—gāi—jiā 的演变过程。在京津冀一带，"某家庄"这类村名就保留了古音，它的声母不是 j，而是 g，而且往往要读成轻声。这种读音与现代汉语普通话的"家 jiā"相去甚远，却与"各"的读音相近。于是，古老村名"某家庄"，在口语中就保留了古音遗存，在书写时就用与之语音更为接近且容易书写的"各"字来体现了。

语言学研究发现如下规律——现代汉语 j、q、x 这套声母，是由 z、c、s 和 g、k、h 这两套声母演变来的。变化的条件是这两组声母跟 i 或 ü 相拼。当 z、c、s 和 g、k、h 在与 i 或 ü 相拼时，其发音部位受 i、ü 的影响，就产生同化作用，即声母变为 j、q、x。例如"江"，现代普通话读 jiāng，声母是 j；但在古汉语里，它的声母却是 g,因而,相当多的南方方言都将"江"读为 gāng。例如:栖息于长江流域的江豚,俗称江猪,当地方言读为"gāng 猪";广东江门,当地方言读为"gāng 门"等。

　　这种语言现象,在北方方言里也不乏其例。如"角落 jiǎo luò",北京方言中说"旮旯 gā lá";"缰绳 jiāng sheng",北京方言中说成 gāng sheng。天津方言也有这种语音演变的遗存,例如老天津人把"隔"读为 jiē。把"隔壁"读为 jiē bǐr;把"隔辈人"读为"jiē 辈人";把"隔年儿双子"(即年龄差一岁的亲哥儿俩或姐儿俩),读为"jiē 年儿双子";把"隔着门缝儿看人儿",读为"jiē 着门缝儿看人儿"等。另外,天津方言把"痂 jiā"读为 gār,例如:"看,伤口已经扣痂(gār)了。"

地名"堡"字应该怎么读

欧洲有一些古老的城市,如彼得堡、爱丁堡、勃兰登堡、君士坦丁堡、斯特拉斯堡等,其"堡"为城堡义,译为汉语读 bǎo。但汉语地名通名的"堡"却读为 pù,例如天津塘沽的于家堡、汉沽的蔡家堡等。位于陕西省子长县的瓦窑堡,在党史上赫赫有名,因为在那里开过一次重要的会议。多年来人们一直读为瓦窑堡 bǎo,其实,这个"堡"字正确读音为 bǔ。由此可见,"堡"字有三个读音。

作为一般的村名,"堡"读 pù。例如天津塘沽中心桥乡有名为"八堡"的聚落,1919 年建村,传修京山铁路时工人搭窝铺居住,因此地为第八个窝铺,故名。静海区村名二堡、三堡、七堡、八堡、九十堡,系清雍正年间渔民迁此搭窝铺定居,以序数指称今名。

西青区辛口镇有第六埠村,明初建村,初名安台,后更名第六堡,清乾隆年间改堡为埠成今名。静海区子牙镇大邀铺,元代建村,初名大幺堡,后谐音为今名。武清区大黄堡,明永乐年间建村,初名黄家窝铺,后演化为黄堡,最后定名大黄堡。西青区张家窝,明初张姓人家自山西洪洞县迁此搭窝铺为舍,初名张家窝铺,后省称为张家窝。

初始聚落的形成,有三个必要条件:一有人,二有水,三有住处。在距水源不远处搭起一个窝铺定居,往往就是某一聚落形成的开端。例如宝坻区城关乡有五里铺村,明初时捕鱼人为休息及用餐方便,在道旁搭了一个窝铺,因距县城五华里,后为村名。宝坻村名张岗铺、朱家铺、赵家铺、尹家铺、何家铺、左家铺、柴家铺、邳家铺等,皆因建村时搭窝铺而得名。由此可知,天津村名"堡"就是"铺",二者同音同义,只是字形不同罢了。

　　"堡"字三个读音,词义也不同:第一,读 bǎo,指军事防御建筑,如碉堡、地堡、桥头堡等;也指城堡。第二,读 bǔ,用于地名,多指围有土墙的村镇,如陕西的吴堡、河北的柴沟堡、上海的崇明堡等。第三,读 pù,通"铺",用于地名,本为驿站名,如北京的十里堡;另指聚落初始建筑——窝铺,如天津蔡家堡等。据音韵学解释,bu 和 pu 在古音里原本是相同的,只是后来由于官话的浊音清化才产生了异读。

　　"堡"作为地名常用字,却有三个读音,这是消极的社会语言现象。我们外出坐飞机,看到贵阳龙洞堡机场、乌鲁木齐地窝堡机场,很难准确把握这个"堡"字的正确读音。

从"灰堤""辉德""灰堆"到"柳林"

　　灰堆在河西区东部,是天津市历史久远的老地名之一,泛指大沽南路东南段南北两侧地区,明永乐年间(1403—1425)形成聚落。村落初名"灰堤",又称"辉德村",后民间谐音转读为"灰堆"。清乾隆四年(1739),始见今名。

　　老天津的历史地名口耳相传,当时没有路牌,更谈不到审批备案。如果不落实在字面上,有时很难确认究竟是哪个字。对于读着拗口的历史地名,老天津人常变通改造,使之顺畅上口,以利于言语交流。首选变通方式是:尾音加儿化,如佟楼、刘庄、侯台之类。但"灰堤""辉德"这俩老地名,读来都不上口,尾音加儿化读着更别扭,只能采用第二种变通方式:近音变格,即取与之同音或音近的字,去替换那个读着别扭的字。例如"辉德"的"德"和"得"同音,"得"在口语中可读为 děi,于是就变通一下,将"辉德"读为辉得(huī děi)。戏曲曲艺押韵讲究十三辙(如中东、江阳、一七、姑苏、怀来、灰堆等)。既然十三辙里有"灰堆"这一辙,辉得(huī děi)与灰堆(huī duī)读音极相近,于是舍"辉德"而取"灰堆"。以上所谈,无历史文献记载,只是一种揣摩推测式的阐析。

　　从 1954 年至 1988 年,灰堆成为河西区一个街道办事处名。

"灰堆街"这个行政区划名使用了33年后,更名为"柳林"。柳林街的四至地域为:东、南两面均临双林引水河,与津南区隔河相望;北抵海河,与河东区相邻;西至微山路、新会道、双林路,与陈塘庄、小海地两街道办事处毗连。辖区内有大学、医院、造纸厂、勘察设计院等单位。东北部的柳林绿化风景区,以欧洲古典园林为主体功能,凸显河畔滨水绿化体系绿荫缭绕的景色,充满艺术个性和青春活力以及色彩斑斓的动感。濒临海河沿岸的大片公共绿地,为居民提供了休闲、娱乐、享受自然环境的城市功能。

老地名"灰堆",顾名思义,灰色的土堆,色彩黯淡,读音虽为叠韵,但短促拗口。而"柳林"仄平相谐,且为双声,读音洪亮,更重要的是语义上充溢盎然绿色,饱含丰满形象。为什么1988年河西区政府在街道办事处名称沿革上,舍历史悠长的"灰堆"而取"柳林"?笔者揣度,除上述语义、语音的原因外,绿色环保的思想意识可能也是重要因素之一。

卫津三台

　　八里台处在南开、和平、河西三个区的交界地带，原是旧城外南部坑洼苇塘中的一块高地，后渐成村落，因距老城八里而得名。连通八里台、七里台、六里台的卫津路，约在1913年形成，初名"八里台大街"，1946年因西侧的卫津河而更为今名。

　　六里台处于南门外海光寺与八里台之间，作为地名，出现于二十世纪三四十年代。当时这里是一大片开洼荒地，人烟稀少，仅有一所中日中学。该校以学习日语为主，由日本军方赞助开办。沈兼士、周作人等人曾在该校任教。1945年日本投降后，该校停办，校址移交南开大学北院。1952年院系调整，该校址又转给天津大学土建系，两年后又转给天津市工农速成中学，后成为天津师范大学北院。《天津市地名志·河西区》影印《1952年河西区图》，就标明六里台、吴家窑、佟楼、梁家花园、丁家花园等地名。当时公共汽车8路，由天津东站始发，终点站即为六里台。

　　1952年，因院系调整，北洋大学更名天津大学，由西沽迁到今址。当时新建校区占地1500余亩，水坑数百亩，东邻卫津河、卫津路，校区东门临卫津河有一座旧木桥。1952年5月，天津大学新校区开工。由于当时没有明确的地名，致使运建材的车辆找不着工地大门，误将建材运到毗邻的南开大学。建校工程负责人就在校东门木桥处竖立大木牌，上书"天津大学七里台工地"几个醒目大字。于是，"七里台"地名就逐渐叫响了。1952年10月，新校区建成，天津大学数千师生迁入。8路公共汽车终点站由六里台延至八里台，而"七里台"成为新站名。天津大学新印信封以"天津市南开区卫津路七里台"为校址。不久，天津地图标出"七里台"，这个新地名就诞生了。

八里台是原生地名。据推测，六里台因距八里台1千米而派生得名。在八里台和六里台之间，再加上七里台，顺理成章地形成了系列地名。说到八里台，还得谈两座桥，一是聂公桥，二是八里台立交桥。1900年，八国联军向天津守军聂士成部发起猛攻。聂士成坚守八里台桥，中炮阵亡，英勇捐躯。1905年，清政府建聂公纪念碑，将八里台桥命名为聂公桥。2000年，天津市政府竖立聂公铜像，以资纪念。位于和平、南开、河西三区交界处的八里台立交桥，1985年修建，是天津首座三层互通式立交桥。八里台的两座桥，昭示传统与现实的交会。

天津有两个八里台，一是南开区八里台街，另一个是津南区八里台镇。南开八里台，因距离老城里大约八里而得名。津南八里台，明代永乐二年(1404)成村，因地势较高，距大韩庄、大孙庄、巨葛庄各八里而得名。在一个直辖市里，存在着两个同名行政区划，毕竟属于消极的现象。

文化地理视角下的墙子河

墙子河的前世今生

墙子河是清咸丰九年（1859）为防捻军入津，统兵大臣僧格林沁亲王修筑天津外城——壕墙的护城河。墙子河原长约18千米，宽8米，环绕天津一周，西段自南运河畔教军场（今人民医院）后起，往东南在现在的长江道附近和红旗河交汇，再向东在海光寺附近和卫津河交汇，然后向东南沿今天的南京路至台儿庄路流入海河。河口处设有一闸，今仍保留。1860年4月，壕墙建成。当年7月，英法联军攻占天津，这座壕墙形同虚设，防御功能几乎为零。1900年6月，八国联军占领天津，壕墙被废弃，墙土被运走填垫洼地，墙子河成了一条臭水沟。

1949年后，墙子河多次进行清淤整治，至二十世纪五十年代中期，曾一度设游船供游览，但时间不长即被叫停。二十世纪七十年代，天津市政府沿墙子河修建天津地铁，自海光寺至大营门段的墙子河被填平，修建南京路；海光寺以西的部分填平修建长江道；剩余的部分陆续改建为暗渠，仍通海河。目前墙子河保留河道的，只有人民医院西侧，起自南运河南岸经长虹公园后身至长江道口的一段，河边马路为青年路。

墙子河上曾经的桥

墙子河自南运河南岸起至长江道,长约 1400 米。历史上曾先后建过十几座桥在河上,例如三元村闸桥、服装公司桥、芥园西道桥、天明桥、红旗路桥、青年路桥、睦华里桥、西营门桥、黄河道桥、五市政桥、湾兜桥、武乡里桥、连心桥、长江道桥、苏堤路桥、气象海洋仪器厂桥、南丰桥、万德庄桥。墙子河西段在六十多年前只有万德庄桥、南丰桥、西营门桥、小西关桥等有限的几座桥梁,而上文所列的多数桥梁,多为二十世纪七十年代后修建的。

最能体现天津文化地理特点的,是当年墙子河南段流经市中心和平区地界的十几座桥梁,分别是墙子河闸桥、解放南路桥、大沽路桥、浦口道桥、镇江道桥、徐州道桥、平安桥、湖北路桥、新华路桥、成都道桥、河北路桥、山西路桥、耀华桥、营口道桥、独山路桥、锦州道桥、哈密道桥、鞍山道桥、万全道桥、海光寺桥。1970 年,因利用墙子河道修建天津地铁,架设在墙子河上的所有桥梁全部被拆除。1973 年修建的通衢大道被命名为胜利路,1984 年更名为南京路。旧墙子河的历史痕迹,至今依稀可见——今南京路与山西路交口的民航售票大楼及登瀛楼饭庄门前便道的立面,即为当年墙子河的堤岸。

由"墙子"派生的系列地名

墙子大街位于河北区东南部,西起丰垣路,东至金钟河东街,长210米。这里原为清代壕墙旧址,后为私人坟地和乱葬墓地。1935年有人在此建房,形成一条土道,人称墙子大街。历史上还有另一条墙子大街,就是今河东与河北两区的界路——全长3500米的真理道。河东区西北部振昌路中段西侧有一条长194米的胡同,名为墙子上。河北区有墙子派出所。红桥区北营门西马路与新河北大街交会处,在旱桥附近有一条长120米的墙子河胡同。此处原为墙子河故道,后填河建房成巷,1953年命名为墙子河胡同。

在天津路网里,墙子河是以省市地名命名的南北路名分界线。墙子河以北的道路,基本以中国北方省、市、县命名,如黑龙江路、吉林路、辽宁路、山东路、河北路、山西路、陕西路、四平道、沈阳道、锦州道、承德道、保定道、太原道、开封道等。墙子河以南的道路,基本以中国南方省、市、县命名,如台湾路、福建路、广东路、江西路、湖南路、云南路、贵州路、成都道、重庆道、绍兴道、岳阳道、大理道、睦南道等。

宁家大院和宁家地名

宁家大院位于南开区三纬路50号，建筑宏伟，布局考究，呈中西合璧风格。三进四合院布局，西侧设箭道和三组跨院，东侧花园有假山水池亭榭，沿中间通道可直达洋式主楼。主楼内三面均有木楼梯，楼上四面游廊环绕相通。屋顶两端各筑圆形攒尖顶凉亭，由八棵水泥圆柱支撑。楼顶平台瓶式栏杆围绕，造型别具一格。门楼院落曾有三重牌匾，由华世奎等人手书。宁家大院是目前天津市区内规模最大、保留较好的私人豪宅。虽年久失修，但当年繁华仍可窥见。

天津有多处以"宁家"冠名的地名。南门外原赤龙河与南开三纬路交会处的宁家大桥，系由宁家出资修造；水上公园东侧有宁家房子；滨海新区大港的板桥农场，原名宁家圈——这些建筑和地名虽处于城市不同区位，但当年皆属宁家所有。

《天津地理买卖杂字》云："张秀岩，宁星普，先贫后富可说古。"列出了先贫后富的两位商界名人：张秀岩，又名张锦文，就是大名鼎鼎的盐商海张五；宁星普，名世福，字星普，直隶青县人（现属河北沧州）。宁星普幼年丧父，15岁离乡来津，与母亲初以编草帽辫为生。有积蓄后，他即购置骡车，到山东、河南等小麦产区，采购各种草帽辫，集中运回天津洋行供出口。宁星普为人勤恳聪颖,在与多家洋行联络中自学英语,很快在天津立足并发家致富。太古洋行买办郑翼之,发现宁星普有商业头脑和组织能力,就聘用他做洋行外柜把头,负责指挥装卸货物和仓库保管。

太古洋行委派他远赴英国追讨巨额债务。宁星普登上海船后,与英国驻天津领事诺布斯男爵意外相识,便请领事为讨债事予以帮助。英国领事回到伦敦后将此事禀报给英国女王,转天《泰晤士报》即刊发《一位华商来英讨债》的新闻报道。由于英国女王过问,加之舆论压力,欠债商人将债务全部还清。于是,宁星普在天津商界声名鹊起,被聘为英国新泰兴洋行买办,在经营皮货生意上又获成功。

1903 年 5 月,天津商人为维护利益,协调商情,扭转市场混乱状况,决定成立商务公所,直隶总督袁世凯延请宁星普任总董(会长)。不久,商务公所改组为天津商务总会,1918 年更名为天津总商会。身为津门商界领袖之一的宁星普,悲悯穷人,乐于行善。他开粥棚,赈灾民,办义学扶助寒门子弟接受教育,斥资将栖流所等改为教养院,教导收容人员学会生活技能以自食其力。

宁家后人于 1931 年在天津南郊青龙潭(现水上公园)以南,用低价买下大片湿地,每年秋冬收割大量芦苇出售。因在岸边盖房供照看苇坑的雇员居住,此地故名宁家房子。该处现已成为住宅小区,有宁乐里、宁福里、宁祥里等。1913 年,宁星普在小站镇以南、靠近北大港一带,买下长 10 里宽 8 里的大片荒地,人称"宁家圈"。他本拟在此拓荒植稻,但未能如愿。1928 年,宁星普病逝,享年 86 岁。其另有一处旧居位于和平区陕西路 53 号,现已挂牌保护。

天津日租界街名探源

日本在中国曾有五个租界(天津、武汉、苏州、杭州和重庆),其中天津日租界面积最大,也最为繁荣。天津日租界设立后,经多次扩张,其四至范围东临海河,西至墙子河(今南京路),南至锦州道与法租界接壤,北自闸口起沿今和平路向南至多伦道再向西抵南门外大街,总面积2157亩。1945年8月,二战结束后,中国政府收回日租界。

各国租界路名都昭示着强烈的异国文化色彩,但日租界给人印象最深的是以单字命名的几条街道,如旭街(今和平路,多伦道至锦州道段)、曙街(今嫩江路,多伦道至锦州道段)、寿街(今兴安路,多伦道至锦州道段)、荣街(今新华路,多伦道至锦州道段)、橘街(今蒙古路)等。

日租界当局最初的布局设想是:在曙街、寿街、旭街和荣街(即与海河平行的今嫩江路、兴安路、和平路、新华路的多伦道至锦州道段)两侧布满商家,形成日租界的中心商业区。1906年之后,天津有轨电车的通车,推动旭街(今和平路)一枝独秀地走向繁荣。此时,荣街商业尚未启动,而寿街、曙街的商业却日渐冷落。日租界商业繁华鼎盛的标志是:1926年,位于旭街(今和平路)与福岛街(今多伦道)交会处的大型商场——中原公司建成开业。

1902 年，日租界精心修筑了三条边界道路：临近海河的山口街（今张自忠路）、与华界南市分界的福岛街（今多伦道）、与法租界分界的秋山街（今锦州道）。这三条主干道路分别以驻军天津的三位日本司令长官——第五师团长官山口素臣中将、临时派遣队司令福岛安正少将、天津驻屯军司令官秋山好古少将的姓氏命名。今热河路，当时叫小松街，1904 年修筑，用东京建物株式会社天津支店首任店长小松林藏的姓氏命名，以纪念他在开发日租界市政建设上的功绩。福岛和小松，既是日本姓氏，亦为日本地名——福岛县和石川县小松市。因此，福岛街和小松街，也可视为用日本地名命名的街道。

当年天津人看到或听到吉野街（今察哈尔路）、松岛街（今哈密道）、扶桑街（今荣吉大街）、桥立街（今福安大街）、大和街（今海拉尔路）、浪速街（今四平东道）等街名，很容易联想到甲午海战日本战舰的名字——吉野、松岛、扶桑、桥立、浪速、大和等。日租界以其命名街名，隐含狂妄地炫耀武功的威慑意。

天津日租界的多数街道，以日本本土地名命名。松岛、宫岛和天桥立，三处胜地并称"日本三景"。日租界早期街道就以其命名——松岛街（今哈密道），以宫城县松岛镇命名；宫岛街（今鞍山道），以广岛县宫岛命名；桥立街（今福安大街），以京都府北部的天桥立景区命名。

日租界的南北向街道——今南京路（锦州道至南门外大街段），当时叫住吉街，以大阪住吉区命名；今西藏路，当时叫兴津街，以静冈市兴津命名；今新疆路，当时叫三岛街，以静冈县三岛命名；今青海路，当时叫加茂街，以新潟县加茂市命名；今甘肃路,当时叫淡路街,以兵库县淡路市命名;今陕西路(多伦道至锦州道段),当时叫须磨街,以兵库县须磨海滨命名;今山西路(多伦道至锦州道段),当时叫明石街,以兵库县明石市命名;今察哈尔路,当时叫吉野街,以奈良县吉野市命名;今河南路(多伦道至锦州道段),当时叫春日街,源自爱知县地名春日井及奈良县奈良公园内的春日神社;今辽宁路(多伦道至锦州道段),当时叫常盘街,以福岛县常盘市命名;今林西路(鞍山道至锦州道段),当时叫香取街,以千叶县香取郡命名。

日租界的东西向街道——今沈阳道,当时叫蓬莱街,以山口县蓬莱山命名;今哈密道,当时叫松岛街,以宫城县松岛镇命名;今四平东道,当时叫浪速街,以大阪市旧称命名;今佳木斯道,当时叫吾妻街,以福岛县吾妻山命名;今万全道,当时叫伏见街,以京都市伏见区命名;今包头道,当时叫桃山街,以大阪府和泉市桃山地名命名。

收回租界后重新命名街名

　　1945 年抗日战争胜利后，中国政府全部收回天津各国租界，废除原租界街名，一律更以中国名称：对原日、法、英、德四国天津租界的两百多条街道，用中国省、市名作专名，并按该省、市的在版图上的地理位置有序排列；通名则采用南北向以"路"，东西向以"道"命名。这次大规模的城市街道系列更名，构思缜密，凸显爱国情怀，令人耳目一新。

　　据天津《益世报》1946 年 1 月 22 日报道，天津市政府决定对各国租界道路更名，首先将市区七条主干道路分别更名为：中山路(沿用至今，长 2370 米)、中正路(今解放北路，长 2229 米)、林森路(今新华路，长 2730 米)、张自忠路(沿用至今，长约 4000米)、台儿庄路(沿用至今，长 3860 米)、罗斯福路(1953 年改称和平路，长 2140 米)、杜鲁门路(今建设路，长 1141 米)。

　　1946 年 3 月，《大公报》刊载《天津路名改定表》。其中海河东岸的奥、俄租界恢复原有路名，对意租界改用具有新意义的路名，如民生路、民族路、民权路、民主道、自由道、博爱道、进步道、光复道、复兴道、建国道等。对海河西岸的原日、法、英、德租界，按中国版图大体走向，南北向为"路"，以省名命名；东西向为"道"，以市县名命名。当时以墙子河为分界线，墙子河以北的道路以北方地名命名，墙子河以南的道路以南方地名命名（洛阳道、郑州道属于例外），而纵穿墙子河的道路（如长约2700米的河北路、山西路、新华路等）命名则不受这种限制。

　　如果熟悉中国行政区划方位，大体上按图索骥，就可以找到省市道路名在天津的对应位置。例如对原法、日两国租界道路重新命名，南北向的包括黑龙江路、吉林路、辽宁路、山东路、山西路、河北路、河南路等，东西向的包括哈尔滨道、长春道、四平道、沈阳道、鞍山道、营口道、赤峰道、承德道等，都是选用东北或华北地区的省市地名。再如对原德租界的道路重新命名，如江苏路、江西路、福建路、台湾路、广东路；徐州道、蚌埠道、浦口道、合肥道、徽州道、绍兴道、苏州道、宁波道、金华道、奉化道、温州道、琼州道等，都是选用华东或华南地区的省市地名。对原英租界的道路重新命名，如成都道、重庆道、桂林道、睦南道、大理道；柳州路、云南路、昆明路、贵州路、四川路、广西路、南宁路等，都是选用属于西南地区省市名。这种道路命名法别开生面，突出了指向性，自成体系。后来，上海市和台湾省高雄市部分道路的命名方式与天津有相似之处。

　　天津市区南北向的街道，如辽宁路、吉林路、黑龙江路、河北路、河南路、山西路、广东路等皆为省名，但兴安路、辽北路、嫩江路、合江路、松江路等用的也是省名吗？回答是肯定的。今天的东北三省，倒退六十多年，却有九个省级行政区——嫩江省（省会齐齐哈尔）、黑龙江省（省会北安）、兴安省（省会海拉尔）、松江省（省会牡丹江）、合江省（省会佳木斯）、吉林省（省会吉林）、辽宁省（省会沈阳）、安东省（省会通化）、辽北省（省会辽源）——时称"东北九省"。西康路、察哈尔路、热河路也是省名——在民国时期,四川和西藏两省之间有西康省(省会康定);今天的内蒙古自治区及附近部分地区,在民国时设立了四个省,即宁夏回族自治区(省会银川)、绥远省(省会归绥,即今呼和浩特)、察哈尔省(省会张家口)和热河省(省会承德)。这些省名都成为了新命名的天津路名。

民国时期的中国行政区划还设了十二个院辖市(由"行政院"直辖),除天津和广州之外,其他十座院辖市在1946年都成为了天津街名,并沿用至今——如南京路、上海道、重庆道、青岛道、西安道、北平道(1950年改为唐山道)、沈阳道、汉口道、哈尔滨道、大连道等。和平区有武昌道、汉口道和汉阳道——"武汉三镇"在天津街名里全部呈现。睦南道在1946年命名为镇南道,1952年随中越边境的镇南关改名睦南关而改称今名。

非省名但却以"路"为通名的街道,有南京路、桂林路、香港路、芷江路等。这似乎有悖于南北向为"路"、并以省名命名的规则。究其原因,天津道路方向不正,斜街歪巷为数众多,因此纵路横道的规则在命名实践中很难完全恪守。此外,还涉及以下特殊情况:一、由省名降为市名。例如1946年,以安东省名命名的安东路(当时安东省下辖安东市),1965年随安东市改名丹东市而更名丹东路。二、由多条街道合并而成。1970年利用废墙子河修建地铁,将原上海道、南京路和墙子河道改建为跨河西、和平、南开三区的通衢大道——南京路。三、因三十多个省名业已用罄,而一些与"道"垂直交叉的街道,只能以"路"为通名。例如和平区的下列街道——桂林路(长753米)以广西壮族自治区桂林市命名;长沙路(长726米)以湖南省长沙市命名;贵阳路(长657米)以贵州省贵阳市命名;柳州路(长565米)以广西壮族自治区柳州市命名;南宁路(长 495 米)以广西壮族自治区南宁市命名;独山路(长 429 米)以贵州省独山县命名;康定路(长 316 米)以四川省康定市命名;林西路(长 312 米)以内蒙古自治区林西县命名;香港路(长 261 米)以中国香港地名命名;武昌路(长 220 米)以湖北省武汉市武昌区地名命名;澳门路(长 220 米)以中国澳门地名命名;芷江路(长 209 米)以湖南省芷江县命名;衡阳路(长 207 米)以湖南省衡阳市命名;南海路(长 205 米)以中国南海名命名;苍梧路(长 98 米)以广西壮族自治区苍梧县命名。

在七十多年前,抗战胜利后不久,天津市政府对原租界地区路名的大规模系列更名,尤其是以中国省市地名命名街道,开系列地名命名之先河,显示出宏观规划下的高效率和高水平,更昭示了天津人的凛然正气和爱国情怀。

皖籍名宦在天津的祠堂

在地域文化血脉的来源及传承上，天津与安徽具有密不可分的渊源关系，主要体现在三个方面：一、燕王扫北使大批安徽籍士兵及其家眷在此聚居，屯垦戍边，成为天津移民的主流之一；二、天津话的母方言源自安徽，据专家实地考察验证，天津话来自以安徽宿州为中心的广大的江淮平原；三、清末民初时期，以李鸿章为代表的一批安徽籍高官群体，在天津军政高端处于执秉掌权的主导地位。

天津老地名如李公祠大街、周公祠西街、张公祠前街、马公祠胡同、聂公祠等，都以清末民初建造的祠堂命名。这些祠堂供奉的祠主，如直隶总督兼北洋大臣李鸿章、直隶布政使周馥、淮军名将周盛传兄弟、直隶提督聂士成、直隶总督张树生、天津提督马玉昆等，皆为中国近代史上著名的高官。令人称奇的是，这七位历史人物，清一色都是安徽籍。

李公(李鸿章)祠

李公祠即李鸿章祠堂，原名李文忠公家祠，位于河北区天纬路李公祠西箭道 4 号，曾为天津市五十七中学校址。清光绪三十一年(1905)由直隶总督袁世凯主持修建。李鸿章,安徽合肥人,道光进士,淮军首领,先后担任江苏巡抚、湖广总督,1870 年继曾国藩任直隶总督兼北洋大臣,掌管清廷外交、军事、经济大权,成为洋务派首领,开办近代军事工业和民用工业,创立北洋海军,1901 年死后谥号"文忠"。

李公祠占地 0.02 平方千米,是一座规模宏伟的庭院式砖木结构建筑,正门设在子牙河畔,庭院中央安放李鸿章铜像,主体建筑为连九间的大殿堂,堪称津门古建筑中之佼佼者。祠堂原建筑虽已不复存在,但李公祠大街等老街名却为后人指点着祠堂的方位。

周公(周馥)祠

天津有两座周公祠,但不是一码事。一个坐落河东区,是直隶布政使周馥的祠堂;另一个坐落红桥区,是天津总兵周盛传的祠堂。津门二"周公",各具文韬武略,分别在创办新政实业、屯垦发展农业上大有作为,均为天津近代经济发展,做出了不可磨灭的历史贡献。

周馥,安徽至德(今安徽东至)人,历任天津海关道、直隶布政使、山东巡抚、两江总督、闽浙总督等要职,协助李鸿章办理洋务达三十多年,举凡筹建北洋海军、开办海军学校、设立天津机器局、开发开平煤矿、筹建唐胥铁路等无不参与。1901 年李鸿章病故后,周馥署理直隶总督兼北洋大臣。其子周学熙历任天津道、直隶按察使、财政总长等要职,是清末民初北方财政、实业界的著名代表。对于实施发展天津新政,繁荣天津现代经济,周氏父子功不可没。周馥祠堂位于今河东区四新东道小孙庄富贵里 26 号,始建于 1924 年,占地 31 亩,建筑面积 965 平方米。中华人民共和国成立后,祠堂及所藏古籍文物均捐献给国家。

周公(周盛传兄弟)祠

坐落在红桥区三条石附近的周公祠, 系纪念清末提督周盛传、周盛波兄弟而建的祠堂。清政府为周氏开发小站有功而建祠纪念。周盛传,清末安徽合肥人,李鸿章部淮军"传字营"首领,历任广西右江镇总兵、湖南提督等职。其兄周盛波,为淮军"盛字营"首领,历任甘肃凉州镇总兵、湖南提督等职。周氏兄弟以率淮军驻守天津小站,开发改造马厂减河两岸的盐碱地,屯田试验生产小站稻而闻名。周公祠堂今已无存,河北大街附近"周公祠西街"的老地名,犹如汗青史册,倔强而无声地向后人昭示其千秋功业。

聂公(聂士成)祠

聂公祠是清末直隶提督聂士成祠堂, 坐落在红桥区博物馆街 5 号,建于清光绪三十年(1904),占地 3.2 亩,为砖木结构,清代建筑风格。聂士成,安徽合肥人,淮军将领,在中法、中日战争中,分别在台湾、朝鲜立有战功。1900 年 6 月 17 日,八国联军攻陷大沽, 聂士成奉命守卫天津。参战前他曾向直隶总督裕禄表示:"士成在一日,天津有一日,天津如失守,士成不见大帅。"决心与天津共存亡。7 月 9 日,侵略军 6000 余人分兵向聂士成部发起大肆进攻,日本出动500多名骑兵从租界前来增援,聂士成被迫率部退至八里台一带,被敌军重重包围。聂士成率部与敌军激战三小时,身先士卒,挥刀督战,坚守八里台桥,身负重伤七处,腹破肠出,中炮阵亡,英勇捐躯。聂公遗体归葬故乡合肥,清廷追谥"忠节"。

1904年,清政府在其阵亡处(八里台桥旁)修建"聂忠节公殉难处"纪念碑。碑文镌刻"勇烈贯长虹,想当年马革裹尸,一片丹心化作怒涛飞海上;精忠留碧血,看此地虫沙历劫,三军白骨悲歌乐府战城南";横额为"正气凛然"。2000年4月,天津市政府在聂公殉难处建成一座高4.18米的聂公铜像——聂士成将军横刀立马抗击敌寇的英姿,永远定格在津门儿女的心中。

张公(张树声)祠

红桥区博物馆街附近有一条张公祠前街。张公祠就是直隶总督张树声的祠堂。张树声,安徽合肥人,淮军名将之一,任两江总督兼办通商事务大臣、两广总督等要职。1882年4月,李鸿章因母亲逝世丁忧离职,由张树声暂署直隶总督。其间,张树声以出兵迅速,一举挫败日本驻朝鲜公使的政变活动而获朝廷奖励,赏加太子太保衔。1884年中法战争爆发,因广西边防备战不力,致使清军在北宁战败,张树声被革职留任,办理广东防务,同年10月病逝。天津设立张公祠,主要是纪念他在直隶总督任上之功绩。后张公祠旧址先后改为玻璃仪器仓库、铝品厂和市烟酒批发部。

马公(马玉昆)祠

　　河北区黄纬路中段有一条马公祠胡同。马公祠是清天津提督马玉昆的祠堂。马玉昆，安徽蒙城人，随左宗棠部镇守西北十数载，在抗击沙俄入侵、平息叛乱之余，倡办农垦，以兴地利，颇得朝廷赞赏。中日甲午战争中，他先后在守卫平壤、辽东等战役中率部与日军血战立功，1899年擢任浙江提督，转年调任天津提督。1900年八国联军入侵天津，马玉昆负责驻守河东陈家沟、小树林一带，率部奋勇作战。天津城陷，马玉昆退至北仓抵御，后护送慈禧、光绪逃往西安。翌年还京，他加封太子太保衔，1908年卒于天津，朝廷建祠纪念。马公祠位于黄纬路中段东侧，为绿色琉璃瓦顶三进大殿。门外设石狮影壁，气势宏伟，旧址后为黄纬路小学。

　　以上六座祠堂所奉祀的七位祠主皆为安徽籍高官。天津与安徽的历史渊源，由此可见一斑！

小站地名漫话

历史名镇小站，位于天津市区东南约 30 千米处，在月牙河与马厂减河交汇处北侧。小站地区原是一片辽阔的斥卤之地，积潦纵横，盐碱低洼，芦苇丛生。元代开始有人在此居住，后逐渐形成村落。

清朝同治年间，直隶总督李鸿章调淮军将领周盛传率部来到静海和青县交界处的马厂一带屯田练兵。今天的小站及其周边地区，在当时并无统一规范的地名，咸水沽人称这里为"南大洼"，葛沽人称之为"潘家坟"，而周盛传的奏折称这块地域为"潦水套"。

周盛传为加强防务，在大沽口沿海河进入津京的战略要地——塘沽新城修筑炮台工事。而马厂和新城间相距一百四十多华里，将士视察军情和传递消息十分不便，于是就在青县马厂到塘沽新城之间铺设了马新大道。大道沿途设立了驿站，5 千米设一小站，10 千米设一大站，为过往办理军务的人员和商旅提供休憩场所。

在潘家坟附近设置的一个小站，地势较高，周边陆地宽敞且平坦，是部队安营扎寨的绝佳之地。于是，1875 年周盛传将部队十三个营由马厂迁移到潘家坟小站附近，以此为中心修建了十八座营盘,与东边不远的塘沽新城炮台相照应,且东控大沽,南扼岐口,成为护卫京畿的军事要地。因部队大本营处在马新大道沿途驿站的一个小站,于是人们就称这里为"小站"了。

当时地广人稀,交通不便,士兵购物要到十里以外,于是部队就在小站东侧、驻军总部南侧,新建了一座名为"兴农镇"(又名"新农镇")的城镇。但老百姓使用"小站"之名已久,叫着顺口,故"新农镇"一直没叫响,而"小站"之名却驰名海内外。

今天的小站已成为津南区富有历史积淀而又充满生机活力的一个历史名镇。在小站镇辖区内,距小站东北约 6 千米处,有村落名叫"东大站"。在清光绪年间,这里是马新大道的一个大驿站,后发展形成村落,因位于小站以东,所以被称为"东大站"。津南区双闸乡有个村落名为"西小站"。清光绪年间,周盛传率部在小站地区屯垦种稻,在此地设兵营和兵站,后退役军士和佃户在此盖房居住,发展成为一个村落,因位于小站的西面,所以得名西小站。

1907 年绘制的《天津府图》,在与马厂减河北侧平行的马新大道上就标明了西小站、小站、东大站等地名;在马厂减河南侧自北至南,分别标明黄家营盘、新军老营、曹师老营等地名。

小站地区由驻军营盘而形成的村落为数不少,例如位于马厂减河南侧的营盘圈、黄营、前营;位于马厂减河北侧的盛字营;位于月牙河西侧的传字营;位于八米河北侧的南副营等。另外,葛沽镇的大营,双桥河乡的小营盘,北闸口乡的仁字营、正营、后营、东右营、西右营、老左营等地名,都是当年周盛传驻军的兵营番号。位于葛万公路西侧的操场河是当年驻军操练之处,北闸口的马房圈是当年部队的养马场,卡子房是当年部队的哨所。

地名是一座城镇的历史名片，也是地域文化凝固的自传。地名反映出厚重的历史文化，无声且倔强地昭示出一座城镇形成、发展与变迁的历史脉络。小站地名就是城镇历史文化的再现，值得研究总结。

杨柳青的地名文化

　　地名,除了这个名称所代表的空间范围和时间范围之外,还隐含着历史、文化、社会、民俗等多方面的内容,因此,我们把优秀的历史地名视为珍贵的文化遗产。如果在天津众多城镇社区地名中,精选一个读音响亮、有意境、充满诗情画意的地名,那就是杨柳青。

　　杨柳青镇初名"流口",后易名"柳口"。这两个地名形象感都不强,读音也不上口,于是颇具诗意情怀、且读音为"平仄平"的"杨柳青"就后来居上,取而代之了。杨柳青这个洋溢着盎然诗意的地名,充溢着形象感和鲜明的色彩,因为它代表春天,象征着繁华,充满着蓬勃向上的盎然生机,引人遐想。

　　中国乡镇区片地名何啻千万,似乎只有"桃花源""攀枝花""紫竹林"等屈指可数的几个地名可与"杨柳青"比肩。但"桃花源"属于神话传说的地名,并非现实之所在,带有乌托邦理想化色彩;"攀枝花"虽然具有形态美,但无色彩点染,稍逊风骚;"紫竹林"由海河边的寺庙演化为村名,后来成为天津英租界发祥地,但不久即在炮火沧桑之中泯没无闻了。唯有"杨柳青"这个实实在在的历史地名一直沿用至今,蜚声海内外。

　　杨柳青依水建镇、因水兴镇,自古就有"北国江南"和"小扬州"之美誉。南运河是杨柳青最具有代表性的景观资源。由地名杨柳青，又派生出"西青道"和"西青区"这两个著名的区街地名。可见"杨柳青"这个地名所蕴含的悠久的诗情和诱人魅力，它本身就是一个厚重而珍贵的历史文化遗产。

杨柳青人口密集，街市繁荣，道路纵横，里巷交叉。其中一些街巷地名与天津市中心区地名相同，例如和平路、勤俭道、估衣街、耀华里、崇仁里等。杨柳青街巷名命名，体现简洁易行、方便实用的特色，像杨柳青街十三条、建设西里十二条、兴业里十一条、文昌阁西十条、延安道北九条、荣华里八条、柳青西里七条等按序号排列的系列地名很为多见。如杨柳青一街，次第排列，直至杨柳青十六街。位于镇东的耀华里，从耀华里一条直到二十六条。位于杨柳青西部的建设西里，从一条排到二十一条。兴华里有十五条胡同、兴业里有十一条胡同，三联里有十条胡同等。位于杨柳青东部的文昌阁西，有十一条胡同；小梁庄南有十条胡同。这些序号系列地名，昭示出杨柳青城镇建设发展的繁荣。

杨柳青街巷的派生地名有很多，例如与刘家胡同对应派生的，有小刘家胡同、大刘家胡同、北刘家胡同、刘家实胡同等。以上两种命名方式定位功能很强，且形成系列，简便实用易行。杨柳青老胡同中有以"疙瘩"命名的，如乔家疙瘩胡同、金家疙瘩胡同、韩家疙瘩胡同等，它们都是明末清初形成的聚落，因路面崎岖多疙瘩而得名。在村落地名中，有杜家堼(hèng)和王家堼。所谓"堼"指地势较高的地方，这是极为罕见的地名用字。杨柳青还有一些根据胡同的特殊地形命名的地名，例如线拐胡同，呈工字形，和旧时妇女纺线用的拐子相似，故名。盘香横街呈东西走向，四通八达，南侧和四条小巷相通，北侧与三条小巷相连，形似盘香,故名。与这条横街相勾连的七条小巷分别称为盘香一条胡同到盘香七条胡同。

明清时期,漕运的兴盛和经济的繁荣,使南运河两岸呈现出繁华竞逐的兴旺景象。运河沿岸一个接一个的村落码头,犹如银线上贯穿着的颗颗明珠,在运河水色和千帆疾驶的背景上熠熠发光。例如从杨柳青到天津市区,沿运河南岸的村落,由西向东一字排开:马庄、谢庄、李楼、祁庄、大蒋庄、小蒋庄、雷庄、西北斜、中北斜、东北斜、邢庄子和王庄子。为了帮助人们熟记这些沿途地名,有人创造了两句民谣:"马谢楼祁大小蒋,雷北三村邢汪庄。"其中的"楼"指李楼,"北三村"指西北斜、中北斜、东北斜三个带"北"字的姊妹村落。

盛锡福店名与商标

盛锡福创办人刘锡三,本名占恩,号锡三,山东掖县沙河镇人,家中世代务农。刘锡三幼年读过几年书,后因家境拮据而辍学。后家乡受灾,农田歉收,乡邻纷纷四出谋生,他来到青岛,在外国人经营的一家饭店做杂勤。刘锡三为人勤快好学,常与外国人打交道,学会了一些日常英语。不久,他到一家洋行当业务员,负责下乡收购制作草帽的草帽辫。这家洋行将收来的草帽辫运到国外,制成草帽后再返销中国,以获高利。

刘锡三在洋行干了几年,对草帽辫质量、品种、产地及草帽制作情况了解于心。"中国人的钱,为嘛让外国人赚去?"于是,他打算自己经营帽厂。他省吃俭用,积攒了一笔钱,于1912年在天津估衣街和友人合资开办了盛聚福帽店。小店开张后,生意兴隆,年年盈利。后因内部矛盾调整,盛聚福的买卖分到刘锡三名下,他决心把帽厂经营做大做强。1917年,刘锡三从东南银行贷款,以天津法租界21号路为店址,把盛聚福改名为盛锡福,重新开张。

位于天津市和平路高五层的盛锡福大楼,建成于1929年,是由德国贝伦德工程公司设计、承建的欧式建筑。盛锡福大楼落成时,曾跻身天津高楼之列,直到1935年旁侧耸立起渤海大楼后,才略呈逊色。当年盛锡福总号这座大楼,设有总管理处和六个车间,还有批发部、零售部、函售部、采购部、会计部和同人存款部等机构。在二十世纪二三十年代,盛锡福先后在南京、上海、北京、沈阳、青岛和武汉等地设立二十多家分店;在美、澳、英、法、意、西班牙、葡萄牙、荷兰、捷克、瑞士、瑞典、挪威以及非洲等地都有代销处。在世界列强争相控制中国市场的背景下,盛锡福产品在欧美各国争得一席之地,大长中国人志气。在振兴中华民族工业方面,盛锡福冠冕群伦,居功至伟。

盛锡福之名,大有讲究,"盛"字沿袭"盛聚福"蕴含的茂盛自强之意。"锡"字取创办人刘锡三之名。"锡"为通假字,通"赐",是"赐予"的意思。"福"字源于刘锡三乳名"来福"。"锡福"就是"赐福",降临吉祥福祉之意。

刘锡三为创立名牌,并防冒牌仿制,当时颇有战略眼光地向政府申请注册了"三帽"牌商标。商标上方"天津盛锡福自制"七字以弧形排列,正中"盛锡福"三个大字下,由草辫连成凯旋环形,下缀领花,底部"国货"二字分列两侧,图案简明,布局稳妥。商标中部三顶帽子呈"品"字形,下书"三帽商标"四字。从上往下看,为"锡三帽"三字;厂名、商标皆与"锡三"之名契合。揣摩其总体寓意大体有二:一、赐予阁下"三帽",冠冕天下,赐福国人。二、锡三先生创办的盛锡福、经营的"三帽"伟业,将繁盛似锦,赐福百代。

遐迩闻名的宏业菜馆

天津早点十分讲究搭配，成龙配套。天津人一般不在家里吃早点。过去老天津人吃早点，主要是四种组合：一去豆腐坊，自带饽饽就豆腐脑，或大饼夹果蓖喝浆子；二上回民早点铺，芝麻烧饼配锅巴菜，或馃子就面茶；三到包子铺，肉馅包子配馄饨；四到小摊儿摊煎饼馃子，或一角热饼与卷圈儿、茄夹儿、藕夹儿等的自由组合。

过去，笔者习惯于一早出门，在骑车上班的路上岔着样儿吃早点，且勇于探索，立足创新——沿途名吃尽收眼底，无一漏网。除以上四种组合外，笔者还喜欢到辽宁路鸭子楼，鸭油包配绿豆小米稀饭，外加一小碟儿酱菜；到辽宁路陆记面馆，一碗榨菜肉丝面或大排汤面；到新华路和平餐厅，闵士饭（牛肉末盖浇饭）配高汤卧果儿、爽口小菜；到多伦道蓬莱楼，烧饼、馄饨配一盘儿排骨；到南门外大街羊汤馆，一碗羊汤俩烧饼……走哪儿吃哪儿，各擅其味，秋实春华，轩轾难分，但让人印象最深的，是宏业菜馆的广东云吞。

二十世纪八十年代中期，在天津馄饨每碗九分钱的背景上，宏业菜馆敢于出售三角六分一碗的云吞，不但一炮打响开门红，而且开启了全市云吞市场的先河，其居功至伟！闻讯前去品尝，果然美不可言。宏业云吞之特点有四:一是货真价实,蛋清和面,鲜虾鲜肉入馅;二是汤料纯正,整鸡加棒骨熬制,汤色浓白;三是小料独特,淡菜(干贝)加海米,味道极佳;四是现包现煮,每碗单煮,正宗粤味。唯一不足,因菜馆人手少,顾客买牌儿后须到厨房自取。好在只有三五人排队,秩序井然,候时不太长。第一次端云吞时,因烫手当即放下,掌灶师傅说:"端碗底,别端碗边!"

宏业一楼厅堂不大,食客不算太多。一碗云吞配俩叉烧包,一顿早点得花六角钱,在当时也算奢侈了!用餐时看到对桌一位老人很面熟,六十来岁,满头白发,面容慈祥,精力旺盛。只见他拧开小瓶二锅头,边吃边酌,好不惬意!云吞大馅儿,肉虾绝配,羹匙细品,汤汁鲜美,加上几枚黄褐色的淡菜,可充酒菜儿。忽而忆起,这位大爷是黄家花园潼关道市场售卖海鲜的摊贩,笔者曾在他的摊儿上买过海蟹和八带鱼。不久前,我到汉沽电大开会,在逛汉沽水产批发市场时,曾看到这位老人在那儿进货。老人在早点铺从容小酌的场面,给我留下很深的印象。

宏业云吞之美味,岂能独享!遂向同道推介,反馈信息所见略同。逢周日公休,曾数次一早儿骑车前去,自带小锅买回两碗云吞和几个叉烧包,全家人共享。往返骑行约四十分钟,但乐此不疲。

二十世纪七八十年代,宏业是好友雅集之首选。二楼雅间十人一席,自点烧鹅、叉烧、咕咾肉、鳝鱼糊、炒虾球、红烧鼋鱼等精品菜肴,也不过十四五元。二十世纪九十年代初,因和平站一带道路改造,将华中路东侧拆除,宏业饭馆迁出。后几经周折,不知所终。

解厄赐福三官庙

三官庙为道教观，所奉"三官"为天官、地官、水官。三官各司职能：天官——赐福，地官——赦罪，水官——解厄。旧时，天津四座城门之外，都建有三官庙——东门的位于圣慈庵前，西门的后改为僧王祠，北门的位于红桥区关上，南门的位于南门外大街。道观建筑于今虽几已无存，但派生地名却仍能再现历史。

在南门外大街与官沟大街交口处有一条长 60 米的胡同——三官庙胡同。据《天津卫志》载，其建于明代弘治年间，迄今已有 500 多年的历史。1962 年，在小河里发现一座石碑，铭刻《重修天津三官庙记》。该碑刻于明嘉靖二十九年，碑文记载："夫天津小直沽之地，古斥卤之区也。我朝成祖文皇帝，入靖内难，圣驾尝由此渡沧州，因赐名曰天津，筑城凿池，而三卫立焉。"该石碑成为天津名称来源之物证。

红桥区关上有三官庙大街，西起河北大街东至南运河北路，长约 400 米，建于明朝中叶，因位于三官庙前而得名。西沽公园东南侧也有三官庙大街，东北起于北运河西路，西南至盐店街，全长 411 米，后因重名于 1954 年更名西沽大街。该街附近还有两条里巷，分别命名为三官庙前和三官庙后，表明这座道观具体的地理位置。

谈到西沽三官庙,讲两个与西沽有关的历史典故:一是与乾隆皇帝有关的"龙凤古槐",二是与《红楼梦》作者曹雪芹有关的"黄叶村"。

清乾隆帝曾莅临西沽,有《西沽二首》传世。传说一年春天,乾隆皇帝与皇后乘龙船来到西沽,停船靠岸登临,却不料天落霏霏细雨,乾隆皇帝忙站在一棵古槐下面避雨,而皇后则躲到另一棵古槐下面。由于两棵古槐"护驾"有功,乾隆皇帝封这两棵树为"龙槐"和"凤槐"。这两棵树历经400余年风雨,迄今仍郁郁葱葱,枝繁叶茂。天津市园林局已于1997年将"龙凤古槐"列入第一批A类古树名木之列。

西沽在历史上曾名"黄叶村"。道光年间诗云:"僧归黄叶村中寺,人唤斜阳渡口船。"自注云:"黄叶村即西沽。"乾隆年间敦诚寄怀曹雪芹的诗:"劝君莫弹食客铗,劝君莫叩富儿门。残杯冷炙有德色,不如著书黄叶村。"著名红学家周汝昌先生以《西沽黄叶村》为题写道:"西连丁字落津门,谁识曾名黄叶村。也是春芳与秋丽,宋辽遗迹此间存。"红桥区为传承西沽传统文化,在西沽公园南端的北运河畔新建"黄叶村"。建筑形式以北方民居为主,灰砖青瓦,配以拱桥老树奇石古街,以再现清代《潞河督运图》所描绘的漕运生活场景与地域特色。

话说三太爷庙

一位多年定居海外的天津老乡,祖居天津三太爷庙街,很想回天津桑梓寻根。他托天津朋友打听三太爷庙街在天津的具体方位,但这位朋友在网上却查不出这个地名,于是在博客上求助。而"三太爷庙街",很可能是"三太爷庙胡同"。

三太爷庙胡同,位于红桥区东南部,属大胡同街利民里居委会。1976年唐山地震波及天津,三太爷庙胡同以及附近的新开路、新浮桥大街、沟头胡同、头道闸胡同、公议胡同、袁家胡同和利民巷西南部地段等街巷,房屋严重震损。1977年至1980年,天津市政府将这几条街巷完全拆除,改建为居民楼房,当时命名为新开路;后因重名,1982年改为利民里。利民里的四至范围:东临大胡同,西至影院街,南靠新开大街,北至南运河南路。该地为红桥区繁华商业区,内有桂顺斋糕点厂、东风影院、天一坊饭庄等比较有名的单位。

接下来的问题是"三太爷"究为何人,"三太爷庙"供奉的是何方神圣。旧时,民间供奉"五大仙"(也称"五大家"),包括灰仙(老鼠)、黄仙(黄鼠狼)、狐仙(狐狸)、白仙(刺猬)和柳仙(蛇),俗称"灰黄狐白柳"。民间认为,这五大仙与人类长期相伴共生,属于亦妖亦仙的灵异。大人和孩子如有意或无意地侵犯了五大仙,它们就会施展妖术报复,使人受到灾难惩罚;倘若人们敬奉它们,则会得到福佑。因此,旧时民间不少家庭中都供奉着五大仙神像,长辈教育子弟对其敬而远之,万勿冒犯。

民间崇拜五大仙,尤其对狐仙、黄仙和白仙更为敬畏,旧时关于这三家的灵迹传说颇多。后来,人们将狐狸、黄鼠狼、刺猬拟人化,分别附会为胡三太爷、黄二大爷和白老太太。旧时,天津曾建有多座三太爷庙,就是供奉胡三太爷(即狐仙)的。天后宫里也设有胡三太爷塑像,常有信徒前去进香朝拜。这种民俗信仰崇拜,一直持续到中华人民共和国成立之后才逐渐消亡。

旧时,天津民间信仰多种神灵,反映出天津地域文化兼容并蓄、异彩纷呈的特色。大批移民聚居津门,孤独求助的祈福心理、畏惧灾祸的避祸心理,加之各地移民带来形形色色的神偶及其民间宗教传说,就形成了天津民间的多神崇拜,三太爷庙即为典型。

承载欢乐的儿童影院

当年，位于烟台道(河北路和新华路之间)的儿童影院，曾是天津少年向往的乐园。那时，儿童影院门前是一片浅色的墙壁，墙上雕刻着一组表现少年儿童爱学习、爱科学、爱劳动的浮雕。院落旁侧是售票处。院子中央是喷泉水池，水池中间是高高耸起的荷叶状立柱，可向四周喷出水流。水池底部有几只陶瓷青蛙，张着嘴漾出清水，一群小鱼在水池往来游动。院子两侧各有一排平房，右侧是图书阅览室和社团活动室，小朋友们可免费阅读书报杂志或参加社团活动。左侧有饮水处，七八个水龙头，水龙头下方的台子上有个大盘子，放着十多个搪瓷水杯，水杯把儿用细铜链拴着，整天提供饮水。学校统一组织观影，看完电影后写观后感或影评。院内设"影评栏"，影评组由辅导员介绍剧情，指导写作。

二十世纪五十年代的六一儿童节，真是孩子们欢快的节日。少先队员们在校门口集合，孩子们统一服饰——白衬衣、红领巾、蓝短裤和白球鞋。整队出发来到儿童影院，按班级入座，等待着电影放映。铃声一响，灯光关闭，幕布映出一个巨大的"静"字，全场顿时肃静。乐声奏起，开始放映。

儿童影院的前身，是黎元洪(曾任民国总统)的私人戏院，后改建为公共电影院——亚洲影院。1955年,亚洲影院改建成儿童影院。同年6月1日,儿童影院落成开幕,由时任中国科学院院长的郭沫若题写院名。影院分为两层,有上千座位。每天上午放映一场,下午放映三场。周末和节假日加晚场。《祖国的花朵》《秋翁遇仙记》《牧鹅少年马季》等影片都在此上映过。

儿童影院院外的便道,是男孩子比赛弹球的场地。有一些弹球高手,一个多小时就能赢得几十个色彩艳丽的玻璃球。影院对过是一所大院落,据说是时任天津市副市长的娄凝先的宅院。顽皮的孩子们常呼朋引类,翻过2米高的院墙,进入这座神秘而荒芜的花园,在围墙内侧的草丛里捉蟋蟀、采野花、粘蜻蜓,戏耍个把小时再翻墙离去。在院内玩耍时,他们从无见到主人身影,也没遇到守卫的呵斥或追逐。小伙伴们在这里玩儿,比在复兴公园或土山花园更有意思——翻墙而过的刺激和时刻提防的警觉,增添了不少乐趣……这个大院的旧址,就是如今的友谊宾馆。

1976年的地震使儿童影院受到严重震损。数年后虽然重建一座三层楼房,但物是人非,当年热闹的场面已不复存在。今天的影院旧址已成为隶属群众艺术馆的群星剧场和服装摊群市场,但附近居民至今仍习惯地称之为"儿童影院"。

在那个生活清苦、文化单调、设施稀缺的年代里,儿童影院承载了天津小朋友们多少欢乐啊!在这里,五分钱看场电影,三分钱吃根冰棍儿,都能激发起孩子们无限的欢乐。

天津街镇区划新地名集锦

加强地名文化建设，一方面要提高地名文化遗产的保护意识，把地名文化遗产保护当作旧城改造和城市建设不可或缺的重要环节；另一方面在新地名命名或对旧地名的改造中，要使城市的地名文化建设扬正气、接地气、聚人气、见成效。作为天津市行政区划三级行政区的街道和乡镇地名，近三十年来，一批令人瞩目的新地名相继出现，显示出厚重的历史文化底蕴和务实创新的文化追求，很值得深入探研总结。本文拟以年代为序，列举天津街镇区划命名的佼佼者。

柳林新绿

河西区柳林街道，地处河西区东南方向的城郊接合部，东至双林引河与津南区接壤，南至泗水道，西至微山路、新会道、双林路，与陈塘庄街道、小海地街道毗邻，北抵海河与河东区相邻。1952年10月，该区域划归天津市第六区（今河西区）；1953年1月，两个村公所合并，成立灰堆街公所；1954年，改名为灰堆街道；1988年4月，更名为柳林街道。截至2020年6月，柳林街道辖十一个社区。以"柳林"取代"灰堆"，一是平仄相谐，读音响亮；

二是新绿满目,意境升华。

金钟雅韵

东丽区金钟街道,位于东丽区西北部,东、南两面与华明镇相连,北隔新开河、金钟河,与北辰区为邻,西与河北区接壤。金钟街地处城乡接合部,界内道路四通八达。所辖九个行政村,其中长青、河兴庄、赵沽里三个村位于外环线以内,其他村庄皆沿金钟路两侧分布。1949 年 8 月,欢坨、南孙庄、南何庄从宁河县划归天津县;1953 年 5 月 14 日撤销天津县制,归属东郊区。1958 年 9 月,大毕庄、徐庄子、欢坨、南孙庄、南何庄划归河北区;1964 年 4 月,重新划归东郊区,称大毕庄公社;1983 年 7 月,建立大毕庄乡;1993 年 12 月,撤销大毕庄乡,改称今名。这个变俗为雅的街名,荡漾着金钟碧波,伴随金钟声韵,给人以美的联想。

春华绽放

河东区春华街道,临近天津站后广场一带,是天津历史上外地移民栖身的简陋聚落——沈庄子、郭庄子、王庄子、旺道庄。1920 年,铁路局在货场东修建了通行车马行人的地下通道,于是郭庄子等地就成了"地道外"。1987 年,因天津站改造,老地道被拆除了,转年建成李公楼立交桥。二十世纪九十年代,拓宽改造新兆路(原郭庄子大街)、新广路(原小郭庄大街)、华昌道(原李公楼中街)、华捷道(原李公楼后街)、华龙道(原李地大街)等道路,拉开了这个区片危陋房屋改造的序幕。1996年,郭庄子、沈庄子、和平村三个街道被撤销,合并组成春华街。这片历经沧桑的土地,旧貌换新颜,枯木绽春华,原先残破的村落淹没在鳞次栉比的万千广厦间。

华苑文心

南开区华苑街道,地处南开区西南部,东起津浦铁路陈塘庄支线,与王顶堤街道和体育中心街道毗邻,西至外环线,与西青区毗邻,北抵迎水道,与华苑产业园区接壤。1998年2月,华苑南街道成立;1999年3月,更名为华苑街道。华苑居住区由十个小区组成,分别命名为安华里、居华里、莹华里、碧华里、绮华里、天华里、地华里、日华里、久华里、长华里。首字连在一起,成为五言诗句——安居莹碧绮,天地日久长——形成充溢文心雅趣的系列地名。

梅江超逸

河西区梅江街道,地处天津市区南部,位于河西、津南、西青三区交界处;东起白云山路,南至潭江道,濒临梅江会展中心,西至紫金山路,北迄郁江道;总面积约2.6平方千米。这里原为津南区长青公司黑牛城大队的农田,1998年拉开了建设生态宜居城区大梅江规划的序幕。2002年10月,梅江居住区第一批建设基本竣工。2005年4月,河西区政府成立梅江地区居民事务联络办公室。2006年9月,梅江街道正式建立。截至2020年6月,该街下辖玉水园、香水园、芳水园、翠水园、蓝水园、泉水园、云水园、景观花园等十个社区,成为天津市继体北、华苑之后,又一处大型生态宜居城区。

瑞景春阳

北辰区瑞景街道,地处北辰区西南部,东至辰兴路与辰昌路,南至千里堤与光荣道,西至外环线,北至龙洲道,辖区面积5.2平方千米。1979年前,境内村落归属屡经变迁且布局分散;1979—2003年,辖区分属天穆、青光、北仓三镇;2005年9月,成立佳荣里街道;2007年7月,更名为瑞景街道,下辖瑞达里、瑞秀园、瑞贤园、瑞盈园、瑞益园、瑞康瑞宁联合社区、紫瑞园、秋瑞园等社区。可谓"春阳临瑞景,旧貌换新颜"。

渔阳赓续

蓟州区渔阳镇,地处蓟州区中部,东与穿芳峪镇接壤,东南与于桥水库相连,南与泃溜镇相邻,西与官庄镇毗邻,北与罗庄子镇为邻。1981年7月,城关镇建立;2008年7月,更名为渔阳镇。截至2020年6月,渔阳镇下辖七十一个行政村。不禁令人吟诵唐代诗人张为的《渔阳将军》:"向北望星提剑立,一生长为国家忧。"在全国范围内,城关镇何啻数百,但渔阳镇却是唯一的!在城市改建或地名更新时,优先使用原有的历史地名或派生地名,让老地名在新时代获得"重生",以延续历史文脉——蓟州区渔阳镇即为典型佳例。

精武重光

西青区精武镇,地处西青区中南部,东与李七庄街道相连,东南与大寺镇接壤,西南隔独流减河与静海区相望,西隔西大洼排水河与张家窝镇为邻,北与工农联盟农场、天津第三高教区、天津经济技术开发区海泰高新区搭界。北宋熙宁四年(1071),建小南河砦,即小南河村,为宋代军政组织。明永乐二年(1404),域内村落逐渐形成,境域有"静海县东乡"之称。清雍正年间,设天津县,境域五村划属天津县,境域分属天津府天津、静海两县,直至 1969 年,小卞庄公社、傅村公社合并为傅村公社。1983 年 6 月,傅村公社改为傅村乡。1984 年 7 月,傅村乡更名永红乡。1986 年,永红乡撤销,设南河镇。2009 年 1 月,南河镇更名为精武镇。截至 2020 年,精武镇下辖八个社区、十八个行政村。从小卞—傅村—永红—南河一路走来,镇名终归精武,可谓传统文化与国粹传承之典范。

金桥炫目

东丽区金桥街道,地处东丽区中心地带,东与军粮城街道和新立街道相接,西与天津滨海国际机场和新立街道毗邻,南邻京山铁路,北邻天津空港经济区。1983 年 9 月,该区域建立东郊区么六桥乡;2011 年 5 月,撤么六桥回族乡,成立金桥街道。截至2020 年 6 月,金桥街道下辖八个社区、三个行政村:龙泉里、怡盛里、枫愉园、枫悦园、景云轩、仁雅家园、仁乐家园、悦盛园及务本一村、务本三村、大郑村。从幺六桥到金桥,发展经济和改革开放,可谓"擎天玉柱,架海金梁"也。

朝霞望日

宝坻区朝霞街道,地处宝坻区西北部,东接霍各庄镇,南与宝平街道搭界,西与史各庄、牛道口镇毗邻,北与牛道口镇接壤,北隔河与蓟州区相望。朝霞街道有京哈高速公路过境;蓟宝公路、平宝公路、通唐公路等省道也在境内通过。1953年,该区域置三岔口等乡;2001年,撤乡并镇,高家庄乡和三岔口乡合并为高家庄镇;2013年12月,撤高家庄镇,改为朝霞街道。朝霞是本街区颇具历史文化传统的系列地名——朝霞大庄、朝霞塘上、朝霞辛庄、朝霞周庄、朝霞小庄、朝霞店子、后朝霞等聚落名,源于唐太宗时建造的朝霞寺,系以寺命庄名。"朝霞望日"系清代宝坻八景之一。以朝霞街道取代高家庄,可谓历史地名的回归。截至2020年6月,朝霞街道下辖四十八个行政村。

津南双新

津南区双新街道,位于津南区西部,是以保障性住房为主的大型居住区。东至微山路延长线,北至梨双公路,西至津港高速公路(洞庭路南),邻近红礄领世郡、小海地居住区、梅江居住区。周边由外环线、友谊南路、大沽南路三条快速线围合,距市区仅1千米,交通便利。多路公交助力该区域与市内各繁华区域沟通。所谓双新,系"双港新家园"的简称,下辖昆香苑社区、万盈家园社区、金兴家园社区、新景家园社区、尚科家园社区、新薇家园社区、欣盛家园社区等七个居委会。

和苑奇葩

红桥区和苑街道,位于红桥区中西部,地处铁北路与南岭道交口,东至营洁路,西至罗浮路,南至南岭道,北至鸿明道。2015年12月,因西于庄棚改定向安置房项目在这里成立了和苑街道办事处。其下辖四个社区:全和园社区、梦和园社区、康和园社区、营和园社区。和苑之名包含和乐、和美、和洽、和悦、和顺、和善之美意,不愧为绽放于和谐社会的异卉奇葩。

这些新的街镇地名采用富有文化美感的双音节词语命名,读音响亮,富有文化意蕴,远胜以往只突出方向性却忽略文化意蕴的旧名。

和平路滨江道商街开街年代探考

一、天津商业中心逐渐南移的历程

天津作为华北区域的中心城市，长期以来，城市的商业中心一直在老城区的北门外的北大关地区和东门外以天后宫为中心的宫南、宫北大街一带，因为附近就是南北运河与海河的停船码头。北门外商区，以北大关为坐标——以南是北门里大街，以北是河北大街，以东是估衣街、锅店街、竹竿巷、侯家后、归贾胡同，以西是针市街……都是商家集中的街区。

传统城市的商业中心一般是由商业街构成的。天津城北商业区则主要由批发业集中分布的针市街、零售商业集中的估衣街和金融机构集中的竹竿巷组成。这些是典型的传统城市步行街，弯曲狭窄，沿街分布着店铺以及摆摊的小贩，而且不长，估衣街长700余米，竹竿巷长340米。商业区距城门也只有百十米之遥。

天津于1860年开埠，城市功能由以护卫京都和漕粮转运为主的河港城市发展为中国北方最大的国际贸易港口和北方重要的经济中心城市。

1900年，八国联军侵占天津。宫南大街、宫北大街、估衣街、锅店街、竹竿巷、针市街一带成了一片焦土,店铺里的货物荡然无存。从此,北大关失去了往日的风采。

1901年,天津拆除城墙,形成环城四条马路。

1906年,天津第一条沿围城四条马路行驶的电车通行。民国以后。随着连接租界和老城区的电车系统的形成,城市商业投资向电车沿线转移,改变了传统城市的空间格局,促进了近代商业经济的发展。

民国初年,东马路的东安市场和北马路的北海楼商场成为津门著名的两座综合商场。是天津商业中心由北南移的重要的一个环节。

1912年,繁盛壬子兵变,一夜之间,变兵分路在天津商业区烧杀掳掠,遭到抢劫和被焚烧的大小商店达2385户,损失惨重。兵变之后,大量华界商户纷纷迁往租界地区,主要是顺着电车路线,沿着今天的东马路、和平路,向日租界旭街、法租界梨栈大街和英租界的小白楼一带发展。

黄牌与蓝牌电车经过的日租界旭街和法租界杜总领事路(今和平路),由于位于城市的中心,也是人口流动最快的城区,因此成为华界商号热衷迁往的街区。到1926年,日租界"旭街全路大半为华商铺号所占""大小商号迁往租界者,罔不争先恐后"。法租界杜总领事路的梨栈一带,由于电车黄、蓝、绿三条路线在这里交会,便成为商家必争之地。从二十世纪二十年代中期开始,该地区迅速繁荣起来,"华界商业群思迁移",著名商家字号竞相设点开业,使"法界梨栈"取代华界北门外、东马路,成为近代天津的商业中心。

天津商业中心发展轨迹:北大关商区和天后宫商区—北马

路(北海楼)和东马路(东安市场)——日租界芦庄子(中原公司)——法租界梨栈(劝业场)。

从二十世纪二十年代开始，法租界的梨栈地区取代日渐萧条的华界北门外、大胡同和东马路，成为天津新的商业中心。这里有天祥、劝业、泰康三大商场，从国民饭店到惠中饭店、交通旅馆，这里建设起一批具有世界水平的商业娱乐休闲设施，成为近代天津的中心商务区，呈现出繁华的都市景观。

1902年，横跨海河的万国桥(今解放桥)建成，成为连接火车站和法租界的重要通道。同年，环绕法国花园(今中心公园)的霞飞路(今花园路)建成，周围和承德道、辽宁路、丹东路相交，形成放射状的六个路口。

1919年，光明电影院(初名光明社)——当时华北地区规模最大、设备最新的影院。

1920年，位于长春道的法国菜市建成。广东帮和宁波帮在梨栈大街附近开设饭馆、旅店、商店。商人李魁元在梨栈大街与今长春道交会处开设天祥叫卖行。

1922年，第一次直奉战争爆发，许多达官贵人、富商巨贾纷纷逃往法租界。

1922年，李魁元等在天祥叫卖行的基址上盖起三层大楼，成为天津租界内第一座大商场，命名为天祥市场，并于1924年建成开业，很快压倒了当时天津最大的商场北海楼商场，轰动了整个天津城。

1923年，位于法租界丰领事路(今赤峰道)的国民饭店建成开业。

1925年，在梨栈大十字路口，浙江兴业银行建成。天津最豪华的浴池华清池开业。

1926年,位于今和平路和滨江道交口的正兴德茶庄开业。

1927年,天祥市场对面的泰康商场建成开业。位于滨江道的达仁堂药店在高五层的基泰大楼一楼开业。

1928年1月,中原公司(后为百货大楼)在旭街建成开业。后在法租界绿牌电车道(今滨江道)设立中原公司分店(后为工农兵商场)。12月,华北地区规模最大的综合性购物中心劝业场开业,标志着天津近代商业格局的形成。

1929年元旦,位于和平路和滨江道交会处的交通旅馆建成开业。

1930年,位于和平路与华中路交会处的惠中饭店落成,转年开业。位于估衣街的同升和鞋店在今滨江道建立分店。位于滨江道的冠生园食品店开业。

1931年,法国球房(法国俱乐部,后为天津青年宫)建成。位于今和平路的亨得利钟表眼镜商店在滨江道设立分店。位于辽宁路的中华售品所建成营业(后为艺林阁)。

1933年,位于滨江道的中原公司分店(后为工农兵商场、华联商厦)建成。

天津市最高的渤海大楼投资兴建,于1935年建成。

1935年,位于辽宁路和长春道交会处的正阳春鸭子楼建成开业。

1936年,当时华北地区规模最大、设备最新的戏院——中国大戏院建成开业。位于和平路的南京理发店(初名长乐理发店)开业。

二十世纪二三十年代,是劝业场商区的形成时期,以劝业场为中心,包括和平路、滨江道、长春道、辽宁路、新华路、山东路等道路的一部分。除了各大商场和各色商店之外,这里集中了近60家影剧院、饭店、舞厅、浴池和理发店。这种景象在全国其他城市是罕见的。

二、梨栈地区的崛起

梨栈地区,原是海河岸边的一片郊野。在英、法、日三国在天津分别划分租界时,恰好把梨栈这块地方包围在中间。这块地方为什么叫梨栈呢?原来,今劝业场一带在当时没有地名,它的近邻是毗邻海河的马家口村,地点在今锦州道通向海河的路口。1898年,城乡小商贩云集此处经营瓜果梨桃。坐落在今锦州道和兴安路交会转角处的"锦记货栈"应运而生。人们把收储河北省运来一筐一筐鸭梨的货栈,称为"梨栈"。因为当时这一带没有地名,人们便把梨栈的范围扩大,从马家口直至今劝业场门前十字路口一带,统称为梨栈。将今和平路称为梨栈大街。1900年,这里的地皮最便宜的三四两银子1亩,最贵的也就十两左右。可是十年之后,地价就上涨十倍。1911年,这一带的地皮每亩涨到三四十两银子。于是,梨栈地界就在地价飞涨的情势下陡然崛起了!

1928年,在天津劝业商场开业时,作为挂在人们嘴边的地名,劝业场远不及西边的梨栈(今和平路与锦州道交口)和东边天增里(今和平路与哈尔滨道交口)的名声显赫。因为当时的有轨电车设梨栈和天增里两个站头。直到二十世纪的四五十年代,由于劝业场声誉日隆,梨栈和天增里地名才逐渐过气。

当时的滨江道以大沽北路为界，分为东西两段——1860年，现大沽北路以东沦为法租界，1886年修筑道路，从张自忠路至大沽北路，初名葛公使路。当时广东籍商人多来此经商或居住，人们俗称之为"广东街"。1897年，现大沽北路以西沦为法国扩充租界，1900年后筑路，命名魏福煦将军路，从大沽北路至南京路。1946年国民政府收复租界后，更名为滨江道。

滨江道与和平路交会的十字路口，分别矗立着津门商界的四大建筑：浙江兴业银行、交通旅馆、劝业场和惠中大饭店。劝业商场的建立，昭示天津商业中心南移历史的终结。在二十世纪三十年代，这里便赢得"东方小巴黎"的美誉。四座商务楼宇的落成，标志着这里已经成为天津新的商业中心。

三、金街的开街年代

天津和平路滨江道金街，是全国十大著名商街之一。它位于天津市和平区中心繁华地带，距天津火车站仅3千米，距天津机场20千米。这条中外驰名的商街始建于1902年，初名杜领事路、罗斯福路，1953年取"热爱和平"之意更名为和平路，是近代天津商业的摇篮，天津繁荣的象征，也是天津人的骄傲。

2000年9月，改造后的和平路商业街与滨江道连成一个"金十字"，取名为"金街"。黄金之街、寸土寸金的"金"，与天津的"津"读音相同，富于美好的祝颂之意。2003年9月，为"津门新十景"命名的《临江仙》词之首句"商贸金街昌万象"，"金街"点明地点，"商贸"突出特色，"昌万象"指这里商贾云集、店铺栉比、百业繁盛。其"昌"堪称词眼，既指眼下，也预示将来。

所谓"建街",指街道建设大体成型。所谓"开街",指商业街等建成后正式向公众开放。滨江道西段（从南京路到大沽北路）始建于 1900 年前后；但"建街"指一条道路建成通行，而"开街"却指成片的商业街区开始营业，二者不是一码事。依笔者之见，滨江道开街时间定在 1922 年（以天祥市场创建为标志）比较合适。迄今整为百年。

天津地名的历史演进

　　建筑是凝固的，城市又是发展的；岁月是消逝的，历史又是永恒的。我在《天津地名文化》曾提出"地名是城市凝固的自传"的观点。一个个串起的街名，构成了城市的过去和现在。这些具有生命力的历史，附丽在街名上，让我们在这座有几百年历史的都市，依然可以触摸到那隐隐跳动的古今文化绵延承续的脉搏。

一、天津地名发展的四个阶段

　　地名是在历史发展中不断形成的。早在明代天津设卫建城之前，宋朝有直沽寨，元朝有海津镇，直沽寨有什么道路里巷？海津镇的管辖范围究竟多大？因为没有"直沽寨志"或"海津镇志"这样的地方志书流传下来，所以关于那里的具体地名，均不可考。所以，我们的天津地名研究，只能从明初建卫之后进行考察。

　　我们可把天津地名的历史发展分为四个阶段：

　　从明永乐二年(1404)天津设卫至清雍正三年(1725)。这个时期天津只是个军事建制辖区，除卫城外，北至南运河，东至海河，由于辖区小、居民少，从卫志里能见到的地名也屈指可数。

　　从清雍正三年(1725)三月改卫为州到咸丰十年(1860)。清雍正三年九月,改为直隶州,辖武清、青县、静海三个县。雍正九年二月,又升为天津府,辖天津、青县、静海、南皮、盐山、庆云六县和沧州一个州。这时天津卫城变成了府城加县城,又从武清、静海、沧州各拨出一部分村庄给天津县。这样天津从军事建制变成府一级的行政建置,管辖范围扩大,天津的地名数量呈现出一个飞跃。城内外增加了许多衙门,又派生出箭道一类的地名。郊区也出现许多村镇名,光武清就拨给天津143个村镇。

从清咸丰十年(1860)至民国三十八年(1949)。清咸丰十年(1860)至光绪二十八年(1902),天津陆续建立了九国租界,租界内的一些村庄或迁出或消失,农村格局发生了变化。在各国租界中,出现了大量的洋地名,这是天津地名的一次大变迁。民国期间,也是地名变迁的频繁时期。第一次世界大战后,收回了德、俄、奥租界,改成特一、二、三区,是一次变迁。太平洋战争时期,日本占领英、法租界,改成兴亚一、二区,还有比租界的特四区、意租界的特管区。行政区的改名也带来街道名称的变化。到1945年日本投降后,中国收回了所有的租界,重新规划各国租界地名,又一次形成地名大变迁。

1949年新中国成立后至现今。中华人民共和国成立后,一方面对地名进行规划,对重复地名、贬义地名、不健康地名等给予更新;另一方面为改善人民居住条件,建立中山门、王串场、丁字沽、西南楼等许多工人新村,涌现出一大批新地名。二十世纪六七十年代,出现了一个不正常现象,就是乱改地名。而地震期间,天津作为重灾区,震后重建家园,许多规划片里旧的街道、胡同消失了,建成新的住宅楼群,地名又有了不小的变化。改革开放以来,天津城市建设进程加快,旧的房屋成片拆除,整个老城区被拆光,市区也在不断扩大,旧的街道胡同名称不断消失,新的地名又不断出现,这又是一次地名大变迁。

二、老地名再现历史人文

许多老街巷名称,其命名的历史理据早已脱落,例如针市街早已不卖针,当铺胡同也找不到当铺,驴市口也见不着驴了,但其旧名称却一直这么叫着,您想随便给它改个名,可能行不通。因为街巷的名字本身,就是地域文化和历史民俗的形象反映,林林总总的街巷名为今天的政治、经济、军事方面的历史文化考察,提供了大量的、鲜活的证据。

例如西关大街和故物场大街交会处有一个胡同叫烈女祠,地铁西北角站西部有贞女大街和贞女胡同。这些以"贞节烈女"命名的胡同,自然蕴含着令人悲哀的故事,为后世提供了封建伦理桎梏下社会道德习俗的活化石。穿过时间隧道,这些的悲剧地名,却可以使今天的年轻人咀嚼苦涩的历史,洞察数百年前的意识形态。

三、老地名体现由农村转型为城市的历程

天津市区老区片地名有一个特点,就是以村、庄为通名者为数众多,如何兴村、盐坨村、靶档村、白庙村、席厂村、和平村、益民村;万德庄、谦德庄、陈塘庄、大王庄、李七庄、张贵庄、万辛庄、复兴庄、小王庄、小刘庄、张兴庄、邵公庄、沧德庄、东于庄、西于庄、同义庄等。这些村庄聚落的形成,基本有三条途径,一是城外

新建居住区，二是大批农民逃难移居，三是屯兵军垦而成村落。

1900年后，老居民越出拥挤的旧城，在南开、北开、西广开以及河东等地，陆续开辟新居住区。由于水旱灾害，河北沧州、山东德州一带的农民逃难来到天津，也在城外原有居住区边缘的洼地荒野上择高台建房定居，渐成新聚落。例如在海河以东，老龙头车站附近的沈、王、郭、旺等地向来是荒坟旷野，义和团运动后，也盖起成片民房，不断向周边扩张，形成了沈庄子、王庄子、郭庄子、旺道庄等。和平区气象台路何兴村大街一带原为荒地，二十世纪三十年代何庆延、何庆城兄弟在此购地建房，形成一条土道，遂以"何家兴旺"之意取名何兴村。南开区西湖村、万德庄一带，旧时为坑塘洼地，形成两个村落后，郊县农民相继迁至此处搭盖窝棚或简易住房定居，后形成繁华的街市。

南开区凌庄子是明洪武年间（1368—1398）燕王朱棣北上时，其部将凌某率部下及亲属在此驻扎，垦荒拓地，择高地筑房定居，渐成聚落，故名凌庄子。与此同时，燕王部下赵、金两姓人家在凌庄子北部一带荒洼苇地上，建房定居，形成聚落，故以赵、金两姓为村名。称为"庄子"的地名，多冠以单音节姓，如纪庄子、杨庄子、沈庄子、王庄子、郭庄子、詹庄子、汪庄子、郑庄子、娄庄子等。这些地名是城市聚落发展历史的自然体现，且多已成街区地名，已深入人心，很难贸然废止。

四、旧地名的规范化处理

天津市各级政府十分重视地名规范化工作，对历史地名中存在的违背国家方针政策的地名，在地名普查中逐步进行清理和标准化处理。例如古代汉族对北方游牧民族称为"鞑靼",由此产生了一些包含歧视意味的聚落名。北辰区双街镇北运河西岸有"下辛庄",相传元朝末年蒙古人衡氏来此定居。后聚落成为众多蒙古人落户之处,故取名为"鞑靼新庄"。清朝雍正年间更名"达子新庄",民国时更名"达自辛庄",中华人民共和国成立后更名"达辛庄",1962年定为"下辛庄"。

西青区中北斜乡有大稍直口村,位于南运河南岸,相传元朝时此地曾为屯兵之处,在此建一渡口,当时人称"骚子口",明初形成村落,以其谐音"稍直口"为村名。西营门乡南运河南岸有小稍直口村,相传元朝时,此地也有一个渡口,亦称"骚子口"。明初形成聚落,后以"骚子口"的谐音更名为"稍直口"。后为避免重名,分别更名为"大稍直口"与"小稍直口"。

五、日新月异的地名变化

天津有各类地名四万个左右,其中城市街巷名约占40%。从地名的变化中,可以领略天津历史的风云际会、沧桑巨变。但是,随着历史发展,随着城建的日新月异,天津地图年年在变,许多老地名业已消失。

地名变迁指的是:地方没变,却改了名,如旭街改罗斯福路,又改为和平路。另一种是地理位置变迁了,但街名不变。如海河、南运河裁弯取直,大胡同本在南运河北,人们叫"河北大胡同",取直后变成南运河之南,人们还是叫它"河北大胡同",这也算是地名的另一种变迁。

天津地图年年在变,甚至一年两变,可仍然显得滞后。地名的变化可谓日新月异。如河北区东菜园居民区,经平房改造变成了花园式住宅楼。于是东菜园变成了泰康花园,取富泰安康之意。再如河东区郭庄子大街和李家台大街拓宽改造后,起名为新兆路,蕴含着新世纪有佳兆的寓意。

另外,随着平房改造的次第展开,许多狭窄破旧的胡同里巷变成了广厦公寓,例如河北区小树林街的柴家大院、白衣庵巷、行善胡同、胜兴斋胡同等平房区,均不复存在,如今已变成拔地而起的盛海公寓;南开区的贡院胡同、冰窖胡同等棚户区也成为了历史,取而代之的是华丽雍容的新安花园。

进入新世纪,天津城市风貌日新月异。随着海河两岸综合开发改造和基础设施建设的进展,推动了平房改造和城市建设的进程。在这个推进过程中,在老地名被注销的同时,一些新地名得以诞生。

近年来,天津的新路名不断出现,一些老的路名逐渐消失,路名的变化见证和记录了天津这座城市的发展和变迁。随着经济社会的迅速发展,天津的城市形态、道路布局正在发生巨大变化,一些道路的名称也随之变化。据不完全统计,2001 年,市内六区共有一万余条有命名的道路、里巷;到 2010 年,这些老路名消失了 3139 个,平均每天就有 1 个路名永远成为历史。

六、如何保护地名文化遗产

要了解我们这座城市久远的历史,更好地继承深厚的文化遗产,就要增强对地名文化资源的保护意识,对一些逐渐消失的地名加以保护,使古老的地名更好地为当今、为后世服务。如何保护地名文化遗产呢?

　　首先,政府职能部门应从严控制历史地名的更名与注销;第二,对新扩建的道路和建筑物的命名,应尽最大可能沿用有历史内涵的原有地名;第三,在历史街区内,新建的建设项目应以原区域内的名称命名,或以具有代表性的街区或路名派生得名,使天津老城区的历史文脉得以传承;第四,对于已经消失的老地名,进行分门别类的系统研究,将其历史沿革和蕴含的故事记载下来,传于后人。

趣说天津话

> "
> **津津**
> **有味**
> "

gén　er　dū

哏 儿 都

【配套电子书】
外出不会说听不懂？线上随时查阅

【方言与文化】
领略方言与地方文化的魅力

【闲侃"哏儿"都】
加入圈子，侃侃有趣儿的天津话

微信扫码